NOCES SANGLANTES

DU MÊME AUTEUR
CHEZ LE MÊME ÉDITEUR

Tu mens ? Tu meurs !, 2021.
Diamants de sang, 2021.
Pile ou face, 2020.
Alerte rouge, 2020.
Plus jamais, 2019.
Jeu de massacres, 2019 ; rééd., 2020, sous le titre *Instinct.*
Incontrôlable, 2018.
Lettres de sang, 2018.
La Villa rouge, 2017.
Tue-moi si tu peux, 2017.
Menace sur Rio, 2016.
Invisible, 2016.
Lune pourpre, 2015.
Le Sang de mon ennemi, 2015.
Un si beau soleil pour mourir, 2015.
Week-end en enfer, 2014.
Tapis rouge, 2014.
Moi, Michael Bennett, 2014.
Zoo, 2013.
Dans le pire des cas, 2013.
Les Griffes du mensonge, 2013.
Copycat, 2012.
Private Londres, 2012.
Œil pour œil, 2012.
Private Los Angeles, 2011.
Qui a tué Toutankhamon ?, 2011.
Bons Baisers du tueur, 2011.
Une ombre sur la ville, 2010.
Dernière Escale, 2010.
Rendez-vous chez Tiffany, 2010.
On t'aura prévenue, 2009.
Une nuit de trop, 2009.
Crise d'otages, 2008.
Promesse de sang, 2008.
Garde rapprochée, 2007.
Lune de miel, 2006.
L'amour ne meurt jamais, 2006.
La Maison au bord du lac, 2005.
Pour toi, Nicolas, 2004.
La Dernière Prophétie, 2001.

JAMES PATTERSON
et MARSHALL KARP

NOCES SANGLANTES

traduit de l'américain (États-Unis)
par Philippe Reilly

l'Archipel

Ce livre a été publié sous le titre
NYPD RED 6
par Grand Central Publishing, New York.

Notre catalogue est consultable à l'adresse suivante :
www.editionsarchipel.com

Éditions de l'Archipel
92, avenue de France
75013 Paris

ISBN 978-2-8098-4310-1

Pour Mel Berger, Bob Beatty et Danny Corcoran.
Et pour l'incomparable, l'inspirante Darlene Love.
Marshall Karp

Prologue

Le mariage du siècle

1

Bobby mit une semaine à repérer l'endroit où il allait se garer. Il fallait que ce soit près du lieu où se déroulerait la réception, mais pas trop. Et comme il risquait de rester pendant deux ou trois heures dans un fourgon volé, il valait mieux opter pour un secteur où les flics ne patrouillent presque jamais.

C'était un choix crucial. Le Fils de Sam[1] était tombé à cause d'un PV de 35 dollars.

Apprends des erreurs des autres, avait coutume de lui dire son père. *Tu ne vivras pas assez vieux pour les faire toutes toi-même.*

En fin de compte, il avait opté pour la 29ᵉ Rue Ouest, entre la 11ᵉ et la 12ᵉ Avenue. Sur toute la longueur du pâté de maisons, des camionnettes des services sanitaires de la ville attendaient leur tournée du lendemain. La puanteur seule était une raison suffisante pour éviter la rue mais si, par hasard, une voiture du NYPD passait et qu'on lui demande la raison de sa présence, il pouvait toujours expliquer que son alternateur était tombé en rade et qu'il attendait une dépanneuse.

Il était arrivé à 16h45. Plus de deux heures s'étaient écoulées et il n'avait pas vu un seul flic. Il tuait le temps en lisant la presse.

---

1. Surnom de David Berkowitz, tueur en série américain actif à New York entre 1975 et 1977. Son arrestation en août 1977 est partie d'une simple contravention pour stationnement gênant. *(Toutes les notes sont du traducteur.)*

Le *New York Times* ne gaspillait pas trop d'encre avec ce mariage : un article en page 14, dans la rubrique « Sunday Styles ». Mais le *Daily News* et le *New York Post* ne s'y trompaient pas : Erin était une sommité américaine, ils lui consacraient toute l'attention qu'elle méritait. La une, des dizaines de photos et des plans détaillés du Manhattan Center.

Naturellement, Bobby possédait déjà toutes ces informations. Ces trois dernières semaines, il avait reconnu les lieux à trois reprises. La première, pour se faire une idée de la topographie : deux studios d'enregistrement, une dizaine de bureaux et deux salles spectaculaires : l'Hammerstein Ballroom et la Grand Ballroom.

La deuxième fois, il avait passé la journée à travailler dans l'équipe d'un service de restauration, parvenant à obtenir ce qui l'intéressait : un passe ouvrant presque toutes les serrures du bâtiment.

Deux jours plus tôt, il avait mis en place son système de surveillance vidéo. Avec son T-shirt et sa casquette ornés d'un logo BD LOCS, il était entré dans le complexe par l'aire de livraison et était monté dans les étages. L'Hammerstein était occupée par une armée d'employés travaillant à rendre impeccables les mille cent mètres carrés de cette salle où se déroulerait ce que la chaîne appelait déjà le « Mariage du Siècle ». Mais la Grand Ballroom était plongée dans le noir et il s'était rendu dans un local de stockage sous l'immense scène. À 1 heure du matin, alors que les équipes de nettoyage étaient parties depuis longtemps et qu'un unique gardien faisait les cent pas dans le hall, Bobby avait installé les quatre caméras miniatures sans fil.

Le reste du monde n'aurait aucune image du mariage jusqu'à ce que ZTV lance la diffusion, épisode par épisode. Bobby, lui, verrait tout en direct sur son iPad.

La cérémonie, programmée à 17 heures, ne s'était pas déroulée comme prévu. Exactement comme Erin l'avait prévu. Elle adorait surprendre son monde. Semer la confusion.

À 17h05, la twittosphère crépitait de rumeurs, de spéculations, nourrie par l'hystérie des fans. ELLE A LA TROUILLE. ELLE A SURPRIS JAMIE AVEC UNE AUTRE. ELLE FAIT MONTER LES ENCHÈRES AVEC LA CHAÎNE.

Et puis, à 17h43, un des invités avait publié le tweet que tous les fans d'Erin attendaient: ENTRÉE DE LA MARIÉE. #LeMariageCommence.

La cérémonie en elle-même était à vomir. Bobby aurait voulu casser la gueule à l'auteur du texte d'Erin: *Mon amour pour toi ne cessera de grandir. Chaque jour, je me réveillerai plus amoureuse à tes côtés.* Quelles conneries. Mais, il devait bien l'admettre, son dernier vœu était plutôt drôle: *Entre nous, il n'y aura jamais de compétition. De toute façon, je gagne toujours!* Ça, c'était l'Erin qu'il aimait.

À présent, il était 18h55 et la réception battait son plein. Il modifia les paramètres de l'iPad pour afficher en plein écran le flux vidéo de la caméra de l'Hammerstein Ballroom. La résolution était excellente, et il regarda Erin danser avec son nouveau mari.

Jamie Gibbs avait trente-deux ans, cinq de moins qu'Erin. Il avait une réputation d'homme à femmes, mais Bobby n'était pas dupe: en quoi était-ce un exploit d'être vu en compagnie d'une femme sublime quand on est le fils de la fondatrice d'une des plus grandes agences de top-modèles de la planète? Ce qui n'empêchait pas Erin Easton d'être largement trop bien pour Jamie.

— Mec, dit Bobby à l'image souriante de Gibbs virevoltant sur l'écran, tu crois vraiment qu'elle t'épouse parce que t'assures au lit?

Une fois la valse terminée, Jamie et Erin montèrent sur scène pour une annonce surprise : Erin allait se changer et revenir pour un petit spectacle.

La veille au soir, Bobby avait regardé la répétition générale sur l'iPad. Erin n'avait pas la plus belle voix du monde, mais la chaîne avait engagé un orchestre de douze pupitres, trois choristes et quatre danseuses. Et puis, elle était tellement belle à regarder… Tout bien considéré, le spectacle était plutôt réussi. Dommage, personne n'aurait l'occasion de le voir.

Les convives applaudirent et Erin quitta la scène sous une standing ovation pendant que Jamie restait planté là, comme s'il venait de mourir et de monter au Ciel.

— Action ! dit Bobby en lançant l'iPad sur le siège passager.

Il plongea la main sous sa chemise et en sortit la balle de .357 Magnum suspendue à la chaîne autour de son cou. La poudre avait été remplacée par les cendres de son père.

De l'index, il caressa doucement les mots que son paternel avait fait graver sur la chemise en acier : *Réussir ou mourir. Semper Fi*[1].

Ouais, pensa-t-il en mettant le contact et en glissant le pendentif sous sa chemise. *C'est ça, le plan.*

---

1. Abréviation de « *Semper Fidelis* », « Toujours fidèles », devise du corps des Marines.

2

Posté devant la porte de la loge d'Erin Easton, Lenny Ringel se sentait comme un de ces gardes en veston rouge et grosse coiffe à poils noirs encastrés dans une guérite à l'entrée de Buckingham Palace. Rien à faire, personne à qui parler.

C'était la partie la plus pénible du dispositif de sécurité de la réception. Ringel n'avait pas hésité à demander à McMaster quel était l'intérêt de surveiller pendant cinq heures une pièce vide au lieu de rejoindre les quatre autres vigiles qui, dans la salle, pouvaient écouter la musique, mater les jolies filles et se ravitailler en cuisine dès qu'ils en avaient envie.

— Ce n'est pas une pièce vide, l'avait informé McMaster. C'est là qu'Erin laissera ses tenues, ses bijoux et ses effets personnels. Crois-moi, tout ça peut très bien attirer des voleurs. La loge doit être sécurisée en permanence.

— Alors pourquoi ne pas organiser des tours de garde ? À cinq, chacun reste une heure, ça m'évite de rester planté là comme…

— Ringel, cette soirée va être bourrée de VIP, et tu ne possèdes pas ce que j'appellerais le profil pour une soirée VIP. Si tu ne veux pas de ce boulot, tu me le dis et je rappelle Flic-à-Louer.

Bien sûr, Ringel voulait de ce boulot. Et pas seulement pour l'argent. Quand il avait annoncé à sa petite amie qu'il allait assurer la sécurité au Mariage du Siècle, elle avait pété un plomb. Elle était folle de joie.

— Lenny ! Tu vas rencontrer le maximum de gens et me rapporter des ragots bien croustillants !

Il lui avait expliqué qu'il était engagé pour protéger les invités, pas pour les harceler, mais au moins il reviendrait avec des histoires cool qu'elle pourrait répéter à ses amies – et ça ne le dérangeait pas si elle y ajoutait sa petite touche pour les rendre encore plus cool. En attendant, tout ce qu'il pouvait lui raconter c'est que McMaster lui avait confié la surveillance d'un gigantesque placard rempli de fringues.

Tout à coup, en plein milieu de la réception, Erin apparut, sa robe de mariée remontée au ras de la culotte.

— Changement de tenue, chéri, annonça-t-elle en décochant au vigile un sourire à tomber. Je dois chanter, maintenant. Ne laisse entrer personne.

Il n'en croyait pas ses yeux. On ne l'avait pas prévenu qu'un changement de tenue était au programme.

— Ne vous en faites pas, madame Easton. Personne ne franchira cette porte. Juste une chose... ma copine, Darcy, est archi fan de vous. Elle me tuerait si je ne vous le disais pas. Au fait, moi c'est Lenny.

— Eh bien, Lenny, tu diras à Darcy... oh et puis non, ne lui dis rien. On va lui faire plaisir. Sors ton téléphone...

Cinq secondes plus tard, Lenny Ringel, l'homme-qui-n'avait-pas-le-profil-pour-soirées-VIP, prenait des selfies avec la personne la plus importante de toute la réception. *Dans ta gueule, McMaster.*

— Et surtout, Lenny, insista Erin après une dernière rafale de photos, personne ne doit entrer, surtout pas cet emmerdeur de Brockway, le type de l'équipe télé. Une femme a besoin de son intimité.

Puis elle se faufila dans sa loge et tourna le verrou, laissant Ringel rêver qu'il se trouvait de l'autre côté de la porte et observait Erin Easton en train de retirer sa robe de mariée.

Quarante minutes plus tard, Ringel s'émerveillait toujours qu'une des plus grandes stars planétaires l'ait appelé par son prénom. Génial, non ?

Et l'emmerdeur de l'équipe télé finit par se pointer.

— Désolé, monsieur, récita Ringel de son ton le plus professionnel. Mme Easton ne reçoit aucun visiteur.

— Je ne suis pas un visiteur, je suis le type dont la chaîne a sorti des millions de dollars pour filmer ce fiasco. Autrement dit, c'est moi qui paie ton salaire et le sien. Elle est censée monter sur scène, là, tout le monde l'attend.

Brockway frappa bruyamment à la porte.

— Allez, Erin ! Votre public vous attend ! C'est le moment de les éblouir !

Pas de réponse.

Il se tourna vers Ringel.

— Tu es sûr qu'elle est là ?

— Affirmatif, monsieur. Mais elle m'a dit qu'elle avait besoin de son intimité.

— Je ne la paie pas pour protéger son intimité.

Brockway empoigna le bouton de porte et le secoua.

— C'est verrouillé, monsieur.

— Pas pour longtemps, dit-il avant de disparaître.

Trente secondes plus tard, il était de retour en compagnie de McMaster et de deux autres vigiles.

— Ringel, qu'est-ce qui se passe ? demanda McMaster.

Mais, dans sa bouche, ça ne ressemblait pas à une question. Plutôt à une accusation, comme s'il tenait Lenny pour responsable du fait qu'Erin ne voulait pas sortir. McMaster frappa avec insistance à la porte.

— Erin, c'est Declan ! Tout va bien ?

Aucune réponse.

En quelques secondes, il sortit une clé, l'inséra dans le verrou et ouvrit d'un coup.

— Bon Dieu, c'est quoi, ce bordel ? lâcha Ringel.

McMaster n'en avait aucune idée, mais ses trente-cinq années de service au sein du NYPD lui avaient appris à bloquer le passage pour empêcher Ringel de se précipiter dans la loge et de contaminer ce qui était, de toute évidence, une scène de crime.

La chaise devant la coiffeuse d'Erin était renversée. Un plein verre de vin était tombé sur la moquette. Juste à côté, la robe de mariée d'Erin, avec son corsage orné de perles où s'étalait une tache rouge sombre. Et le verre contenait du vin blanc.

Les yeux de McMaster se portèrent jusqu'à l'extrémité de la loge. Les portants qui auraient dû s'y trouver avaient été repoussés, révélant une autre porte. Elle était fermée mais il était prêt à parier une année de salaire qu'elle n'était plus verrouillée.

— Tu restes où tu es, ordonna-t-il à Ringel.

Retirant la pochette en soie qui ornait sa veste, il traversa la pièce, enveloppa la poignée de l'autre porte avec le tissu, ouvrit et passa la tête dans l'entrebâillement : un couloir menait droit vers l'aire de livraison.

— Elle est partie !

Il retourna brusquement dans la loge.

— On ferme cet endroit ! Je me fous des VIP dans la salle. Personne ne doit sortir.

— Et les flics ? demanda Ringel. On les prévient ?

— Juste derrière vous, dit une voix.

McMaster leva la tête. La femme qui avait parlé était blonde, avec des yeux d'un vert intense. Elle était vêtue d'une robe de cocktail bleue et tendit un insigne doré. Il la reconnut avant même qu'elle ait donné son nom.

— Inspectrice Kylie MacDonald. NYPD Red[1].

---

1. Unité d'élite de la police de New York, chargée de la protection des célébrités.

Première partie

Fou d'Erin

1

Je me penchai sur la table et tendis l'enveloppe à Cheryl.

— Qu'est-ce que c'est ?

Elle sourit. Blancheur parfaite de ses dents sur le caramel de sa peau sublime.

— Un avertissement officiel ?

— Tout le contraire. Il y a un an, tu m'as séduit avec la cuisine asiatique, l'opéra italien et ton corps sexy de *latina*. Joyeux anniversaire.

— On est le 9 juin. Notre premier rendez-vous date du 23. Tu ne mettrais pas la charrue avant les bœufs, inspecteur ?

— Ouvre le cadeau avant de juger celui qui te l'offre.

Elle ouvrit l'enveloppe et en sortit l'e-mail de réservation de Bentley's-by-the-Sea, un B&B du côté de Montauk.

— Du 21 au 23 juin, lut-elle. Bien joué, Zach.

— Et c'est du papier, le cadeau traditionnel pour la première année selon Wikipédia.

— Je n'ai rien prévu pour toi.

— Nous serons ensemble pendant deux jours et deux nuits. Je suis certain que tu trouveras bien quelque chose…

Elle se pencha vers moi et m'embrassa.

— Tiens-toi bien, voilà notre hôte.

Shane Talbot venait de sortir de la cuisine et traversait la salle en direction de notre table. Avec son mètre quatre-vingt-dix-huit et son épaisse touffe de cheveux roux, le cousin de Cheryl était facilement repérable tandis qu'il passait de convive en convive, serrait des mains, embrassait des joues et saluait d'un sourire les blogueurs, critiques et foodies-très-suivis-sur-les-réseaux-sociaux qu'il avait invités à l'ouverture de son nouveau restaurant.

— Ils t'adorent ! commenta Cheryl quand il arriva enfin à notre box.

— Bien sûr qu'ils m'adorent, je viens de leur offrir un dîner gratuit.

Il se glissa sur la banquette à côté de sa cousine.

— La question, c'est : est-ce qu'ils aimeront encore Farm to Fork demain matin, quand ils rédigeront leur note de blog, leur tweet ou leur avis sur TripAdvisor ?

— Ce sont des New-Yorkais, ils sont impitoyables, dit Cheryl. Crois-moi, ce n'est pas pour être polis qu'ils ont renvoyé en cuisine des assiettes vides. Tu vas cartonner.

— Merci pour ce point de vue totalement impartial, mais permets-moi de demander l'opinion d'une personne qui ne partage pas le même sang que moi. Eh bien, Zach ? Comment tu as trouvé le repas ?

— Fantastique. Je n'ai jamais mangé d'aussi bons choux de Bruxelles.

Il rit.

— Les flics n'étant pas spécialement réputés pour leur amour des légumes verts, je suppose que tu n'avais juste *jamais* mangé de choux de Bruxelles, pas vrai ?

— En fait, j'en avais déjà goûté une fois, mais les tiens sont allés directement sur la première marche du podium. Dans un mois, cette salle sera remplie tous les soirs et je devrai te supplier de me réserver une table pour venir déguster une autre assiette de choux…

Shane se tourna vers Cheryl.

— Celui-là, c'est une perle rare ! Ma mère va l'adorer. Elle vient le mois prochain, une fois qu'on aura réglé les derniers petits problèmes au restaurant… Vous viendrez dîner avec nous.

— J'ai discuté avec ta mère hier soir, répondit Cheryl. Elle nous a déjà invités.

— Naturellement… Maman ne laisse jamais rien au hasard.

Shane se leva, déposa un baiser sur la joue de Cheryl, me serra la main et repartit dans la foule.

— Il a raison, dit-elle dès qu'il se fut éloigné. Sa mère ne laisse vraiment rien au hasard.

— C'est-à-dire ?

— C'est-à-dire que je n'ai pas seulement *discuté* avec tante Janet hier. J'ai dû l'écouter se plaindre de Shane pendant une demi-heure.

— C'est ton métier, d'écouter les gens se plaindre. Tante Janet devait sûrement essayer de te gratter une séance gratuite ! C'est quoi, son problème avec Shane ?

Elle plissa son nez.

— Il a trente-cinq ans, Cheryl, dit-elle en s'amusant à imiter sa voix geignarde, il n'est pas marié, et son fichu restaurant lui prend trop de temps pour qu'il pense à me donner des petits-enfants !

— Je suis juste un psy amateur, dis-je, mais à ta place j'expliquerais à tante Janet qu'elle souffre d'un cas de *Maternalis Indiscretus* et que le statut conjugal de son fils ne la regarde pas. Il songera à avoir des enfants le moment venu…

— Le moment venu ? Tu as entendu Shane ? Sa mère ne laisse rien au hasard. Elle ne s'est pas adressée à moi parce que je suis psy, Zach : elle a joué la carte des liens-du-sang-plus-forts-que-tout et m'a recrutée pour que je présente à mon cousin une amie capable de lui faire lever les yeux de ses fourneaux !

— Si ta tante veut vraiment des petits-enfants, ton amie a intérêt à lui faire lever autre chose.

— Aide-moi un peu sur ce coup-là, Zach. La plupart de mes amies sont casées. Je cherche une fille célibataire, intelligente et digne de Shane. Tu penses à quelqu'un ?

Je pensais surtout que des types comme Shane Talbot n'avaient besoin de personne pour rencontrer des filles et que Cheryl avait intérêt à ne pas se laisser embarquer dans un psychodrame familial. J'étais en train de réfléchir à l'opportunité de verbaliser à haute voix mes pensées quand mon portable vibra.

Cheryl était partisane du « pas de téléphone à table » mais j'avais le droit de vérifier qu'il ne s'agissait pas d'une urgence de boulot. Je jetai un rapide coup d'œil à l'écran : c'était ma partenaire.

— Kylie, dis-je pour expliquer que je devais prendre cet appel, mais Cheryl l'entendit différemment.

Ses yeux scintillèrent.

— Kylie… Hmm, intéressant. Shane a toujours été attiré par les femmes à fort caractère. Complexe maternel classique.

Elle m'avait mal compris. J'allais devoir dissiper le malentendu mais, d'abord, prendre l'appel et expliquer à Kylie qu'à moins d'une urgence j'étais trop occupé pour lui parler.

— Hey ! dis-je en collant le téléphone à mon oreille. Je peux te rappeler dans cinq minutes ?

— Non. Je suis à la réception du mariage d'Erin Easton et c'est la merde, Zach.

— Tu as un problème ?

— Je vais bien mais la mariée a disparu. Ça ressemble à un kidnapping. Je suis au Manhattan Center. Dans combien de temps tu peux être là ?

— Dix minutes.

Je raccrochai et m'extirpai de la banquette.

— Kidnapping, dis-je à Cheryl. Je dois rejoindre Kylie.

Elle était habituée à mes départs soudains. Elle se leva et, après un rapide baiser :

— Demande-lui si elle a envie de rencontrer un mec grand et beau qui sait cuisiner.

— Promis.

Mais je connaissais déjà la réponse : bien sûr que oui ! Il y a onze ans de ça, Kylie avait eu une liaison passionnée avec un type dans le même genre. Moi.

2

Un taxi venait de déposer ses passagers devant le restaurant. Je sautai à l'arrière et donnai l'adresse au chauffeur.

J'étais pressé et, tous les taxis ne connaissant pas nécessairement le trajet le plus rapide entre un point et un autre, je vérifiai le certificat de licence apposé sur la vitre de séparation. Le numéro commençait par 39 : j'avais de la chance. Ça faisait au moins quarante ans que mon chauffeur sillonnait New York, il n'aurait pas besoin de copilote.

— Vous êtes en retard, me dit-il en démarrant.

— En retard pour quoi ?

— Le Mariage du Siècle. Erin et Jamie célèbrent leur union au Manhattan Center mais ça a commencé il y a trois heures.

Il se baissa vers le siège passager et brandit un exemplaire du *New York Post.* L'essentiel de la une était occupé par une photo d'Erin Easton dont les seins en silicone et le cul sculptural menaçaient l'intégrité d'un minuscule bikini. Un médaillon de cinq centimètres de diamètre présentait l'autre moitié de l'heureux couple, celle à laquelle personne ne s'intéressait : Jamie Gibbs.

— Lisez, y'a tout là.

— Merci, mais je dois passer un coup de fil.

Je composai le numéro abrégé de Kylie et elle décrocha à la première sonnerie.

— Je deviens dingue, avec tous ces cinglés… Tu es là dans combien de temps ?

— Je sors d'un restau sur Bank Street, mon taxi tourne sur la 8e Avenue… j'arrive dans moins de dix minutes. Tu as pris l'appel quand ?

— Je n'ai reçu aucun appel : j'étais déjà sur place. Shelley Trager et les autres pontes de Silvercup Studios étaient invités, mais la femme de Shelley a eu une grippe intestinale et il m'a téléphoné vers midi pour me proposer de l'accompagner. Comme je n'ai plus vraiment de vie sociale ces temps-ci, je me suis dit : bah, après tout… J'étais la première sur les lieux. J'ai prévenu la capitaine Cates. Elle a lancé une alerte de niveau 1.

À une époque, chaque fois que les flics entendaient sur leur radio une alerte de niveau 1, ils passaient par un bref instant de « putain, c'est quoi ? ». De nos jours, ce genre d'alerte était si fréquent qu'elle semblait avoir perdu tout caractère d'urgence. Avant de tout laisser en plan et de se précipiter sur place, les flics réclament le maximum de détails : la fusillade a-t-elle eu lieu à l'angle d'une rue animée ? Les parents de ce lycéen de l'Upper East Side ont-ils paniqué et appelé le 911 parce que Junior n'est pas rentré depuis trois heures ?

Mais, cette fois, c'était sérieux. Quand une des personnes les plus reconnaissables de la planète se fait enlever, c'est de l'alerte niveau 1 dopée aux stéroïdes. Connaissant Cates, elle avait dû mobiliser une armée de flics pour passer la zone au peigne fin, procéder aux interrogatoires de voisinage et gérer la foule, et au moins deux inspecteurs de chaque district pour identifier et interroger l'ensemble des convives, qui risquaient tous de se considérer comme trop importants pour être retenus par la police.

Je pressentais que, le temps que j'arrive au Manhattan Center, l'endroit serait une marée de lumières clignotantes et de sirènes stridentes, avec des flics investissant en masse le bâtiment, des invités pressés de sortir et les véhicules des médias bloquant la circulation.

Je dis à Kylie que je me dépêchais et raccrochai.

— Vous n'allez pas pouvoir me déposer sur la 34e Rue, annonçai-je au chauffeur. Roulez jusqu'à ce que vous tombiez sur un mur, je finirai en courant.

— Qu'est-ce qui se passe ?

— Je ne peux pas vous donner de détails. Disons que le Mariage du Siècle s'est transformé en Bordel du Siècle.

3

— Flic et à la bourre, pas vrai ?

— Inspecteur, rectifiai-je. Correct pour « à la bourre ».

— Vous n'aurez pas besoin de courir, dit-il en manœuvrant autour d'un bus. Devant Penn Station, il y a toujours des agents de circulation. J'y vais, vous sortez votre insigne, ils nous laissent passer.

Ce qu'il fit, ce que je fis, ce qu'ils firent.

Je fixai mon insigne à ma veste. Dès que je sortis du taxi, un policier en uniforme me repéra, déplaça la barrière et me conduisit jusqu'au Manhattan Center.

Construite il y a plus de cent ans par Oscar Hammerstein I, cette ancienne salle d'opéra est désormais un centre de production aux équipements dernier cri pour le cinéma, la télévision et les maisons de disques. Les traces de son élégance et de sa grandeur passées subsistent encore dans ses deux immenses salles de spectacle : la Grand Ballroom et l'Hammerstein, lieu de réception du mariage Easton-Gibbs.

Désormais, le majestueux édifice allait ajouter un nouveau chapitre à sa glorieuse histoire : scène de crime glamour.

Le policier me guida jusque dans les régions les plus reculées de l'énorme complexe, à travers des couloirs aux murs en moellons inconnus de tous à part des services techniques. Kylie et un homme en costume anthracite m'attendaient.

Pour le travail, Kylie porte le plus souvent un pantalon, un chemisier, une veste, des chaussures confortables et un maquillage minimaliste. L'uniforme officieux de l'inspectrice dédiée corps et âme à sa mission. Mais sa tenue du jour – une robe bleue sans manches au décolleté en V qui l'enveloppe exactement aux bons endroits – enflammerait l'imagination de n'importe quel homme.

— Zach Jordan, dit-elle à son voisin.

Et, se tournant vers moi :

— Declan McMaster, responsable de la sécurité d'Erin Easton. On travaillait ensemble quand je m'occupais de l'Assemblée générale des Nations unies.

Je connaissais son nom. Et son pedigree. McMaster avait passé trente-cinq ans dans la police et les renseignements, avant de prendre sa retraite avec les honneurs. Un type du genre armoire à glace, cheveux poivre et sel, coupe militaire, mâchoire carrée, yeux foncés, regard trouble. Il me tendit la main.

— Heureux de vous rencontrer enfin, inspecteur, dis-je.

— Je suis un civil désormais, Zach. Vous pouvez m'appeler Declan. J'aurais préféré que ce soit dans d'autres circonstances. Je m'occupe de la sécurité d'Erin depuis trois ans, désolé que vous me rencontriez le jour où ma carrière de post-retraité explose officiellement en plein vol.

Il ne cherchait pas ma compassion : il décrivait simplement la dure réalité. Sur un CV de garde du corps, « un seul client kidnappé en trois ans » ne fait pas bonne impression.

— Je connais le protocole, reprit-il. Je ne peux pas participer à l'enquête, mais je ne veux pas me fondre dans le décor. Je connais mieux que personne l'univers d'Erin Easton : sa vie privée, ses activités commerciales, ses amis, ses fans, sa folie, ses zones d'ombre... Je connais tous ceux qui l'aiment, et tous ceux qu'elle s'est mis à dos... Bref, je peux vous être utile – si vous m'en donnez l'occasion.

À sa façon de se focaliser sur moi, je compris qu'il avait déjà servi son argumentaire à Kylie. Je me tournai vers elle et son regard corroborait ce que je pensais : *on ne peut se passer ni de son expertise ni de son expérience.*

— Ce sera un honneur de travailler avec vous, Declan. Et maintenant, dites-moi tout...

— Suivez-moi.

Nous lui emboîtâmes le pas le long du couloir, jusqu'à une banale porte en bois.

— Cette porte donne sur l'arrière de la loge d'Erin.

Elle était entrouverte. Sortant sa pochette de costume pour éviter d'altérer des indices, il l'entrouvrit : j'aperçus l'unité de police scientifique à l'œuvre. Puis il la referma.

— C'est une porte de service. Uniquement utilisée pour apporter les vêtements dans la loge et les ressortir. À l'intérieur, elle était cachée par des portants – je ne sais même pas si Erin connaissait l'existence de cette foutue porte... Et la poignée était verrouillée de l'intérieur.

— Il n'y a aucune marque visible, dis-je. Combien de personnes ont la clé ?

— Beaucoup trop, intervint Kylie. Le gérant nous a expliqué que la plupart des portes du bâtiment sont accessibles avec un passe. À chaque événement, des passes sont distribués et pas toujours retournés, mais personne n'a l'air de s'en inquiéter. Celui qui a ouvert cette porte pouvait donc avoir la clé depuis des années.

— Je voulais poster un vigile à cet endroit, expliqua McMaster, mais la chaîne avait un budget serré, comme tous ces réseaux du câble, et n'a pu payer que pour cinq hommes. Quatre étaient chargés de surveiller la salle, et j'ai posté le cinquième devant l'entrée de la loge.

— Autrement dit, celui qui a kidnappé Erin est entré et ressorti par la même porte, observa Kylie. Ce couloir de service mène à l'aire de livraison. La bonne nouvelle, c'est que la zone est couverte par une caméra de surveillance.

Le couloir aboutissait à deux grandes portes métalliques. Nous arrivâmes sur l'aire de chargement, et Kylie indiqua la caméra installée deux étages plus haut.

— Notre meilleure chance, c'est cette vidéo, me dit Kylie. Benny Diaz est arrivé il y a dix minutes, tu peux le mettre dessus en priorité ?

Je sortis mon portable et composai le numéro de Diaz, de la TARU[1].

— Zach, dit-il. Je suis déjà dans leur local de surveillance. Le paradis des geeks : quarante-deux caméras !

— Tu as repéré celle de la zone de livraison ?

— Moniteur 6. Je suis en train de vous regarder, là.

— La vidéo de cette caméra est prioritaire. C'est certainement par là qu'ils sont partis.

— Noté. Et dis-moi, Zach, tu peux me confirmer juste un truc ?

— Quoi donc ?

— Je viens de zoomer sur ta partenaire, l'inspectrice MacDonald. Corrige-moi si me trompe, mais c'est une bombasse de première, non ?

Je raccrochai, levai les yeux vers la caméra et lui tendis le majeur.

1. Pour Technical Assistance Response Unit : Unité d'intervention technique de la police de New York.

4

McMaster nous amena jusqu'au périmètre ceint d'un ruban de scène de crime, devant la loge d'Erin. Lenny Ringel, la dernière personne à l'avoir vue, nous attendait.

— Ringel, dis aux inspecteurs ce que tu sais, ordonna McMaster.

— Ce que je *sais* ? Comment ça, ce que je sais ? Mais je ne sais rien !

Kylie leva la main et McMaster s'écarta.

— Je suis Kylie MacDonald, voici mon partenaire, Zach Jordan. Et vous êtes ?

— Lenny… *inspecteur* Lenny Ringel. J'ai quitté la boîte il y a environ cinq…

— Lenny, quand avez-vous vu Erin Easton pour la dernière fois ?

— Il y a environ une heure. Elle arrivait de la réception et elle m'a dit qu'elle avait besoin de se changer. Elle portait sa robe de mariée mais elle voulait une autre tenue pour le spectacle.

— Quel spectacle ?

Ringel haussa les épaules et se tourna vers son patron pour la réponse.

— Elle avait prévu de chanter quelques chansons pour l'assistance, expliqua McMaster. Une idée de la chaîne, histoire d'épicer un peu leur soirée.

— Quand vous lui avez parlé, reprit Kylie en regardant Ringel, de quelle humeur elle était ?

— En pleine forme. Heureuse. Je veux dire, elle venait de se marier, elle était complètement euphorique.

— Et une fois entrée dans sa loge, est-ce que quelqu'un a essayé de l'y rejoindre ?

— Vous voulez dire, par la porte de devant, pas vrai ? Parce que je n'étais pas chargé de surveiller la porte de derrière…

Kylie acquiesça.

— La porte de devant.

— Non. Je suis resté là tout le temps. Personne n'a essayé d'entrer jusqu'à l'arrivée de ce type de la chaîne, Brockway. Erin m'avait demandé de ne pas le laisser entrer, c'est ce que j'ai fait. Ensuite il est parti, pour revenir avec l'inspecteur McMaster qui avait le passe. C'est lui qui a déverrouillé la porte.

— Vous vous rappelez l'heure exacte à laquelle Erin est entrée dans sa loge ?

— L'heure *exacte* ?

Il regarda Kylie comme si elle venait de lui poser une question piège et qu'il n'avait pas l'intention de tomber dedans.

— Non. Je ne tenais pas un registre… Je dirais, dans les 19 heures, 19 h 15… Oh, attendez, en fait *oui*, je peux vous donner l'heure exacte !

Il plongea la main dans sa poche, en retira son téléphone et, après avoir pianoté sur le clavier, nous montra une photo de lui posant avec Erin en robe de mariée.

— On a fait des selfies, et chaque photo est horodatée : regardez, elle est entrée dans sa loge à 19 h 08.

McMaster explosa.

— Tu as pris des photos ? Tu es complètement cinglé ou quoi ?

— Monsieur, reprit Kylie, avançant en funambule entre « je respecte ce que vous êtes » et « c'est moi qui mène la danse ». Je lui pose encore quelques questions puis je vous le laisse.

McMaster obtempéra.

— Montrez-moi un peu ça, Lenny…

Ringel fit défiler d'autres photos : tous les deux souriant à l'objectif, une autre où Erin tirait la langue et une dernière où elle posait un bisou sur la joue du vigile.

— Plutôt pas mal, hein ? se rengorgea Ringel. Elle a proposé de prendre ces photos pour faire plaisir à ma fiancée, Darcy. Hyper sympa de sa part. J'espère que vous allez arrêter le salopard qui lui a fait ça…

— Lenny, je vais devoir prendre votre téléphone.

— Mon téléphone ? Pourquoi ?

— Vous détenez les dernières photos d'Erin avant son kidnapping. Elles vont être utiles pour l'enquête.

— Oh, merde… Il vous faut vraiment mon téléphone ?

— Oui, répondit Kylie en tendant la main. J'ai bien peur que votre fiancée doive attendre encore un peu avant de les voir.

— Elle n'a pas besoin d'attendre, admit Ringel en posant à contrecœur son smartphone dans la main de l'inspectrice. Je… je les lui ai envoyées par MMS dès qu'Erin est rentrée dans sa loge.

C'en était trop pour McMaster.

— Putain, Ringel ! On t'engage pour protéger ces gens, pas pour faire ami ami avec eux ! C'est exactement pour ça qu'on t'a mis en poste là, loin de la salle remplie de people. Inspecteur MacDonald, s'il vous plaît, vous pouvez lui rendre son téléphone, qu'il appelle sa fiancée et lui demande d'effacer tout de suite ces photos ?

Ringel n'essaya même pas de récupérer l'appareil.

— Patron… c'est trop tard. Les clichés sont partis, maintenant.

— Partis *où* ? rugit McMaster.

Ringel ne se résolvait pas à dire le mot. Au lieu de ça, il agita deux doigts dans l'air, comme pour minimiser la taille et l'envergure du réseau mondial qui allait mettre en relation des milliards d'internautes avec quelques photos d'un flic de New York faisant l'imbécile en compagnie de la femme qu'il était payé pour protéger.

Je voyais déjà la une du *New York Post*, dès demain : « Erin Easton kidnappée pendant qu'un flic naïf du NYPD fait joujou avec son téléphone. »

Sans doute serait-il précisé, vers la fin de l'article, qu'il s'agissait d'un policier *à la retraite*. Mais l'idée générale resterait : « Connard de flic ! » Au 1PP[1], on allait bosser d'arrache-pied pour essayer de limiter la casse.

— *Là-haut…*, finit par ajouter Ringel. Vous savez bien.

On savait, oui. Et on ne pouvait rien y faire.

---

1. Abréviation de l'adresse du quartier général du New York Police Department : 1, Police Plaza.

5

McMaster vira Ringel sur-le-champ.

Rien de surprenant pour moi et Kylie. Lenny, comme on pouvait s'y attendre, tombait des nues.

— Viré pour quoi ? Quelques photos innocentes ? dit-il tandis qu'un des autres vigiles l'escortait à l'écart de la scène de crime.

Je connaissais les hommes comme McMaster. Il endosserait toute la responsabilité des erreurs de Ringel mais l'heure n'était ni aux explications, ni aux excuses. Il regarda sa montre.

— Elle est entrée dans sa loge à 19 h 08. Si les kidnappeurs sont passés à l'action rapidement, ils ont presque une heure et demie d'avance sur nous.

McMaster pouvait bien se présenter comme un civil, il était resté flic dans l'âme, et habitué à diriger les opérations. Sa référence à l'horaire indiquait qu'il attendait des résultats rapides de la part des techniciens de scène de crime. Ses paroles, comme son langage corporel, étaient révélatrices – il ne lui restait plus qu'à crier : « Allez, tout le monde au boulot ! »

Kylie perçut l'allusion moyennement subtile.

— Chuck Dryden est le meilleur criminologue avec lequel j'ai jamais travaillé. Il n'est pas aussi rapide que d'autres, mais il a des yeux de faucon.

— Je connais Dryden, dit McMaster. Je voudrais juste lui faire avaler un moteur turbo, parfois…

— Vous ne pouvez pas et je ne peux pas, intervins-je. Mais Chucky est assez fan de ma partenaire, et je parie qu'il ne l'a jamais vue aussi décolletée. Ça devrait suffire à le booster.

Ce fut le cas. Dès qu'il vit son inspectrice préférée dans l'embrasure de la porte, Dryden se réveilla.

— Chuck, dit Kylie, je sais que vous n'avez pas encore mis tous les points sur les *i* et toutes les barres au *t*, mais vous pouvez au moins nous donner une idée de ce qu'on a sous les yeux ?

Il hocha la tête et nous amena au seuil de la loge.

Je n'avais pas bien vu la scène depuis la porte opposée. Sous cet angle, je remarquai une chaise renversée, un verre de vin vide et, sur la moquette, une robe de mariée ensanglantée.

— Donc : quand ils l'ont attrapée, ils ont renversé la chaise et le verre est tombé, résumai-je. Je ne comprends pas pourquoi la robe est par terre.

— Connaissant Erin, elle a dû la jeter là quand elle se changeait, suggéra McMaster. Elle ne suspend jamais ses vêtements. Des gens le font pour elle.

— On a trouvé ça sous la coiffeuse, dit Dryden en brandissant un morceau de plastique orange.

Je reconnus tout de suite le capuchon de protection d'une seringue hypodermique.

— Aucune trace de la seringue, ajouta Dryden. Ils l'ont sans doute prise avec eux, mais ils ont fait tomber cet embout et ils n'ont pas eu le temps de le chercher.

Il plaça le capuchon sous mon nez.

— Sentez-moi ça.

Je respirai l'odeur. Encore une fois.

— On dirait du produit vaisselle…

— Je vais l'analyser mais je suis pratiquement sûr que c'est de la kétamine.

— *Special K*, ajouta Kylie. Une drogue récréative.

— Erin ne se drogue pas, dit McMaster. Elle est trop maligne pour ça. Cette saloperie vous détruit… Elle dit souvent que se droguer reviendrait à acheter un magasin, le remplir d'articles que vous voulez vendre puis y foutre le feu, juste pour se marrer. Si c'est bien de la kétamine, alors elle a servi à la mettre KO.

— Si les kidnappeurs l'ont droguée, d'où vient tout ce sang ? demanda Kylie en indiquant les taches rouges sur la robe.

Dryden prit une pince recourbée refermée sur un minuscule fragment vert et doré taché de sang.

— C'est une puce informatique. Dès qu'on sera au labo, on la soumettra à une batterie de tests mais, d'ores et déjà, je peux vous dire qu'outre le sang, on a trouvé sur les filaments de cuivre des traces de cellules cutanées, et le mot *Kinjo* gravé sur…

— Les enfoirés…, lâcha McMaster. Ces salauds l'ont tailladée !

— Vous savez ce que c'est que cette puce ? demandai-je.

— Ouais… C'est une LyfeTracker. Erin ne gagne qu'une petite partie de sa vie avec ces reality-shows. L'essentiel de ses revenus provient du sponsoring. Peu importe le produit : du moment que le deal est suffisamment juteux, Erin accepte de lui faire de la pub. Kinjo est une société de high-tech coréenne, et la puce LyfeTracker est l'équivalent de Fitbit : elle enregistre votre activité corporelle – sommeil, rythme cardiaque, toutes ces conneries. La différence, c'est que LyfeTracker est aussi équipé d'un GPS, comme un smartphone. La puce est directement implantée sous la peau – c'est une opération rapide et indolore, l'équivalent d'un piercing. L'idée c'est qu'une fois dans votre corps, si vous vous perdez pendant une randonnée, toute personne ayant accès à votre profil peut vous retrouver. Erin a signé avec Kinjo un contrat de plusieurs millions pour plusieurs années. Vous avez peut-être vu cette pub où on la voit dans différents lieux – une plage, la montagne, un loft – et, à chaque fois, elle dit : « Retrouvez-moi ici », « Retrouvez-moi ici », « Retrouvez-moi ici ». Dans la dernière scène, elle est sous sa douche, hyper sexy, et elle dit : « Avec LyfeTracker, retrouvez-moi partout. » Le produit s'est très bien vendu pendant un moment mais, il y a environ un mois, la puce a bugué et cessé de transmettre les données. Tous les ingénieurs de la boîte bossent comme des dingues pour résoudre le problème avant que le monde entier découvre que leur gadget est bon à jeter aux ordures…

— Mais ceux qui ont kidnappé Erin ne le savent pas.

McMaster secoua la tête.

— S'ils étaient au courant, ils auraient su que c'était inutile de lui arracher la puce…

Kylie se tourna vers Chuck.

— Merci. Autre chose ?

— Possible… Je vous ai dit que je n'ai pas encore terminé mais, sauf erreur, je crois que je suis tombé sur le bon filon.

Il marqua une pause, guettant notre réaction. Stratégie classique de criminologue.

— Quoi ?

— Je pense qu'on a la vidéo complète du kidnapping.

6

— Elle se filmait quand elle a été kidnappée, expliqua Dryden en montrant un smartphone dont la coque métallique aux reflets rose doré s'ornait du portrait gravé d'Erin.

— C'est son téléphone, annonça McMaster. Ça, c'est la preuve qu'elle a été emmenée contre sa volonté : elle ne s'en sépare jamais, même pour aller aux toilettes.

— En entrant, on l'a trouvé sous sa coiffeuse, fixé à une perche à selfie. La vidéo était toujours activée. Quand on a terminé de relever toutes les empreintes et de tout photographier, j'ai arrêté la vidéo, retiré le smartphone de la perche et je l'ai raccordé à cet ordinateur pour vous montrer le film sur un plus grand écran.

Il cliqua sur PLAY et l'image apparut. Erin portait un petit haut rose à paillettes décolleté et, à en juger par le décor, elle était assise à sa coiffeuse et regardait à la fois la caméra de son smartphone et le miroir tout en parlant.

« *J'ai sauté le pas !* annonçait-elle avec un petit rire. *Je suis à présent officiellement Mme Jamie Gibbs.* »

Elle leva la main gauche pour montrer son alliance incrustée de diamants.

« *J'aurais tellement voulu vous inviter tous à la cérémonie mais, comme c'était impossible, j'ai décidé de faire ce qui y ressemble le plus : comme vous le savez, ZTV filme absolument tout et nous avons préparé un show génial que le monde pourra découvrir en septembre, mais cette petite vidéo privée est uniquement destinée à mes twittos ! Je suis dans ma loge, je me change avant d'aller chanter pour mon nouveau mari et le public le plus cool de… »*

Une main gantée de latex se plaqua sur sa bouche et l'image bascula tandis qu'Erin lâchait la perche. Le smartphone cadrait à présent le plafond. Dryden cliqua sur PAUSE.

— À partir de là, l'image reste fixe jusqu'à l'arrivée de mon équipe et le moment où on récupère l'appareil. Quand je retournerai au labo, je pourrai analyser la piste son mais, en attendant, vous allez devoir tendre l'oreille…

— Je m'en occupe, dit Kylie en posant l'index sur le touchpad de l'ordinateur. Elle cliqua sur REWIND et revint environ quinze secondes en arrière. Dès qu'Erin prononça le mot « cool », elle mit sur pause et procéda à une avance image par image, afin d'étudier la main surgissant derrière la jeune femme.

Une main masculine – rien de surprenant à cela. Le gant en latex était d'un bleu opaque, rendant impossible l'identification d'une couleur de peau.

Elle appuya sur PLAY et je fermai les yeux pour me concentrer sur la bande-son. Le cri étouffé d'Erin quand la main se plaque sur sa bouche. Une sorte de plainte. Kylie revint en arrière, relança la lecture.

— Un cri de douleur plutôt que de peur, analysa Kylie. Sans doute le moment où il plante la seringue.

Puis de faibles bruits gutturaux émis par Erin, et l'homme répétant une demi-douzaine de fois « chhhut, chhhut, chhhut… ».

— Il essaie de la calmer en attendant que la substance fasse effet, dis-je.

Ce qui ne tarda pas. Dix secondes suffirent pour qu'Erin se taise totalement.

Pendant les trois minutes suivantes, des bruits indistincts. Son kidnappeur s'activait, mais je ne comprenais pas à quoi.

— Declan, dit Kylie en laissant la vidéo tourner, où est-ce que cette puce était implantée ?

— Juste là, dit-il en tapotant un point sous son bras. Un endroit presque invisible.

— Je pense que ces bruits, là, c'est notre homme en train de la retirer, reprit-elle.

Vinrent ensuite le bruit de roulettes, suivi par le cliquetis de fermoirs ouverts. Pas la peine d'être un génie de la déduction pour comprendre : il allait sortir Erin du bâtiment en l'emportant dans une malle.

Quelques grognements pendant qu'il la chargeait dans la malle, puis le clac des fermoirs, le bruit des roues qui s'éloignent, et la fermeture de la porte.

Dryden arrêta la vidéo.

— J'ai déjà regardé la suite. Il n'y a plus rien pendant un quart d'heure, puis on entend le vigile parler avec quelqu'un, des coups frappés à la porte, quelqu'un qui crie… attendez, j'ai la citation exacte…

Il consulta ses notes.

— « Allez, Erin, votre public vous attend ! C'est le moment de les éblouir ! »

— C'était Brockway, le type de la chaîne, dit McMaster. Il est venu me chercher, j'ai déverrouillé la porte de la loge et Kylie était juste derrière moi. D'ailleurs, comment vous avez fait pour être là aussi vite ?

— Vos gars sont restés impassibles toute la soirée, et tout à coup j'en ai vu trois se précipiter dans la même direction. J'ai suivi le mouvement.

— Chuck, tu as récupéré le tag horaire de la vidéo ?

Il regarda de nouveau ses notes.

— Elle a activé la caméra de son smartphone à 19 h 28. La porte de derrière s'est refermée à 19 h 34. Fin de l'histoire.

— Peut-être pas, dit Kylie. Avec un peu de chance, l'histoire se poursuit à 19 h 35 sur la caméra de surveillance n° 6.

7

J'étais soulagé que Benny Diaz s'occupe de notre affaire. De tous les flics geeks de la TARU, Benny est celui qui propose la meilleure expérience utilisateur.

Il nous accueillit dans une pièce de la taille d'une cellule de prison turque. Pas de consoles high-tech, pas de banques de serveurs, pas de murs tapissés de moniteurs de surveillance – juste une grande table en bois, deux piles de magnétoscopes et deux moniteurs Acer.

— Bienvenue dans le centre névralgique de toute notre affaire, annonça-t-il. Ce système de sécurité est une merveille absolue – si on vit dans la seconde moitié du XXe siècle.

Il sourit.

— Et pourtant, je suis en mesure de vous dire à quelle minute exacte Elvis a quitté le bâtiment[1].

— 19 h 35, dit Kylie.

Il me regarda.

— Elle n'est pas seulement jolie : elle est aussi médium.

Il connecta une clé USB à son ordinateur.

— Tu avais raison, à propos de la caméra n° 6. J'ai récupéré ça. La qualité est à peu près celle d'une caméra vidéo achetée au grossiste du coin…

---

1. Allusion à la phrase rituelle « *Elvis has left the building* », par laquelle les organisateurs de concert d'Elvis Presley annonçaient aux fans encore présents dans la salle à la fin du tour de chant que leur idole ne reviendrait pas pour un bis.

Une image apparut sur l'écran. Je mis quelques secondes à reconnaître l'aire de livraison filmée à une hauteur de deux étages par une caméra en basse définition dans les pires conditions d'éclairage.

— Ça commence à partir de là...

Il pressa la touche PLAY. Un fourgon blanc apparut dans le champ, manœuvrant en marche arrière. Avec une image aussi floue, impossible d'identifier la plaque ou d'apercevoir le visage du conducteur, je le savais.

— Attends, dit Kylie. L'heure indiquée est 18 h 26. Avec Zach, on vient de voir la vidéo où le kidnappeur enlève Erin : ça s'est passé à 19 h 28. Autrement dit, ce type est resté sur place pendant une heure avant d'entrer ?

— Non, il est arrivé à 19 h 26. L'horloge de la caméra est restée bloquée sur l'heure d'hiver.

Le conducteur sortit de la cabine. On voyait qu'il était blanc, de sexe masculin, environ un mètre quatre-vingts. Il portait des lunettes de soleil et une casquette de base-ball à la visière baissée sur le visage. Il ouvrit le hayon arrière, entra dans le fourgon et en ressortit en poussant une grande malle sur roulettes.

— C'est un *flight-case* de musicien, expliqua Diaz. Assez grand pour contenir un ampli de concert d'un mètre quatre-vingts de haut.

— Ou Erin, dit McMaster. Il est équipé de roulettes et de grands fermoirs sur les côtés. Ça correspond aux bruits sur la vidéo de l'enlèvement. C'est notre homme.

Le conducteur sortit du champ.

— Il y a une autre caméra dans le couloir après la zone de livraison ?

— *Nada*, répondit Diaz.

Il passa en lecture accélérée et l'homme réapparut à 18 h 35, c'est-à-dire 19 h 35, chargeant la malle dans le fourgon, refermant le hayon, puis sautant de la plate-forme de chargement, grimpant derrière le volant et quittant la zone.

— Bon, on cherche donc un fourgon blanc, dit Kylie. Ça en fait combien, à New York ?

— Des centaines. Peut-être des milliers. Mais ce truc-là va nous aider à préciser notre recherche…

Il mit la lecture sur pause.

— Tu vois les lettres sur la portière côté conducteur ?

— À peine… c'est très flou. On dirait du chinois.

— Ou du coréen. Ou du japonais. En tout cas ce n'est pas de l'anglais, et ça suffit à distinguer ce véhicule d'un tas d'autres fourgons blancs d'une tonne.

— Appelle le RTCC[1], ordonna Kylie. Demande-leur de récupérer toutes les photos de plaques d'immatriculation réalisées ces quatre dernières heures par tous les radars dans un rayon de vingt pâtés de maisons autour du Hammerstein. Puis vérifie si une de ces plaques correspond à un fourgon commercial blanc. En cas de correspondance, il suffit de voir si des caractères asiatiques figurent sur les portières.

— Tout de suite, dit Diaz.

— Trouver le fourgon ne va pas nous aider à trouver Erin, remarqua McMaster. Ce n'est pas un enlèvement improvisé. Celui qui a fait ça a préparé son coup méticuleusement. La caméra de surveillance retarde peut-être d'une heure mais ce type s'est pointé au moment parfait : quand Erin était seule dans sa loge, en train de se changer.

— Comment pouvait-il savoir que ça se passerait comme ça ? demandai-je.

— Il lui suffisait de suivre ses tweets. Dès qu'elle mange, qu'elle dort, qu'elle pisse ou qu'elle sort faire du shopping, elle ne peut pas s'empêcher d'en parler sur les réseaux sociaux.

---

1. Pour Real Time Crime Center : centre d'information criminelle accessible 24 h/24, 7 j/7, utilisé par les forces de l'ordre et les premiers intervenants d'urgence.

Il regarda sa montre.

— Ça fait presque deux heures qu'elle a disparu. Elle a déjà dû être transférée du fourgon vers un autre véhicule, ou un bateau, ou un avion… Ou alors, si le type est complètement taré… elle est morte.

— Elle n'est pas morte, dit Kylie. Il devra fournir une preuve de vie au moment de demander la rançon.

— Pourquoi vous êtes si sûre qu'il en veut à son argent ? demanda McMaster.

— Parce qu'il a attendu qu'elle ait épousé un millionnaire pour la kidnapper.

8

— *Il a attendu qu'elle ait épousé un millionnaire pour la kidnapper*, répéta McMaster. J'avais presque oublié votre intelligence.

— Merci, répondit Kylie. Et maintenant, allons discuter avec notre époux richissime avant que le kidnappeur le contacte.

Dans le couloir, un flic était aux prises avec un civil.

— Rien à foutre de vos relations, c'est une scène de crime, alors éteignez votre caméra où vous sortirez d'ici avec les menottes.

L'homme, d'une soixantaine d'années, restait inflexible.

— Le Premier Amendement, ça vous dit quelque chose? Empêchez-moi de faire mon travail et vous perdez le vôtre!

— Declan, vous connaissez cet homme?

— Harris Brockway. Un cadre de la chaîne. Un vrai trou du cul, mais la quantité de vidéos qu'il détient peut nous être utile. À votre place, je serais sympa.

La suggestion était diplomatique mais Kylie n'avait jamais été très douée pour être sympa, spécialement avec un trou du cul qui menaçait un policier. Elle se lança dans l'arène.

— Officier, intervint-elle, vous pouvez me rendre service et aller donner un coup de main dans la salle de réception? Je m'occupe de monsieur. Merci.

Le flic avisa l'insigne doré sur la robe bleue, haussa les épaules et s'éloigna.

Brockway avisa la blonde dans la robe, sourit et prit son air charmeur.

— Harris Brockway, vice-président des programmes de Zephyr Television, dit-il en faisant signe au caméraman d'approcher. Mes amis m'appellent Brock. Et vous êtes ?

— Inspectrice Kylie MacDonald. Voici mon partenaire Zach Jordan. Nous enquêtons sur la disparition de Mme Easton, et je vous prie de bien vouloir couper cette caméra.

— S'il vous plaît, inspectrice... Je vois bien que vous êtes une femme intelligente : faut-il vraiment que je vous explique le Premier Amendement ?

— Vous parlez de celui selon lequel aucune loi forgée par le Congrès ne doit entraver la liberté de la presse ? Non, je le connais, merci. Vous pouvez diffuser tout ce que vous voulez. Seulement, il existe des lois concernant l'interférence avec une enquête de police, et c'est précisément ce que vous faites quand vous débarquez avec une caméra sur une scène de crime. Alors, maintenant, soit vous dites à votre caméraman d'arrêter de filmer, soit vous vous préparez à passer la nuit avec lui en cellule.

L'homme derrière Brockway baissa sa caméra.

— Eh, monsieur Brockway, c'est une affaire entre elle, vous et le syndicat mais je n'ai jamais signé pour atterrir en taule.

Brockway fusilla du regard Kylie.

— Vous savez quelle somme ZTV a investie dans cette production ?

— Mon rôle ici n'est pas de vous aider à réaliser votre show, monsieur Brockway. Voilà ce que je peux faire : réquisitionner sur-le-champ vos caméras et obtenir un mandat pour avoir accès à l'ensemble des vidéos que vous avez tournées aujourd'hui. Maintenant, si vous acceptez de coopérer en me fournissant des copies de vos films, je vous laisse filmer du moment que vous ne tournez pas votre objectif de ce côté-ci du ruban jaune.

— D'accord, finit par lâcher Brockway. Je vous fais parvenir nos copies.

— Et le scénario.

— Quel scénario ?

— Monsieur Brockway. J'ai une cheffe, elle a un chef, et ainsi de suite en remontant la chaîne de commandement jusqu'au chef de la police. Tous ces gens raisonnent comme un flic, et à un moment ou à un autre, ils vont poser la même question : comment peut-on être sûr que ce n'est pas un coup publicitaire ?

— Vous êtes folle ou quoi ? C'est de la téléréalité, rien n'est scénarisé ! Comment vous pouvez poser une question aussi débile ?

— Erin Easton faisait déjà parler d'elle quand j'étais lycéenne. Elle n'est plus exactement au goût du jour… Ce kidnapping, réel ou fictif, va la propulser de nouveau sous les feux de l'actualité. Pour un officier de police chargé d'enquêter sur sa disparition soudaine, cette question est loin d'être débile.

— Pardon si je vous déçois, inspectrice, mais on n'est pas en train de tourner un épisode de *New York Police judiciaire*. On a juste une trame : une cérémonie émouvante, une réception hyper spectaculaire, des interviews exclusives avec des people invités… Bref, la recette habituelle d'un reality-show. Croyez-moi, aucun de nos producteurs n'est assez barré pour imaginer quelque chose d'aussi hallucinant que le kidnapping de la mariée !

— Il va nous falloir la liste des invités, reprit Kylie, ainsi que les noms de tous ceux qui ont accepté l'invitation mais ne sont pas venus.

— *Pas venus ?* répéta Brockway avec un sourire suffisant. Ma jolie, les gens s'entretuaient pour assister à cette soirée ! La liste d'invités comprend deux cent vingt-quatre noms.

Seules deux personnes nous ont fait faux bond : la première est l'épouse de Shelley Trager, mais naturellement vous êtes au courant puisque vous l'avez remplacée.

— Et l'autre ?

— Veronica Gibbs, répondit-il avec un sourire encore plus sarcastique et irritant. La mère du marié.

9

Dès que Declan McMaster avait découvert la disparition d'Erin, il avait demandé à ses hommes de mettre Jamie Gibbs en sécurité. Le marié était à présent enfermé dans un des bureaux de l'administration, au premier étage, sous la garde du NYPD.

— Je n'avais jamais entendu parler de Gibbs avant qu'il devienne l'homme qui épousait Erin Easton, avouai-je à McMaster tandis que je le suivais dans l'escalier en compagnie de Kylie. Qu'est-ce qu'il y a à savoir sur lui ?

— Le prototype du fils à papa friqué, un habitué de la presse à scandale, célèbre pour ses prouesses sexuelles autant que pour ses démêlés avec les paparazzi, les ex-maris et les maris tout court, les chauffeurs Uber et à peu près tous ceux qui se sont un jour ou l'autre opposés à lui. Il y a trois ans, il s'est réveillé avec une fille morte dans son lit. Il n'était pas responsable : elle avait fait une overdose. D'après Erin, ça l'a terrifié ; il a arrêté la coke et l'alcool sur-le-champ et s'est mis à travailler pour sa mère. Veronica Gibbs est la directrice de l'agence internationale de mannequins Head Turners, et elle l'a catapulté *manager de talents*. Ce métier existe vraiment – mais Veronica l'empêche de l'exercer. C'est un tyran. Sur sa carte de visite, et je vous jure que c'est vrai, ce n'est pas PDG qui est écrit mais SEC. Pour « salope en chef ». Elle dirige son business et la vie de son fils d'une main de fer. Jamie déteste vivre dans son ombre mais il n'a pas vraiment les moyens de faire autrement. Alors, s'il veut encaisser son argent de poche tous les mois, il est obligé de supporter ses conneries.

— Pourquoi Veronica a zappé le mariage ?

— Voilà deux semaines, *Vanity Fair* est sorti avec un long article sur elle. En grande partie axé sur le succès mondial de son agence dans l'univers impitoyable de la mode. Mais la journaliste a fini par lui demander ce qu'elle avait ressenti quand son fils lui avait annoncé qu'il épousait l'une des femmes les plus célèbres au monde.

— Je parie que la question a arraché une larme à maman, ironisa Kylie.

— Oh, oui… Elle a attaqué sur le mode « Célèbre pour quoi ? Pour être capable d'écarter les jambes ? ». Je vous épargne les détails de l'exécution, mais elle occupe trois paragraphes. Résumé : Erin est une petite pute qui ne pense qu'au fric. Moins de 5 % de l'article, mais les tabloïds et les JT people ont monté l'affaire en épingle jusqu'à lui donner une vie propre.

— Comment Erin a réagi ?

— Par un haussement d'épaules. En apparence, en tout cas. Mais Jamie n'a pas digéré l'attaque. Il était fou de rage envers sa mère. J'imaginais déjà l'explosion le jour du mariage, je m'étais préparé à une empoignade dès que les deux femmes se retrouveraient face à face, mais Veronica n'est jamais venue.

Nous étions arrivés devant le bureau où Jamie était enfermé. La porte était gardée par deux policiers en uniforme. À l'intérieur, un inspecteur de Midtown South. Kylie ouvrit et demanda à l'inspecteur de sortir.

— Comment il va ? lui demanda-t-elle.

— Plutôt dévasté. Et il n'a pas l'air de simuler.

— Des coups de fil ?

— Aucun appel pour lui. Il a passé un coup de fil, mais personne n'a décroché. Alors il a laissé un message. Je l'ai noté : « Maman, Erin a été kidnappée. Rappelle-moi. »

— Elle l'a rappelé ?

— Non.

J'entrai dans le bureau avec Kylie et McMaster. Jamie se tenait devant la fenêtre, d'où il observait la 34e Rue. Il se retourna dès notre entrée. De taille moyenne, il avait un visage empâté dont l'ovale aurait gagné à être mieux défini.

— Vous l'avez retrouvée ? demanda-t-il. Vous avez du nouveau ?

— Pas encore, dit Kylie, mais on a mis une centaine de policiers sur le coup. Et vous, vous avez été contacté par les gens qui l'ont enlevée ? Un coup de fil, un e-mail, un SMS, n'importe quoi ?

— Non.

Il brandit son smartphone.

— J'attends.

— Le NYPD va attendre avec vous.

— C'est-à-dire ?

— C'est-à-dire que notre meilleure chance de retrouver Erin est d'être avec vous au moment où le kidnappeur vous contactera. Nos techniciens vont surveiller vos téléphones, votre courrier électronique et vos comptes sur les réseaux sociaux. On va installer un centre de supervision devant votre domicile et, même si personne ne vous empêche d'aller et venir comme vous le souhaitez, il vaudrait mieux que vous restiez chez vous pendant les quarante-huit prochaines heures. Toutes vos conversations téléphoniques seront enregistrées, un groupe de policiers en uniforme et d'inspecteurs sera affecté à la surveillance de votre domicile, à l'extérieur comme à l'intérieur. Vous serez en permanence accompagné par un de nos négociateurs experts en situation de prise d'otage. Il vous briefera sur ce qu'il faut dire et ne pas dire quand vous serez contacté.

— Je n'ai pas besoin d'être briefé, répondit Gibbs. Je sais très bien ce que je vais dire : « Combien vous voulez ? Je paierai. Ne lui faites pas de mal, je vous en prie. »

— Jamie, intervint McMaster, ne faites pas l'idiot. Ces inspecteurs connaissent ce genre de situation par cœur. Faites ce qu'ils vous conseillent. La vie d'Erin en dépend. Voici l'inspectrice Kylie MacDonald et l'inspecteur Zach Jordan. Vous ne pourriez pas espérer de meilleurs pros pour travailler sur cette affaire.

— Désolé… Cette journée devait être la plus belle de ma vie… Je n'en reviens pas, de ce qui se passe… Qu'est-ce que je dois dire quand ils m'appelleront ?

— N'acceptez surtout pas tout de suite ce qu'ils vous demandent. Avant tout, il vous faut une preuve de vie. Et plus qu'un simple échange au téléphone. Vous allez leur demander une vidéo.

— Ça prend du temps, une vidéo. Pourquoi faire traîner les choses ? Alors qu'il suffit de payer la rançon pour récupérer Erin…

— Payer la rançon ne garantit en rien qu'ils vous rendront Erin. Et, si elle a vu le visage de ses kidnappeurs, ils n'auront aucune raison de la laisser en vie une fois qu'ils auront touché l'argent. Votre mission, c'est de garder le plus longtemps au téléphone celui qui vous appellera. Plus vos conversations avec les kidnappeurs dureront, plus nous aurons de chances de recueillir des informations sur eux et sur la localisation de votre femme.

— Vous pensez qu'ils sont plusieurs ?

— Un homme seul a enlevé Erin, mais ça ne veut pas dire qu'il est seul dans le coup, dis-je. Vous voyez quelqu'un qui pourrait être derrière tout ça ?

— Non. C'est sans doute juste un cinglé qui veut de l'argent.

— Vu qu'il n'a pas encore demandé de rançon, on doit le considérer comme quelqu'un qui veut régler ses comptes, se venger, en tout cas qui a une raison de vouloir lui faire du mal.

— Les gens adorent Erin. Mais bien sûr, comme elle est hyper célèbre, elle a aussi des détracteurs…

— Vous pensez à l'un d'eux en particulier ?

Une ébauche de sourire sur le visage de Gibbs.

— Ouais. Ma mère. Depuis que la disparition d'Erin a été annoncée, elle s'en prend plein la tronche sur les réseaux sociaux… Mais vous pouvez me croire : elle n'a rien à voir avec cette affaire. Si c'était le cas, Erin aurait été kidnappée *bien avant* que le prêtre annonce « je vous déclare unis par les liens sacrés du mariage »…

— Nous aimerions beaucoup parler à votre mère, dis-je.

— Moi aussi, inspecteur. Elle n'a répondu à aucun de mes messages. En temps normal, je ne m'inquiéterais pas, mais là…

Sa voix s'étrangla, il mit quelques secondes à se ressaisir.

— … cette journée n'a rien de normal. À mon avis, ma mère aussi a été kidnappée.

10

L'enquête avait pris une telle ampleur si rapidement qu'il nous fallait quelqu'un pour gérer la dizaine d'officiers interrogeant les invités, les proches des mariés, l'équipe de télé et le personnel du traiteur pendant que nous nous occupions de Jamie.

L'inspecteur Danny Corcoran était l'homme de la situation. Nous l'avions recruté quelques mois plus tôt et il était vite devenu notre homme de confiance, celui qui mène à bien toutes les missions sans avoir besoin de conseils ou de prétextes quelconques. Le fait qu'il était aussi un négociateur chevronné allait être un bonus dans cette affaire.

Il nous attendait à l'étage.

— Danny, fais-la courte, lui demandai-je. Qu'est-ce que tu as pour nous ?

— Pas grand-chose. Je n'ai jamais vu autant de personnes égocentriques réunies dans une même salle ! Aucune n'a vu quoi que ce soit d'intéressant mais tout le monde a une théorie à proposer – surtout les acteurs de séries policières. On a pris les noms, les adresses et les numéros de téléphone et on a laissé tout le monde repartir. Les serveurs, barmans et le reste de l'équipe ne nous sont d'aucune aide. Quant aux intimes – demoiselles et garçons d'honneur, témoins –, ils sont aussi choqués que tout le monde. Tous jurent que ce mariage était sérieux : Jamie aime Erin, Erin aime Jamie. Bien sûr, ils ont tous expliqué que la mère du marié déteste sa belle-fille, mais je suppose que vous le savez déjà.

— Merci. Autre chose ?

— Ouais. Regarde discrètement cette femme, de l'autre côté du ruban jaune. Pantalon noir, veste grise, qui crache du feu.

Je jetai un coup d'œil. Une femme nous fixait d'un regard noir, mains sur les hanches.

— C'est qui ?

— Anna Brockway. Son mari est le type de la chaîne. Elle n'aime pas la façon dont on mène l'enquête.

— Tu lui as dit quoi ?

— Elle refuse de m'adresser la parole – je ne suis pas assez haut placé pour elle. Elle dit qu'elle veut parler « à la bimbo blonde en robe bleue ».

Kylie sourit. Elle avait entendu pire.

— Ça doit être moi. C'est quoi, son problème ?

— Elle est remontée contre toi parce que tu as dit à son mari que cette histoire de kidnapping n'était qu'un coup de pub.

— Je n'ai jamais dit ça. Demande à Zach.

Danny se tourna vers moi.

— Techniquement parlant, elle ne l'a jamais *dit*. Mais si j'étais appelé comme témoin au tribunal, je dirais qu'elle l'a impliqué d'une façon définitive.

— Eh ! Ose dire que l'idée ne t'a pas traversé l'esprit ! argua Kylie.

— Bien sûr que j'y ai pensé. Mais tu l'as agitée comme un chiffon rouge... Tu as demandé à Brockway si cet enlèvement était scénarisé parce qu'il emmerdait un flic et que tu voulais te le faire.

Kylie haussa les épaules.

— Ça a marché, pas vrai ?

— Ah ça, tu peux le dire. On est sur l'affaire depuis moins de deux heures et, grâce à toi, on a déjà la femme d'une grosse ponte de la chaîne qui se plaint de nos méthodes !

— Je serais ravi de rester un peu pour votre séance de thérapie de couple mais j'ai encore du travail dans la salle, ironisa Danny.

Il fit un geste en direction de Mme Brockway.

— Je lâche le Kraken ?

Kylie acquiesça.

Il s'éloigna dans le couloir, releva le ruban de scène de crime et une petite quadragénaire à l'allure soignée avança vers nous d'un pas énergique.

— Comment osez-vous ? rugit-elle alors qu'elle était encore à six mètres.

— Madame, dit Kylie, je crois qu'il s'agit d'un malentendu.

C'était la formule la plus proche de « je suis désolée » dont elle était capable.

— Un sacré malentendu, répondit la femme. Et pour commencer, vous ne savez même pas qui je suis.

— Mais si. Quand j'ai parlé à votre mari…

— Économisez votre salive. Oubliez que mon nom est Brockway. Je suis l'agent et la manager d'Erin Easton depuis quatorze ans. J'ai épousé le vice-président des programmes de ZTV mais ça ne vous concerne en rien. Erin est ma cliente. C'est moi qui ai eu l'idée du *Erin Show*, moi qui l'ai vendu à la chaîne, et j'en suis l'une des productrices exécutives. Autrement dit, si vous commencez à raconter que ce kidnapping horrible a été scénarisé, vous m'accusez d'un crime.

— Je n'accuse personne. Je mène une *enquête*. C'est mon boulot. Et quand une célébrité majeure qui excelle dans la manipulation des médias est brusquement portée disparue, tous mes instincts m'obligent à poser la question : et si c'était un autre de ses coups de pub hollywoodiens ?

— C'est le *mariage*, le coup de pub, espèce d'abrutie ! Erin est célèbre. Elle gagne des millions. Vous la croyez assez stupide pour simuler un enlèvement, afin de devenir encore plus célèbre et encore plus riche ? Je connais votre nom, inspectrice, et si vous refusez de traiter cette affaire comme ce qu'elle est, c'est-à-dire un crime, j'appellerai personnellement le chef de la police et il vous remplacera par un inspecteur qui partagera mon avis.

— Et je connais votre nom, répliqua Kylie. Alors si cette histoire se révèle fausse, je saurai à qui m'en prendre.

— Salope, lâcha Brockway avant de s'éloigner avec fracas.

— Je ne compte pas les points, dis-je, mais si je le faisais, je dirais que le score actuel est de 1 pour Mme Brockway à 0 pour l'inspectrice MacDonald.

— Elle m'a traitée de salope et d'abrutie... Crois-moi, Zach, cette histoire est loin d'être terminée. Je vais...

Son téléphone sonna. Elle regarda l'écran.

— Cates, dit-elle.

Elle décrocha.

— Oui, capitaine.

Elle écouta pendant vingt bonnes secondes, et je vis l'expression de son visage passer de la fureur à l'optimisme.

— Bonne nouvelle ! lança-t-elle après avoir raccroché. Le fourgon a été retrouvé.

11

Après avoir prévenu McMaster et l'avoir retrouvé dans le hall, nous prîmes place dans la voiture de Kylie.

— Cates a reçu un appel de l'officier de garde à Manhattan North, dit-elle en prenant la 34e Rue en direction de l'est. Une patrouille a repéré un fourgon blanc avec une inscription en caractères asiatiques sur la portière. Il est garé sur le parking du Fairway à l'angle de la 132e Rue et de la 12e Avenue.

— Si on va sur la 12e Avenue, pourquoi rouler vers l'est ? demanda McMaster.

— Je fais un crochet par le commissariat pour me changer. Cette robe est beaucoup trop décolletée pour ma crédibilité d'ennemie du crime. Quand j'interrogeais Jamie Gibbs, il avait du mal à me regarder droit dans les yeux. Enfin bref... Nos collègues ont découvert le fourgon et vérifié la plaque : elle renvoie à un certain V. W. Jetta domicilié dans le Bronx, du côté de Pelham Bay.

— Ce fils de pute a volé des plaques, annonça McMaster comme s'il enseignait la criminologie à des nouvelles recrues de l'Académie de police.

Comme Kylie, c'était un micro-manager. Je me demandais si leurs bras de fer étaient fréquents à l'époque où ils travaillaient ensemble.

— Tout à fait, confirma Kylie d'une voix teintée d'agacement, les plaques ont été volées. Et la recherche à partir du numéro d'identification du véhicule a abouti à une société de distribution alimentaire coréenne. Le fourgon était garé à Hunts Point. Un inspecteur leur a téléphoné : comme on est dimanche, ils ne s'étaient même pas rendu compte de sa disparition.

— Bon Dieu, ce type a tout prévu, intervint McMaster.

— Les radars ont repéré la plaque à plusieurs reprises de Hunts Point à Manhattan. Plus aucune trace du véhicule à partir de 14 h 30, puis il refait surface deux heures et demie plus tard sur la 10e Avenue, à quelques pâtés de maisons du Manhattan Center. Des radars le suivent ensuite de la West Side Highway jusqu'à Harlem. Cates a demandé à Chuck Dryden de s'occuper des deux scènes, il est en route pour examiner le fourgon. Elle a aussi réquisitionné une dizaine de flics pour l'enquête de voisinage.

Kylie se gara devant le commissariat du 19e district, grimpa l'escalier à toute vitesse, retira robe glamour et talons hauts et réapparut en T-shirt-pantalon avec une veste et des chaussures à talons plats. Une tenue qui aurait donné à n'importe quelle autre femme une allure masculine. Sur elle, l'effet était fantastique.

Elle s'installa au volant.

— Et *maintenant*, en route vers l'ouest ! annonça-t-elle au cas où McMaster se serait demandé quel officier commandait les opérations.

Fairway Market est une success story new-yorkaise. Ce qui n'était, dans les années 1930, qu'un petit magasin d'alimentation dans le West Side s'est transformé en une chaîne de supermarchés haut de gamme nourrissant des millions de clients dans l'État de New York, le New Jersey et le Connecticut.

Celui de Harlem est implanté dans un quartier peu reluisant, mais le vaste parking protégé attire les clients aisés à la recherche de denrées alimentaires spéciales et de produits de qualité.

Et comme il est ouvert jusqu'à 23 heures, son parking rempli est un excellent choix d'endroit où laisser un véhicule volé.

Chuck Dryden nous attendait.

— Vous me faites cavaler, ce soir ! commença-t-il.

— Vous nous remercierez plus tard pour les heures sup', dit Kylie. Alors, vous avez quoi pour nous ?

Il nous fit signe de le suivre à l'arrière du fourgon. La malle s'y trouvait.

— Il y a du sang dans la malle et aussi sur le sol. Je viens d'arriver, il va me falloir un peu de temps pour voir s'il correspond au sang sur la puce trouvée dans la loge. Mais comme vous adorez sauter aux conclusions, inspectrice MacDonald, je vous laisse faire vos propres déductions.

— Si je vous suis bien, docteur Dryden, vous êtes sûr à 99 % qu'il s'agit bien du sang d'Erin ?

Dryden rit et détourna le regard. Il adorait quand elle le charriait.

— Empreintes, cheveux, ADN ? demanda-t-elle.

— Chaque chose en son temps, inspectrice. Cela dit, j'ai trouvé des paillettes roses à l'intérieur de la malle. Et, si vous vous rappelez, elle portait un haut rose à paillettes dans la vidéo.

— Donc, là, vous êtes certain à 100 % qu'il s'agit bien du véhicule utilisé par le kidnappeur ?

— Pas encore… Mais vous si, apparemment.

— Chuck, vous me rendez folle… Combien de temps avant d'obtenir des conclusions définitives ?

— Il faudra attendre quelques heures. En attendant, je vous suggère de discuter avec ce flic-là, à côté de la voiture de patrouille.

— Il a des infos ? demanda Kylie.

Pour la seconde fois de la soirée, Dryden lui sourit de cet air qui voulait dire *J'en sais plus que vous.*

— Il a un témoin direct sur sa banquette arrière.

12

Je fis signe au policier de s'approcher pour qu'on puisse parler. Il se présenta.

— Mike Koulermos, du 2-6. Votre témoin s'appelle Venetia Jones.

Il me donna sa carte de résidente de l'État de New York.

— Une pute. Sur le marché depuis des années. Une vieille connaissance. Pas du genre à faire chier quand on la serre. Son mac est un merdeux nommé Edgy Randolph, mais aucune chance qu'il se pointe tant qu'on est là.

— Elle a vu quoi ?

— C'est le problème, répondit Koulermos. Elle refuse de me le dire. J'étais en train de questionner les gens du coin, je lui ai demandé si elle avait vu quelqu'un sortir de ce fourgon blanc. Elle m'a dit oui et quand j'ai ajouté « Vous avez vu quoi ? », elle m'a juste répondu : « Une occasion à saisir. » Si elle sait quelque chose, elle le garde en réserve pour un flic plus gradé que moi…

— Autrement dit, elle pense qu'elle a une info de valeur qu'elle peut négocier.

— Elle *sait* qu'elle a une info de valeur, corrigea Koulermos. La nouvelle du kidnapping d'Erin Easton commence à circuler.

— Amenez-la, qu'on voie ça.

Le policier retourna à la voiture.

— Tu veux que je m'en charge ? demandai-je à Kylie.

C'était une question de pure forme. Le taux de réussite de Kylie dans l'interrogatoire de prostituées flirtait avec les 0,1 %.

— Bonne idée. Elles me détestent toutes.

— Rien de personnel. C'est juste qu'elles réagissent mieux à des figures d'autorité masculines.

Et, me tournant vers McMaster :

— Vous, vous n'avez aucune autorité, alors laissez-moi parler.

Il acquiesça. Il pouvait déjà s'estimer heureux d'être de la partie.

Venetia Jones s'extirpa de la voiture de patrouille, arborant une robe de cocktail violette et des chaussures à plateau sexy. Les putes en short en jean et bas résille sont d'une autre époque ; aujourd'hui, elles s'habillent comme pour sortir en boîte.

D'après ses papiers, elle avait trente-quatre ans mais, vue de près, elle paraissait nettement plus vieille. Elle avait dû passer la moitié de sa vie sur le trottoir et les aléas de son métier l'avaient usée. Je scrutai son visage, son regard. Je vis les kilomètres accumulés au compteur, je vis les blessures de guerre, mais, si une flamme faisait vibrer son âme, elle n'était pas là ce soir.

— Mon collègue me dit que vous avez vu quelqu'un sortir de ce véhicule.

— Ouais. Un homme, une femme. Tous les deux blancs.

— À quoi ressemblait la femme ?

— Une coupe de bourge. Cul et seins refaits.

— Allons, Venetia… il me faut plus que ça.

Elle sourit.

— Je sais ce qu'il vous faut, chéri, mais si vous voulez que j'en aie quelque chose à foutre, il va falloir payer.

Quand on vit dans la rue, toute information est monnayable, et quand une prostituée pense savoir quelque chose d'utile pour un flic, elle négocie.

— Vous acceptez l'or ? dis-je en lui montrant ma plaque d'inspecteur et en lui tendant ma carte. C'est une carte

« Sortie de prison ». Si un jour vous êtes en galère, appelez-moi… Elle n'est valable qu'une fois.

Elle lut ma carte puis me la rendit.

— Désolée, Zach. Pas besoin d'un futur coup de main… Mon problème à moi, c'est maintenant. Si vous acceptez de m'aider, alors on peut discuter.

Elle était intraitable. Elle savait ce qu'elle voulait.

— Parlez-moi de votre problème, pour commencer.

— Il y a quelques semaines, je rencontre un gentil petit Blanc dans un bar. On se plaît bien, on va à son hôtel, on s'amuse un peu mais il devait être crevé parce qu'il s'évanouit.

— Peut-être quelque chose dans sa boisson ?

— Ouais, enfin comme il ne me paie pas pour que je lui prépare son petit-déj', je ramasse mes affaires et je fous le camp, en le laissant là, allongé dans son lit…

— Précisez quelles *affaires* ?

Elle rit.

— Pour un flic, vous êtes malin… J'étais très pressée et, par hasard, pendant que je me préparais à partir, sa Rolex est tombée dans mon sac à main.

— Donc, vous vous êtes précipitée à son hôtel pour la rendre ?

— J'allais le faire mais, le lendemain, des flics me sont tombés dessus. Vous y croyez, vous ? Avec son fric et sa petite bite, le type porte plainte contre moi, une pauvre fille qui travaille dur…

— Les hommes mariés se taisent. J'imagine qu'il n'a ni femme ni enfants.

— Non. Juste un balai dans le cul. Ce cinglé veut monter l'affaire en épingle. Alors si vous connaissez quelqu'un au Bureau du procureur qui pourrait oublier le dossier, je suis sûre que la mémoire pourrait me revenir et que je pourrais vous décrire les deux Blancs qui sont sortis de la camionnette…

— Et la Rolex ? Elle pourrait revenir aussi ?

— Vous êtes dur en affaires, Zach mais bon… pourquoi pas ?

— J'ai bien un ami au 80 Centre Street[1]… *si* ce que vous avez pour moi est intéressant.

— Mon chou, c'est tellement intéressant que vous allez me proposer de garder la Rolex.

Elle sortit de son sac un iPhone, le déverrouilla et fit apparaître une photo sur l'écran. Je me penchai sur son épaule gauche, Kylie approcha de son épaule droite et McMaster n'attendit pas d'invitation : il regarda par-dessus la tête de Kylie.

La photo était sombre mais Erin Easton était bien reconnaissable, dans sa tenue rose pailletée. Un homme l'aidait à descendre par le hayon. Son visage n'était pas visible mais il portait la même casquette de base-ball que sur la vidéo de la caméra de surveillance.

— La suivante est mieux, commenta Venetia en glissant l'index sur l'écran.

Sur la seconde photo, Erin et son kidnappeur étaient en gros plan, visages éclairés par un des puissants réverbères du parking.

— Merde, merde, merde ! s'écria McMaster en plongeant la main vers le téléphone pour l'arracher à Venetia.

La prostituée lâcha aussitôt une bordée de jurons et se rua sur McMaster pour récupérer son bien. Koulermos surgit et la ceintura.

En moins de trois secondes, mon excitation devant la perspective d'une avancée majeure de l'enquête se mua en fureur envers un ex-flic incontrôlable.

Je pivotai.

— Téléphone ! criai-je.

1. Adresse des bureaux du procureur de Manhattan.

McMaster me le donna.

— Désolé, je…

— Pas le moment, le coupai-je.

Je me tournai vers Venetia.

— Ça va, madame Jones ?

— Ça va, oui… Et vous ?

— Très bien, merci. Mais je vais devoir garder votre téléphone.

— Pas de problème. J'en ai un de rechange… ou deux.

— Vous avez vu dans quelle direction ils sont partis ?

— Pas de chance, mon chéri. C'est le moment où j'ai reçu un appel professionnel. Quand j'ai relevé les yeux, ils avaient disparu. Je peux quand même vous dire une chose : je ne sais pas où ils allaient mais ils n'y allaient pas en marchant. La fille avait du mal à tenir debout sur ses stilettos à semelle rouge.

— Merci. L'agent Koulermos va vous conduire au poste pour prendre votre déposition. Je veux noir sur blanc tout ce que vous avez vu. Et il s'occupera aussi de régler ce petit malentendu autour de la Rolex.

Elle m'adressa un large sourire – un quart reconnaissant, trois quarts triomphant.

Je tendis au flic un billet de 20 dollars.

— Offrez un repas à Mme Jones.

— Il y a un super traiteur japonais sur Amsterdam Avenue, suggéra-t-elle. Mais il n'est pas donné…

J'ajoutai un second billet. Ce n'était pas cher payé pour une photo du kidnappeur.

Koulermos regagna sa voiture de patrouille avec Venetia. Je me tournai vers McMaster et brandis le smartphone sous ses yeux.

— C'est qui ? Et je le trouve où ?

13

— Il s'appelle Bobby Dodd. Un fan, complètement obsédé par Erin. Ça fait des années que ça dure, et ça a commencé bien avant qu'elle m'engage. Il est déjà entré quatre fois chez elle par effraction. Une fois ici, à New York, une autre dans son chalet d'Aspen, et deux fois dans sa villa en Toscane.

— Il n'a pas été arrêté ? demandai-je.

— Non. On savait que c'était lui, mais on n'a jamais eu assez de preuves.

— Ça va plutôt bien pour Erin si elle peut se payer trois résidences, remarqua Kylie.

— Elle en a cinq. Il y en avait même une sixième mais l'ouragan Irma a détruit sa villa en front de mer à Anguilla. L'assurance a couvert moins de 20 % des pertes. Erin est accro à l'immobilier. Dès qu'elle gagne 4 ou 5 millions de dollars, elle se met à chercher quelque chose à acheter ou à rénover, ou bien elle redécore une de ses maisons. Elle gagne des tonnes de fric mais elle ne possède pour ainsi dire aucune liquidité.

— C'est peut-être pour cette raison que Dodd a attendu la fin du mariage pour l'enlever, observa Kylie. Elle n'a pas d'argent pour payer une rançon alors que son nouveau mari, oui.

McMaster secoua la tête.

— J'ai pensé la même chose mais, maintenant, j'ai de sérieux doutes. Dès qu'on a appris son kidnapping, l'idée de la rançon a surgi dans mon esprit. C'est pour ça que je n'ai pas tout de suite pensé à Dodd. Erin a toutes sortes de fans qui la harcèlent, et Dodd n'est pas du genre à faire ça pour l'argent.

— Alors qu'est-ce qu'il veut ?

— Il la veut, elle.

— Vous ne pensez pas qu'il va demander une rançon ? intervint Kylie.

— Ça reste une possibilité. Mais rien ne garantit qu'il la libérera si on la paye. Le type est un cinglé de compétition. Je ne sais pas si Dieu lui a mis cette idée dans la tête ou s'il l'a eue tout seul mais il est convaincu qu'Erin est son âme sœur, et réciproquement. Pour lui, leurs destins sont liés à jamais. Il lui a écrit ça dans plusieurs lettres et e-mails, et il le lui a dit en personne chaque fois qu'il s'est retrouvé suffisamment près d'elle.

— Erin n'a jamais demandé d'ordonnance de protection ?

— Si elle devait déclencher une procédure judiciaire chaque fois qu'un taré dans la foule lui crie qu'il l'aime, elle passerait la moitié de sa vie au tribunal. Les people savent qu'ils vivent dans un bocal. Ils ne se tournent pas vers la justice, sauf en cas de menace physique ou de danger pour leurs enfants. En général, ils se contentent d'engager un nouveau garde du corps puis ils reprennent le cours de leur vie surmédiatisée...

— Qu'est-ce qu'on doit encore savoir sur ce M. Dodd ? demandai-je.

— Il a quarante ans, il est né à Clarksville, Tennessee. Son grand-père était maçon et lui a appris les bases du métier quand il avait une dizaine d'années. Le gamin était doué mais son père était Marine et il a voulu suivre l'exemple de papa : il s'est engagé dans l'armée à l'âge de dix-huit ans. Il y est resté douze ans, autant dire qu'il maîtrise parfaitement les techniques d'autodéfense, de camouflage et de survie ainsi que le maniement des armes. Il est rusé – dans le genre Rambo plutôt que gagnant de jeu télévisé. S'il décide de passer en mode furtif et de planquer Erin dans une cabane du Montana, de l'Idaho ou Dieu sait où, on ne la trouvera jamais.

— Vous avez un dossier sur lui ? demandai-je.

— Oui, et plutôt épais. Je peux le récupérer *via* mon smartphone et le faire suivre par e-mail à qui vous voulez.

— Pour commencer, à moi et à Kylie. On le communiquera au CICTR et aux gars du 1PP pour trouver le maximum d'infos sur Dodd. Ils ne connaissent pas sa correspondance privée avec Erin, donc ça leur sera utile – merci pour le coup de main.

— On devrait aussi mettre dans la boucle l'Unité des crimes violents, suggéra Kylie. Les petits matheux du CICTR nous alimentent en données utiles mais ils ne quittent jamais leurs bureaux. Ceux de l'UCV forment une unité d'élite : ils se rendront dans tous les lieux où Dodd a ses habitudes, passeront au peigne fin son activité sur les réseaux sociaux pour trouver d'éventuels complices, vérifieront ses relevés de carte bancaire et tenteront de le localiser en analysant ses dizaines de routines, habitudes et rituels.

— Bonne idée, dis-je. Avec l'UCV, on aura des yeux, des oreilles et des pieds dans la rue.

— Vous êtes sûrs que vous voulez aller aussi loin ? demanda McMaster. On a la photo de Dodd. Il suffirait de la rendre publique pour que huit millions de paires d'yeux se mettent à le chercher et alors…

Kylie l'interrompit.

— Dodd ne sait pas qu'on l'a identifié. Si on balance sa photo dans les médias, ou même en interne, il l'apprendra. Et, s'il est aussi rusé que vous le dites, on court le risque qu'il disparaisse de la surface de la Terre dans la seconde… L'UCV est notre meilleur moyen de mener en toute discrétion une recherche en profondeur.

— Si vous le dites…

À l'évidence, McMaster n'était pas d'accord. Mais il comprenait enfin que sa voix ne comptait pas.

En l'impliquant dans l'enquête, Kylie et moi avions enfreint les règles. Et le pari s'était révélé payant : en tant que responsable de la sécurité d'Erin, il avait pu identifier le kidnappeur. À présent, il n'avait plus d'autre utilité pour nous. Je pressentis que ce serait sans doute plus facile que Kylie se charge de lui annoncer la nouvelle ; je lui adressai un petit signe de tête, elle comprit.

— Merci pour tout, Declan. J'ai bien reçu votre e-mail. Zach et moi, on part vérifier le dernier domicile connu de Dodd, dans le Bronx.

— Je suppose que vous préférez y aller sans moi ? Je suis prêt à faire un vœu de silence si…

— C'est que… on est à la recherche d'informations susceptibles d'être utilisées lors d'un procès. Mais je peux appeler le bureau du procureur pour vérifier qu'il y a toujours cette loi un peu agaçante interdisant à tout civil de participer à une enquête de police ?

Il rit.

— Je prends un taxi et je rentre à l'Hammerstein. Tenez-moi au courant.

— Entendu, monsieur. Autant que je le pourrai.

Nous savions tous les trois que ce ne serait pas grand-chose, mais mieux valait ne pas le préciser.

14

Pelham Bay est le cœur historique italo-américain du Bronx. Un quartier sûr, recherché, aux rues bordées de vieux arbres, de voitures familiales milieu de gamme et de bâtiments d'architecture post-Seconde Guerre mondiale.

— Bienvenue en 1955, annonça Kylie en s'engageant sur Zulette Avenue où la plupart des maisons arboraient des façades en briques rouges, des auvents en métal et des balustres en fer forgé.

Elle se gara devant une maison identique à toutes les autres, jusqu'au drapeau américain à la fenêtre.

Les lumières aux étages étaient allumées mais le rez-de-chaussée, avec son entrée indépendante vers un appartement, était plongé dans le noir.

— La propriétaire est réveillée, le coupable volatilisé, résuma Kylie pendant que nous montions les marches du perron en briques rouges.

Elle pressa la sonnette à l'entrée.

— Qui est-ce ? demanda une voix de femme.

— Police, répondit Kylie.

Elle leva son insigne devant le judas de la porte. Je l'imitai.

— Nous voudrions parler à Lucille Speranza.

— À quel propos ?

— Votre locataire.

La plupart des gens sont incapables de masquer ce qu'ils pensent des flics ; en général, ils le laissent transparaître immédiatement. Je les regroupe en trois catégories principales : ceux qui paniquent dès qu'on évoque la police ; ceux qui nous respectent et apprécient notre action ; et ceux qui, au premier coup d'œil, se montrent méfiants, hostiles voire carrément agressifs.

Dès que Mme Speranza nous ouvrit, je compris qu'elle se rangeait directement dans cette dernière catégorie. C'était une veuve de soixante-dix-sept ans qui culminait à un mètre cinquante-deux pour quatre-vingt-dix kilos, affublée d'un nez crochu et d'une touffe de cheveux aux boucles orange fluo contrastant avec sa robe à fleurs rouge. Son attitude était résolument belliqueuse.

Au lieu d'un « Qu'est-ce qui se passe ? » traduisant son intérêt, elle nous aboya au visage :

— C'est quoi, votre problème ?

— Vous avez bien un locataire nommé Bobby Dodd ? demanda Kylie.

— Quelle question stupide ! Vous le savez bien, puisque vous vous pointez chez moi en pleine nuit… Qu'est-ce qu'il a fait ?

— On veut juste lui poser quelques questions.

— Ça ne m'étonne pas qu'il intéresse des flics. Il ne m'a jamais inspiré confiance…

— Il y a une raison à ça ?

— Il n'a ni femme, ni gosses, ni petite amie. Je ne le vois jamais avec d'autres gens. Pas besoin d'autre raison, pas vrai ?

— Il loge dans l'appartement au rez-de-chaussée, n'est-ce pas ? demandai-je.

— Bien sûr qu'il loue le rez-de-chaussée. Vous croyez peut-être qu'il vit avec moi ?

— Il n'y a aucune lumière chez lui.

— Alors je suppose qu'il n'est pas là ; quant à savoir où il est… aucune idée. Ce sera tout ?

— Non, madame. Quand l'avez-vous vu pour la dernière fois ?

— Il y a quelques jours.

— Vous pouvez être plus précise ?

— Mardi. Non, mercredi. Il portait des sacs de linge.

— Il a une voiture ?

— Je n'en sais rien. S'il en a une, il ne la gare jamais devant chez moi.

— Vous avez une idée de l'endroit où il pourrait être ?

— Je vous ai déjà répondu : je ne sais pas et je ne veux pas le savoir.

— Vous permettez qu'on fouille son appartement ?

Speranza réfléchit un instant.

— Qu'est-ce qui se passe si je refuse ?

— On revient à 3 heures du matin avec un mandat.

— Attendez-moi. Je vous apporte le double de la clé.

Elle referma la porte d'un coup sec.

— En pleine nuit ? répéta Kylie. Il est 22 h 45, tout est allumé chez elle et elle est encore habillée.

— On est sur l'affaire depuis seulement quelques heures mais on peut déjà l'éliminer du concours de Miss Sympathique, commentai-je.

Speranza réapparut, un gilet vert citron jeté sur sa robe rouge, tenant un sac à main surdimensionné. Nous la suivîmes tandis qu'elle descendait jusqu'à la porte d'entrée de l'appartement. Elle fouilla dans son sac et en sortit la clé. Elle ouvrit.

— Restez là, lui ordonna Kylie.

Je la suivis à l'intérieur et allumai.

— Je vous l'avais bien dit, lança Speranza. Il n'est pas là. Les meubles sont à moi, alors n'allez pas tout saloper avec votre poudre à empreintes ou je ne sais quoi…

Elle entra à son tour – inutile d'essayer de l'en dissuader.

La pièce était d'une taille confortable, environ six mètres par huit, et abritait une minuscule kitchenette avec un bar, un canapé tapissé d'un tissu à fleurs rose et vert, un fauteuil relax au bordeaux voluptueux, une commode en noyer des années 1940, une table basse chromée à plateau de verre des années 1960 et un téléviseur Sony datant de l'ère prénumérique.

— Le canapé est convertible, expliqua Speranza. Et les toilettes sont là-bas…

Nous étions déjà en train d'ouvrir les tiroirs et les portes.

— Qu'est-ce qu'il a fait ? Cambriolé une banque ?

— Vous le voyez vraiment faire un truc pareil ? demanda Kylie.

Speranza marmonna quelques mots en italien – j'en connaissais assez pour comprendre qu'elle et Kylie ne seraient jamais meilleures-amies-pour-la-vie.

En moins de dix minutes, nous avions fait le tour de l'appartement et pris toutes les photos utiles. Aucune trace de Dodd, aucun indice sur sa localisation actuelle, rien qui nous permette de deviner ce qu'il fabriquait quand il était là.

— Fini ? s'impatienta Speranza.

— Pour le moment, oui. On va faire venir une équipe de la police scientifique pour des relevés plus approfondis. En attendant, cet appartement est zone interdite.

— Pas grave. Je ne m'en sers jamais. C'est juste pour la location.

— *Zone interdite* signifie que vous ne pouvez pas le louer.

— Jusqu'à quand ?

— Impossible à dire. Tant que l'enquête policière est en cours.

— Très bien, mais on est en juin. Vous avez intérêt à boucler votre enquête d'ici au 1er septembre…

— Qu'est-ce qui se passe après ?

— Dodd a payé son loyer jusqu'à fin août. Le 1er septembre, je cherche un nouveau locataire ou je demande à la police de payer le loyer.

15

— Jamie Gibbs est totalement bidon, lâcha Kylie.

Nous venions de traverser le pont Robert-Kennedy reliant le Bronx à Manhattan et roulions vers le commissariat. Il était minuit passé mais on y trouverait une armée de flics plongés dans leurs notes après des centaines d'interrogatoires, y cherchant la pépite susceptible de propulser leur carrière sur orbite. Penchés sur eux, un peloton de chefs impatients exigeant des réponses immédiates car sommés de fournir des réponses immédiates à leurs propres chefs impatients.

C'était le dernier endroit au monde où j'avais envie de me trouver.

— Tous ceux qu'on a vus ce soir étaient bidon, remarquai-je. Pourquoi t'en prendre à ce pauvre Jamie ?

— Quand je lui ai dit que je voulais interroger sa mère, il s'est mis à geindre, comme s'il avait peur que le kidnappeur d'Erin s'en soit aussi pris à maman. Mais c'est des conneries. Veronica Gibbs est une rock star à elle seule. Si elle était victime d'un enlèvement, l'un de ses nombreux larbins en serait aussitôt informé et lancerait l'alerte, et les programmes télé seraient interrompus… Jamie le sait mieux que personne. Alors pourquoi ne serait-ce que suggérer ce kidnapping ?

— Mécanisme de défense. C'est un fils à maman. Maman n'est pas venue à son mariage, et maman ne s'est pas précipitée vers lui quand l'orchestre a joué la marche nuptiale. Alors, au lieu d'accepter le fait que la vieille

Mme Gibbs n'en a rien à foutre de la jeune Mme Gibbs, Jamie préfère se convaincre que sa mère est victime d'un acte de malveillance.

— Ou alors, il tente de *nous* convaincre qu'elle est victime pour qu'on ne la considère pas comme une suspecte.

— Elle est suspecte ? demandai-je.

— Elle a un mobile.

— Et nous avons un témoin oculaire qui a identifié Bobby Dodd avec Erin.

— Peut-être que Bobby et maman sont complices sur ce coup ?

Ça ne rimait pas à grand-chose, mais la logique n'est pas toujours de mise quand on tente de résoudre une affaire criminelle. J'avais déjà vu plus d'une théorie absurde se révéler exacte.

— OK. Admettons que maman et Bobby sont de mèche. Balance ta théorie.

Kylie sourit. Percer à jour une énigme était sa passion autant que son métier.

— D'accord. On sait que Bobby est obsédé par Erin. C'est son âme sœur, leur destin est d'être unis à tout jamais. Il l'aime. Il ne va pas la tuer. Alors il a besoin d'un endroit où la planquer suffisamment longtemps. Tu penses qu'il l'a attachée par une chaîne à un tuyau dans une cave infestée de rats ?

— J'ai déjà essayé, ça ne fait aucun effet sur les filles. Surtout celles qui, comme Erin, sont habituées à un certain confort. Bobby va être obligé de monter en gamme et d'opter pour une planque cinq étoiles.

La plaisanterie tomba à plat : Kylie reprit de plus belle, décidée à aller au bout de son raisonnement.

— Zach, tu as lu le dossier de McMaster sur Dodd. Ça fait des années qu'il n'a pas eu de vrai boulot. Il n'a aucune sorte d'historique bancaire. Je ne sais pas quels sont ses revenus mais, d'après la piaule qu'il louait, ça ne doit pas aller chercher loin.

— Pour kidnapper quelqu'un comme Erin, il faut de l'argent. La préparation, l'exécution… et puis il faut la nourrir, s'occuper d'elle, la cacher pendant une durée indéterminée… Impossible de mener une telle opération avec un budget restreint. Ça coûte cher de devenir invisible. Or, Dodd est un solitaire, pas le genre de type à avoir un meilleur ami prêt à financer son obsession.

— Donc, tu suggères qu'il s'est fait un ami de circonstance ? Qui voit en Dodd un moyen de se débarrasser d'Erin, et assez de ressources financières et de motivation pour l'aider ?

— Exactement. Donc, Veronica Gibbs.

— Théorie intéressante. Je peux la dézinguer ?

— Tu peux essayer.

— Sur les réseaux, beaucoup de gens montrent du doigt Veronica. Jamie a balayé l'hypothèse en expliquant que, si sa mère était derrière tout ça, Erin aurait été kidnappée bien avant le mariage. Ça se tient.

— Tu ne vois pas en quoi c'est génial ? C'est comme si Jamie disait : *Ma maman ne peut pas avoir volé votre Mercedes, elle vole seulement des voitures américaines*. On ne peut pas évacuer du tableau Veronica sous prétexte que le kidnapping ne s'est pas déroulé de la façon dont Jamie voudrait qu'on l'imagine.

— On ne l'évacue pas. Même si on n'a pas le moindre début d'indice qui la relie au kidnappeur, elle est toujours la première sur notre liste des personnes qui voudraient voir disparaître Erin Easton. On va l'interroger, c'est sûr.

— Alors ne perdons pas de temps.

— Ça me va. J'appelle McMaster pour avoir son adresse.

— Ne t'embête pas, on y est, dit Kylie en se garant à la hauteur d'une bouche d'incendie devant un immeuble à l'angle de la 92e Rue et de Park Avenue.

16

— C'était rapide, dis-je en ouvrant ma portière. Comme si tu lisais dans mes pensées.

— Je me suis dit que tu n'avais sûrement pas envie de retourner à l'écurie et de retrouver tous ces flics occupés à boucler l'enquête avant nous. Et puis, on doit quand même s'assurer que Veronica n'a pas été kidnappée ; on le doit bien à Jamie…

Le portier leur assura que Mme Gibbs était en vie et en pleine forme.

— Elle vous attend.

— Elle nous attend ? répéta Kylie.

— Eh bien, ouais… Son assistante a appelé et m'a prévenu que des flics allaient arriver. Vous êtes bien là à cause de toute l'affaire Erin Easton, pas vrai ?

— Nous sommes pressés, répondit Kylie sans se soucier de la question.

— D'accord. Mme Gibbs occupe les penthouses A et B. Vous allez au A, c'est son bureau. Le B est interdit, c'est son domicile. Comme à la Maison Blanche, ajouta-t-il au cas où nous n'aurions pas saisi. J'appelle pour prévenir de votre arrivée.

Il y avait un garçon d'ascenseur. Il hocha poliment la tête mais ne dit pas un mot pendant que la cabine montait. Un métier solitaire, surtout en plein cœur de la nuit, mais j'étais sûr que son refus de bavarder était moins dû à son tempérament qu'à une consigne de Veronica.

Les portes s'ouvrirent sur un vestibule où une table ancienne laquée trônait sur un épais tapis persan. Un vase XXL accueillait l'équivalent d'une semaine de salaire en fleurs coupées. De chaque côté du vestibule se dressaient deux portes en acier de style industriel. Le garçon d'ascenseur nous indiqua celle qui était marquée d'un A.

— Appuyez sur la sonnette et regardez la caméra, dit-il.

Nous obéîmes. Un clic électronique se fit entendre en même temps que la porte se déverrouillait.

— Attendez à l'intérieur, ajouta-t-il.

Nous entrâmes. La porte se referma derrière nous. J'entendis l'ascenseur redescendre.

Il était minuit passé mais les lumières étaient allumées, l'air était empli d'une douce musique d'ambiance et d'une odeur de café chaud. À environ cinq mètres de la porte, de l'autre côté d'une cloison de verre, deux hommes et deux femmes étaient assis autour d'une table. Ils faisaient face à un panneau en liège où étaient punaisées six photos de femmes splendides. La discussion paraissait animée, scandée par des hochements de tête et des rires. Enfin, un des hommes prit une photo et la posa, retournée, sur la table.

— Encore une réunion de travail harassante à l'agence de mannequins, ironisa Kylie.

— Pardon de vous avoir fait attendre.

Une femme brune d'une petite trentaine d'années s'avançait vers nous.

— Je suis Adriana Stevens, une des assistantes de Mme Gibbs.

Nous nous présentâmes à notre tour en lui tendant nos cartes.

— Nous savions que des policiers devaient venir, mais pas quand, expliqua Stevens.

— Je suis bien conscient qu'il est tard, dis-je, mais je n'ai pas l'impression qu'on réveille quelqu'un.

— Oh, il n'est pas tard. En Europe, c'est lundi matin et Veronica est en pleine *conf call.*

Elle jeta un coup d'œil à son iPad.

— Pendant combien de temps vous avez besoin de la voir, d'après vous ?

— On ne sait pas, répondit Kylie. Vous êtes bien consciente qu'il s'agit d'une enquête de police à propos de la disparition de sa belle-fille ?

Stevens posa l'index sur ses lèvres.

— Pitié, ne dites pas ça.

— Dire quoi ?

— Belle-fille, murmura-t-elle. Veronica peut devenir folle si elle vous entend faire allusion à cette femme comme d'un membre de sa famille.

— Quand pourrons-nous parler à Mme Gibbs ? demandai-je.

— Son agenda est plein jusqu'à ce matin.

— Pardon ? Elle ne dort pas ?

— Pas comme les gens normaux. Elle a une horloge biologique extraordinaire. Quelques heures de sieste lui suffisent, et elle est fraîche comme une rose. C'est pour ça qu'elle a trois assistantes : on se relaie.

Elle consulta de nouveau son iPad.

— Veronica a réussi à grappiller au moins trois heures de sommeil cet après-midi, entre 14 et 17 heures, ce qui veut dire qu'elle peut tenir jusqu'à midi. Je peux vous trouver une place avant sa réunion du petit-déjeuner, à 7 heures.

— Madame Stevens, dit Kylie, la vie d'une femme est en jeu. On n'est pas venus pour que vous nous trouviez une place. Dégagez quelqu'un de votre planning *tout de suite.*

— OK, pas la peine de vous en prendre à la porteuse de mauvaise nouvelle ! Je reviens dans une minute.

Sitôt Stevens partie, Kylie se tourna vers moi.

— Tu as saisi ? Elle a fait un petit somme pendant le mariage de son fils !

Je hochai la tête. Que Veronica Gibbs soit une mère catastrophique ne me surprenait pas. En revanche, je ne comprenais toujours pas comment elle pouvait diriger une entreprise internationale en dormant si peu.

Pendant que nous attendions, nous observâmes le déroulement de la réunion à travers la cloison de verre. L'une après l'autre, trois photos furent retirées du panneau de liège. Il ne restait plus que deux mannequins, l'une blanche, l'autre noire.

Avant que nous puissions voir l'heureuse élue, Veronica Gibbs apparut dans le couloir, suivant son assistante d'un pas énergique. Environ soixante-cinq ans, coupe de cheveux parfaite, la taille haute, le corps svelte et anguleux d'une top-modèle, et démarche délibérément agressive d'une PDG furieuse.

— Aucune idée de l'endroit où elle se trouve, lança-t-elle, et je n'en ai strictement rien à foutre. Elle s'arrêta devant nous et nous tendit les cartes que nous avions données à son assistante. Si vous avez d'autres questions, inspecteur Jordan, inspectrice MacDonald, contactez mon avocat. Adriana va vous donner son numéro.

Selon le protocole en vigueur au NYPD Red, les enfoirés riches-et-célèbres bénéficiaient d'un traitement différent des enfoirés habituels. Autrement dit, l'entretien était terminé avant d'avoir commencé.

— Juste une question rapide, riposta Kylie. Vous avez déjà vu cet homme ?

Elle lui montra sur son téléphone la photo que Venetia Jones avait prise de Dodd.

— Jamais. C'est lui qui l'a kidnappée ? Dites-lui de ma part que je n'ai pas l'intention de lâcher le moindre cent.

— Il vous a contactée ? demandai-je.

— Ce type ? Non ! Comment il aurait pu avoir mon numéro ? Mon fils Jamie m'a appelée. Il veut que je l'aide à racheter la pétasse que je lui avais déconseillé de fréquenter. Dans ses rêves…

Elle pivota et s'éloigna.

— Madame Gibbs ! l'appela Kylie.

Gibbs s'arrêta, se retourna, revint vers nous. Lentement. Une tigresse blanche à la silhouette élégante et au regard rempli de haine.

— Je ne l'ai pas kidnappée. Je n'ai payé personne pour la kidnapper. Je ne connais pas l'homme qui l'a kidnappée et je ne sais pas où elle peut se trouver. La seule chose que je sais, c'est que je prie Dieu pour qu'elle ne revienne jamais. Au revoir.

De nouveau, elle se retourna et s'éloigna. Cette fois, aucun de nous n'essaya de la retenir.

17

— Bienvenue dans ton chez-toi loin de chez toi, dit Dodd en ouvrant la porte de la chambre. C'est petit mais c'est coquet.

Son sourire était sincère. Il était si fier que c'en était pathétique.

C'était la pièce la plus laide qu'Erin ait jamais vue. Chaque centimètre carré de mur était recouvert de panneaux gris-beige. Pour l'isolation phonique.

Le lit, étroit, n'avait ni pied ni tête, mais les draps paraissaient propres. Avec un peu de chance, il n'y aurait pas de punaises. Le reste du mobilier se limitait à des cartons remplis de vêtements.

— Je n'ai pas les moyens de faire mes courses chez Saks, mais j'espère que tu aimeras ce que je t'ai acheté.

Elle détestait. Jeans dégriffés, shorts vert vomi, sous-vêtements par lot de trois, quelques T-shirts atroces, deux tenues de jogging et une paire de baskets trop grandes d'une taille.

— La salle d'eau est à côté.

Il n'y avait pas de porte. Un lavabo, une douche, une cuvette de WC et un sac de boutique « Tout à 1 dollar » contenant du shampooing, du dentifrice, des tampons et divers produits de toilette bas de gamme. L'éclairage était si cru qu'elle eut l'impression de voir un cadavre dans le miroir.

— C'est ici que tu vas vivre. Quand je suis là, tu peux t'installer dans le salon ou dans la cuisine avec moi mais, chaque fois que je sortirai, tu devras rester dans ta chambre, avec une baby-sitter à plein temps. Je l'ai appelée OctoMaman.

Il leva les yeux vers le plafond et Erin, suivant son regard, découvrit une caméra dôme.

— Celle-là est visible, mais pas les autres. Il y a huit paires d'yeux réparties dans toute la maison et OctoMaman retransmet tout ce qu'elle voit sur mon téléphone ou sur mon iPad. Alors ne tente rien de stupide, d'accord ?

— Promis.

C'était la première chose qu'Ari lui avait apprise : *être obéissante*.

Erin avait vingt-deux ans quand *People* l'avait mise à sa une avec le titre : « La femme la plus désirable du monde. » Une semaine plus tard, deux hommes se jetaient sur elle dans le parking d'un centre commercial de LA et tentaient de la faire monter dans leur van.

Ils y seraient parvenus sans l'intervention d'une femme flic en civil qui avait entendu les cris d'Erin et avait réussi à mettre en fuite ses agresseurs.

Le lendemain, son père avait engagé un garde du corps. Erin bénéficiait d'un service de sécurité depuis des années mais rien de plus que des videurs montés en gamme, des montagnes de muscles capables de transformer en serpillière quiconque harcelait la jeune femme – mais celui-ci était différent. Ari Loeb parlait plusieurs langues et maîtrisait à la perfection les techniques de combat apprises lorsqu'il était commando au sein du Mista'arvim, l'unité d'élite de contre-terrorisme des forces de défenses israéliennes.

Très rapidement, Ari l'avait prévenue qu'elle constituait une cible de choix pour tout kidnappeur potentiel.

— Je n'ai pas peur. Vous les arrêterez à temps.

— Oui, mais je n'ai pas le pouvoir d'arrêter une balle. Je vais vous apprendre ce qu'il faut faire et ce qu'il ne faut pas faire si vous vous retrouvez un jour prise en otage et que je ne suis pas là. Ça vous dit de retourner dans le centre commercial où vous avez failli être kidnappée ?

— Parfait, je vous suis.

Dès qu'ils étaient montés en voiture, Erin s'était mise à le bombarder de questions.

— Vous avez déjà tué quelqu'un ?

— On ne parle pas.

Elle eut une moue boudeuse.

— On en a pour trente-cinq minutes de trajet. Qu'est-ce que je suis censée faire ?

— Être attentive.

— À quoi ?

— À tout.

Il ne l'avait pas emmenée au centre commercial. Après cinq minutes de route, il s'était garé sur le bas-côté.

— Être attentive à ce qui vous entoure peut vous sauver la vie. Si vous êtes relâchée ou si vous parvenez à vous échapper, tous les détails dont vous vous souviendrez seront utiles à la police.

Il lui avait ensuite posé cinq questions sur les choses qu'ils avaient vues, entendues et même senties pendant ce bref trajet. Elle avait répondu complètement à côté.

— En pensée, vous étiez déjà au centre commercial. Vous devez apprendre à vivre dans le moment présent.

Il était tellement sexy. Cheveux noir de jais, regard gris acier, lèvres charnues, et sa veste laissait deviner un torse parfaitement sculpté. Erin s'était penchée pour l'embrasser.

Il lui avait saisi le poignet.

— Non ! Ni maintenant, ni jamais.

— Pourquoi ? Vous êtes marié ?

— Non. Je suis ici seulement pour vous protéger de la folie des autres et de votre propre idiotie. Si vous n'avez pas envie d'apprendre, je chercherai une autre élève plus motivée.

— Désolée… On recommence.

Ce qu'ils firent. D'emblée, Ari lui avait expliqué qu'elle ne devait jamais laisser son ennemi percevoir combien elle était préparée à cette situation. Il lui avait appris à rester active mentalement et physiquement. À tirer parti de la plus infime erreur commise par son kidnappeur. Mais surtout – le plus important : quel comportement adopter avec lui. Rester digne. Il est toujours plus difficile de tuer ou de torturer quelqu'un que l'on continue de considérer comme un être humain. Nouer des liens. Ne pas braquer son ennemi, ne pas essayer de le convaincre de sa folie. Et, par-dessus tout : obéir. Même pour des choses dont elle n'aurait pas envie – le sexe, par exemple. Il faudrait obéir car, parfois, c'est l'unique façon de rester en vie.

Pendant les quatre années passées ensemble, Ari n'avait cessé de lui répéter :

— Céder, oui. Capituler, jamais.

18

Il était 2 heures du matin quand débuta notre débriefing à l'intention de nos chefs. Pas seulement la capitaine Cates mais toute la chaîne alimentaire. Même le maire était présent.

Ils nous posèrent beaucoup de questions, auxquelles nous étions pour certaines incapables de répondre car nous nous les posions nous-mêmes.

— Tu sais ce qui nous différencie d'eux ? me demanda Kylie une fois la réunion terminée. Nous, on cherche à résoudre l'enquête ; eux, ils cherchent quoi faire si on n'y arrive pas.

De retour à nos bureaux, la paperasserie habituelle nous attendait. Dans une enquête normale, on note sur des formulaires les dernières informations, au jour le jour, et le tout finit dans un dossier accessible dans tout le service. Mais cette affaire était bouillante et, pour éviter la moindre fuite dans la presse, la consigne était de restreindre l'accès aux rapports à un nombre très limité de personnes.

Il était trop tard pour rentrer chez nous. À 3 h 30, Kylie et moi décidâmes de passer la nuit au commissariat. Je dormis jusqu'à 6 h 30, pris une douche et me demandai par quel miracle Veronica Gibbs parvenait à rester en vie en dormant si peu chaque jour. Comme Kylie était encore endormie, je sortis nous acheter de quoi petit-déjeuner au Gerri's Diner, au coin de la rue.

C'est à cet instant que ma journée prit une tournure intéressante.

Cheryl Robinson, l'amour de ma vie, était assise dans un box en compagnie de Gerri Gomperts, gérante de l'établissement toujours prête à débrouiller vos problèmes en vous préparant des œufs brouillés.

Dès mon entrée dans la salle, les deux femmes se levèrent. Cheryl courut vers moi et me prodigua une étreinte réconfortante. Gerri prit la cafetière, me servit une tasse et m'annonça que je faisais peur à voir.

Je commandai deux burritos et deux cafés à emporter puis m'assis face à Cheryl.

— Qu'est-ce qui se passe avec Erin Easton ? me demanda-t-elle.

J'insérai une clé imaginaire entre mes lèvres et les verrouillai.

— Désolé, chérie, affaire ultrasensible. Changeons de sujet.

Elle haussa les épaules.

— Qu'a dit Kylie au sujet de mon cousin ?

Je savais exactement à quoi elle faisait allusion mais je lui lançai un regard interrogateur, le temps de trouver une réponse.

— Mon cousin Shane. Tu étais censé lui parler de lui.

Mon premier réflexe était de lui répondre *Bah, tu sais, on était un peu occupés par cette histoire de kidnapping.* Mais c'était une excuse bidon qui ne ferait pas illusion devant Cheryl. J'avais passé toute la soirée avec Kylie. Et on était restés bloqués assez longtemps dans la voiture. J'aurais largement eu l'occasion de lui parler de ce grand et séduisant rouquin, future star de la gastronomie, qui était parfait pour elle.

Et la réponse surgit dans mon esprit.

— C'est trop tôt ! Je sais que tu crois que j'étais censé parler de Shane à Kylie, mais ce n'est pas comme ça que ça marche, avec les mecs. Je ne peux pas chanter les louanges de Shane sans avoir tiré le truc au clair avec lui d'abord.

On dîne avec tante Janet dans son restaurant le mois prochain, je lui poserai la question à ce moment-là. S'il est partant, je passe à l'étape suivante.

— On ne va pas attendre un mois! répondit-elle. J'étais justement en train d'expliquer à Gerri qu'après ton départ, Shane est revenu à notre table. J'en ai profité pour tout lui raconter sur Kylie. Il n'aime pas les rendez-vous arrangés mais je lui ai si bien fait l'article qu'il semblait définitivement intrigué.

— Tu lui as dit que c'était ma partenaire?

Le téléphone de Cheryl vibra. Elle consulta le SMS et se leva.

— Le devoir m'appelle, je dois filer. Je sais que tu es débordé, moi aussi. Je t'appelle plus tard. Tu me diras ce que Kylie pense de Shane.

Elle se pencha vers moi pour un rapide baiser et m'abandonna à ma place. Je vidai ma tasse et Gerri apparut aussitôt pour la remplir.

— Ta commande est presque prête mais, en attendant, j'ai une question: combien de bouteilles de vin tu as bues hier soir pour pondre la brillante idée de présenter ton ex à un cousin de ta petite amie actuelle?

— Je le jure devant Dieu, c'est un affreux malentendu. J'ai dit quelque chose, Cheryl a entendu autre chose, et maintenant…

Je ne trouvais pas comment finir ma phrase, Gerri s'en chargea pour moi.

— Et maintenant, tu redoutes ce qui t'arrivera si tu avoues à Cheryl que ton pire cauchemar est de maquer Kylie avec un type brillant, séduisant, doublé d'un cordon-bleu. Autrement dit, te faire égorger.

J'acquiesçai.

— C'est à peu près ça.

Gerri alla poser la cafetière sur la cuisinière et revint s'asseoir face à moi. Que je le veuille ou non, j'avais commandé des burritos accompagnés d'une psychothérapie.

19

Gary Banta était un pro. Dans le hurlement de la sirène, il manœuvrait son ambulance à travers la circulation matinale de la 5e Avenue avec la maestria d'un pilote de l'IndyCar. La plupart des voitures, spontanément ou avec réticence, se rangeaient rapidement pour lui céder le passage. Dans une ville aussi vaste que New York, les gens savent que le temps de réponse à un appel au 911 fait toute la différence entre la vie et la mort. Ils savent aussi que ne pas laisser passer un véhicule d'urgence est passible d'une amende salée.

Les feux tricolores sont programmés pour passer au vert à l'arrivée de conducteurs roulant à la vitesse maximale autorisée. Mais cette synchronisation ne marche pas pour une ambulance fonçant à toute allure, aussi Gary était-il obligé de zigzaguer dès qu'il s'engageait au rouge dans un carrefour pour éviter de percuter les voitures débouchant des côtés.

À l'angle avec la 74e Rue, il se gara devant l'auvent d'un élégant immeuble de dix-huit étages datant d'avant-guerre.

— Putain d'injustice, maugréa son partenaire Julio. Ce sont les plus beaux immeubles de New York, et ils sont remplis de vieilles blanches friquées…

Gary secoua la tête. C'était un des sujets favoris de Julio. Ils sortirent, laissant les gyrophares tourner.

Un portier en uniforme se précipita vers eux.

— Qu'est-ce qui se passe ?

Gary vérifia son iPad.

— Appel d'une vieille dame qui a des problèmes pour respirer. Appartement 8C. Mme Ogden.

— Bunny. Bunny Ogden. J'ai le numéro de portable de son fils, je peux l'appeler tout de suite.

— On se calme, vieux, dit Gary tandis que Julio ouvrait le hayon arrière et installait le brancard sur le trottoir. Attendez qu'on soit redescendus. On va d'abord évaluer la situation avant de passer en mode « Panique ».

Après avoir pris leur équipement et une bonbonne d'oxygène, ils poussèrent le brancard en direction de l'entrée. Le portier alla leur ouvrir et appela l'ascenseur.

Ils montèrent en silence jusqu'au septième étage et s'arrêtèrent avec le brancard devant la porte 8C.

Julio appuya sur le bouton de la sonnette.

Au bout de vingt secondes, une voix de femme retentit.

— Qui est-ce ?

— Une ambulance pour Mme Ogden. Vous pouvez nous laisser entrer ?

Cliquetis de verrou, et une infirmière en tenue ouvrit. Elle dévisagea les deux ambulanciers, regarda le brancard et la bonbonne d'oxygène, essayant manifestement de saisir ce qu'elle avait sous les yeux.

— Je ne comprends pas, dit-elle.

— On a reçu un appel nous prévenant qu'une Mme Ogden souffrait de difficultés respiratoires, expliqua Gary.

— Elle va bien. Elle est en train de regarder la télé. Qui vous a appelé ? Son fils ?

— Madame, si vous avez des questions, contactez notre standard, mais la loi nous oblige à vérifier l'état de la malade avant de quitter cet appartement. Laissez-nous entrer, s'il vous plaît.

L'infirmière s'écarta pour laisser passer les deux hommes.

— Vous vous appelez ? demanda Gary.

— Lydia Humphries.

Elle sortit un smartphone de sa poche.

— J'appelle M. Ogden. Cette histoire est bizarre…

— Avant cela, une dernière question…

Julio referma la porte derrière eux.

— … depuis combien de temps vous travaillez pour Mme Ogden ?

— J'ai commencé en septembre, donc… neuf mois.

Gary fouilla dans sa sacoche médicale et en tira un pistolet.

— En neuf mois, je suis sûr que vous savez où la vieille cache son argent et ses bijoux. Alors, Lydia, si vous voulez sortir d'ici vivante, vous allez nous le dire.

20

À mon retour au commissariat, Kylie était encore endormie. Je m'approchai du lit, l'observai et, fatalement, mes pensées remontèrent le temps pour s'arrêter mille ans auparavant, quand son visage était celui devant lequel j'ouvrais les yeux chaque matin.

Nous étions jeunes tous les deux, c'était nos débuts à l'académie, absorbés dans le travail jour et nuit, tant nous voulions impressionner nos instructeurs – et nous impressionner l'un l'autre – avec notre brillant esprit de déduction. En l'occurrence, c'était elle la plus brillante. Elle avait terminé major de notre promotion, à six rangs devant moi. Je l'avais récompensée d'un cadeau, un T-shirt frappé d'un énorme « 1 ».

Le lendemain, elle m'avait remercié d'un T-shirt avec l'inscription « PAS 6 MAUVAIS ».

Notre histoire d'amour ne devait durer que vingt-huit jours, mais ce furent les quatre semaines les plus inoubliables de mon existence. Le coup fatal survint le vingt-neuvième jour, quand elle m'annonça que son petit ami de longue date, Spence Harrington, était sorti d'une clinique de désintoxication et qu'elle avait décidé de lui accorder une chance.

Un an plus tard, ils se mariaient. Et onze ans après, Spence retombait violemment dans la coke et finissait aux urgences après une overdose presque fatale. Depuis le mois de janvier, il avait complètement disparu de la circulation. Sur le papier, ils étaient toujours mariés.

Je pris un burrito et l'agitai sous ses narines. La réaction fut immédiate.

— Humm… ça sent le paradis…

— Et c'est pour la Belle au bois dormant quand elle sera réveillée.

Elle ouvrit les yeux.

— On dit inspectrice Belle au bois dormant. Ça y est, tu as retrouvé Erin ?

— Non.

Elle fronça les sourcils.

— Enfoiré.

— Désolé de te décevoir, mais tu pourrais au moins être reconnaissante pour le burrito.

Elle fit basculer ses jambes hors du lit et mordit de bon cœur dans le sandwich.

— Merci. Merci beaucoup.

Je lui tendis son gobelet de café.

— Comment ça va, K-Mac ? lui demandai-je.

— C'est une question rhétorique ?

— Non. Ces derniers temps, tu n'es plus l'emmerdeuse que tu sais si bien être… Et moi qui suis ton partenaire, je m'inquiète sincèrement.

— Eh bien, cher partenaire, ma vie professionnelle est au top. J'adore mon travail, j'adore mon unité, j'adore les gens avec qui je travaille. C'est ma vie privée qui craint. En cinq mois, depuis la disparition de Spence, je n'ai eu qu'une brève histoire : avec CJ.

— Le joueur de poker. Il a l'air sympa, pourtant.

— Il *avait* l'air. Au passé. Il est reparti à Hawaï. Et moi je reste seule à arpenter mon grand et beau trois pièces sans mari, sans petit copain, et sans le moindre désir d'installer ces applications qui te proposent de *swiper* à gauche ou à droite.

— Bref, tu te sens esseulée…

Elle rit.

— C'est un euphémisme ou tu n'as rien compris ? Je ne suis pas esseulée, je suis excitée !

— Ah. Si je peux t'aider…

— Tu m'aides plus que tu l'imagines. Et je ne parle pas seulement de cet incroyable burrito saucisse-œuf-fromage. Quand Spence commençait à partir en vrille, tu as toujours été là pour moi. Je suis bien consciente que, certaines fois, tu as dû faire un choix entre passer la soirée avec Cheryl et me tenir la main pendant que j'écumais Harlem, le Bronx et Atlantic City à la recherche de mon junkie de mari… Tu n'es pas seulement mon partenaire, Zach. Tu es mon roc. Mon meilleur ami.

Elle se leva, m'entoura de ses bras et déposa un baiser sur ma joue.

— Je saute dans la douche et je m'habille. Je suis prête d'ici un quart d'heure.

Et elle me planta là, le pouls battant furieusement, le cerveau submergé par des émotions auxquelles je n'avais pas envie de me confronter.

Au cours de l'année écoulée, je suis tombé profondément amoureux de Cheryl. Quand je songe à notre avenir, je vois un long bonheur partagé avec elle. Mais mon amour pour Kylie ne s'est jamais assagi. La plupart du temps, je réussis à le tenir à distance, mais si je songe à notre passé, je vois une parenthèse fugace de plénitude que je n'arrive pas à refermer.

Parfois, comme en cet instant, je me prends à rêver d'une sorte d'amitié érotique avec Kylie.

Mais je sais que je dois m'en tenir à une amitié platonique.

21

L'affaire Easton étant trop importante pour être réglée par Kylie et moi seuls, le chef du district avait réuni un petit bataillon d'inspecteurs pour nous aider. Quelques heures après le kidnapping, ils avaient investi le deuxième étage du commissariat et occupaient le moindre mètre carré de l'espace habituellement occupé par les Affaires municipales.

Grâce à eux, nous faisions l'économie de tout un travail de terrain, d'enquête téléphonique et de labeur usant, mais ils généraient aussi une tonne de paperasserie. Dans une enquête criminelle, tout ce qui est relié de près ou de loin à l'affaire doit être préservé, catalogué et exploitable par un tribunal. Sur mon bureau, une bannette était destinée à recueillir tous leurs rapports.

Le temps de terminer mon petit-déjeuner et de m'installer, la bannette était ensevelie sous une montagne de formulaires auxquels étaient agrafées des pages arrachées à des calepins ; des tirages papier récapitulant le profil des centaines d'invités du mariage, employés du Manhattan Center et autres témoins ; des DVD contenant les vidéos de surveillance ; et l'habituel déluge de messages sur boîte vocale.

— J'espère que tu as un bon balai, commenta Kylie. Ton bureau ressemble à une station de métro un lendemain de réveillon.

Immédiatement réquisitionné, Danny Corcoran vint nous filer un coup de main pour classer toute cette documentation pendant que nous nous concentrions sur Bobby Dodd.

Ce dernier ne possédait pas de voiture. Par conséquent, le véhicule, quel qu'il soit, dont il s'était servi pour transporter Erin après s'être débarrassé de la fourgonnette avait dû être volé. Une équipe fut aussitôt chargée de parcourir la base de données des véhicules volés, de vérifier tous ceux qui avaient été retrouvés et d'y chercher toute empreinte ou trace ADN renvoyant à Erin ou à Dodd.

Les techniciens de scène de crime avaient trouvé les caméras sans fil cachées par Dodd pour suivre le déroulement de la soirée de mariage. McMaster s'était trompé : Dodd n'avait pas surveillé Erin en suivant son compte Twitter.

L'équipe de la TARU confirma que les caméras avaient tout filmé, que Dodd pouvait avoir eu accès au flux vidéo depuis une planque au coin de la rue ou de l'autre côté du globe.

McMaster nous avait décrit Dodd comme plus instinctif que cérébral – n'empêche : il avait épié Erin Easton avec toute l'habileté et le savoir-faire d'un maître du crime capable d'avoir toujours un coup d'avance sur sa proie, sa garde rapprochée et, désormais, les flics.

L'affaire était toujours top secret mais, au milieu de la matinée, il nous apparut indispensable d'entrer le nom de Dodd dans la base de données criminelle nationale. Et nous savions que, pour le faire, il nous fallait impérativement l'accord de la boss.

Nous la trouvâmes dans son bureau.

— Capitaine, on doit rentrer le nom de Bobby Dodd dans le serveur du NCIC[1]. On ne le mettra pas en relation avec l'enlèvement d'Easton, on veut juste l'enregistrer

1. Pour National Crime Information Center : centre national d'information criminelle.

comme individu recherché pour crime grave, à arrêter en priorité.

Elle réfléchit. Nous ne la quittions pas des yeux.

— Chef, intervint Kylie, ne pensez pas aux avantages d'une telle manœuvre : on n'en espère rien. Pensez plutôt à ce qu'on risque : s'il n'est pas enregistré, imaginez qu'il se fasse arrêter pour un feu grillé dans le New Jersey et qu'on le laisse repartir. Nos carrières vont sérieusement piquer du nez.

Elle hocha la tête.

— OK, on se couvre. Allez-y.

Son téléphone sonna. Elle consulta le numéro d'appel.

— C'est mon boss. Restez ici. Je suis sûre qu'il a des questions à propos du kidnapping.

Elle décrocha.

— Capitaine Cates, j'écoute ? Bonjour, chef.

Une longue pause.

— Oui, ils sont dans mon bureau.

Elle prit un stylo, se mit à écrire sur son bloc-notes. Puis, au bout de trente secondes :

— Entendu, chef, ils y vont tout de suite.

Elle raccrocha.

— Le chef vous envoie dans les quartiers chics. Violation de domicile et cambriolage.

— C'est une blague ? dit Kylie. Pourquoi ne pas lui avoir dit qu'on est à 200 % sur le kidnapping et qu'on n'a aucun moyen ?

— Parce que je n'ai pas pour habitude de contredire les ordres de mon supérieur direct, MacDonald. Vous devriez essayer, de temps en temps.

— Compris, madame.

— Vous avez reçu une demande de rançon ?

— Pas encore.

— Dans ce cas, votre équipe peut très bien se débrouiller sans vous pendant quelques heures.

— Le chef vous a expliqué pourquoi il nous a choisis ?

— Ce n'est pas lui. L'ordre vient de plus haut.

— Le chef de la Police ?

— Une élue.

— Capitaine, dit Kylie, j'ai bien conscience que, pour l'équipe, c'est valorisant que la maire Sykes nous ait adoptés, Zach et moi, comme ses flics chouchous, mais quelqu'un devrait lui expliquer qu'on ne peut pas gérer toutes les affaires qui se profilent à l'horizon. Une intervention de ce genre devrait être assignée à un inspecteur du district. En quoi une violation de domicile nécessite l'envoi de flics de la Red ?

— MacDonald, vous pensez réellement que personne, dans la hiérarchie, n'a songé à poser cette question ? L'idée ne vient pas de la maire. Elle n'est qu'un pion de plus sur l'échiquier. La femme qui a été cambriolée est Bunny Ogden. Ça vous dit quelque chose ?

— Jamais entendu parler.

— Vous avez peut-être entendu parler de son neveu ? Le gouverneur de l'État de New York. Si ce n'est pas pour la Red, alors qu'est-ce qui l'est ?

22

Pour avoir une idée de l'importance de Bunny Ogden, il nous suffisait de voir la voiture bleu et jaune de la New York State Police garée devant l'immeuble de la 5e Avenue.

— Sérieusement ? s'étonna Kylie. Le gouverneur refuserait d'envoyer ses troupes si Tiffany se faisait dévaliser, mais quand c'est tata Bunny… J'imagine qu'elle vaut le coup.

— Jordan, MacDonald…

Je levai les yeux et reconnus le visage familier de Sean Kennedy, sergent du 19e district.

— Salut, sergent. Alors, il se passe quoi ?

— Une demi-douzaine de mes hommes interrogent les résidents de l'immeuble et les habitants du quartier mais, pour l'instant, personne n'a rien vu à part une ambulance.

— Quelle ambulance ?

— Deux truands se sont pointés dans ce qui ressemblait à une véritable ambulance privée, mais nos recherches n'ont rien donné : faux nom. Ils ont annoncé au portier qu'ils répondaient à un appel d'urgence d'une Mme Ogden, ils sont montés chez elle, ils l'ont attachée elle et son infirmière à domicile. Un quart d'heure plus tard, ils sont redescendus, ont rassuré le portier sur l'état de Mme Ogden, puis ils se sont volatilisés. Au bout d'une heure, l'infirmière a réussi à défaire ses liens, elle a appelé la police et une fois le lien fait entre la victime et le gouverneur, l'affaire s'est transformée en « crime du siècle ». Ce qui explique, j'imagine, que vous soyez là au lieu de chercher Erin Easton.

— Et la vidéosurveillance ? demanda Kylie.

— Les riches, vous savez ce que c'est… Quelques caméras dans l'ascenseur, dans le parking et dans les coins et recoins où leurs domestiques pourraient faire des conneries, mais rien dans la rue, alors que ça nous serait bien utile. J'ai parlé à un certain Paul Aronson, président du conseil de gestion de l'immeuble, et il m'a expliqué que les résidents voient les caméras de sécurité d'un mauvais œil. D'après eux : « C'est laid, ça donne l'impression que l'immeuble n'est pas sûr, et on est bien libres d'aller et venir comme on veut… »

— Du côté du portier ?

— Ed Carter. Un gars hyper nerveux. Il a déjà appelé son représentant syndical. Il a la trouille de se faire virer par les gérants de l'immeuble. Je lui ai expliqué que la meilleure façon de rentrer dans leurs bonnes grâces serait de nous aider dans notre enquête. Je lui ai demandé une liste de toutes les personnes ayant rendu visite à Mme Ogden depuis trois mois. Je ne sais pas si ça peut nous aider, mais ça nous fait au moins un point de départ.

La porte de l'entrée s'ouvrit et un homme en uniforme gris coiffé d'un stetson à galon de cuir et de tissu violet sortit.

— Tenez, voilà votre nouvel ami, annonça Kennedy. Je vous laisse avec lui. On se retrouve plus tard au poste.

Le sergent s'éloigna tandis que le *trooper*[1] avançait vers nous.

— Vous êtes de la Red ?

Son col de chemise était orné de feuilles de chêne en or.

— Oui, major.

Je fis les présentations.

— Et vous faites partie de l'enquête ? demandai-je.

1. Nom donné aux policiers en uniforme des différentes polices d'État américaines.

— Seulement si vous me le demandez. J'arrive d'Albany, on m'a demandé de venir m'assurer que Mme Ogden allait bien et de me mettre en contact avec la police locale.

Il me tendit sa carte.

— Si l'État peut faire quoi que ce soit pour vous, passez-moi un coup de fil. Vingt-quatre heures sur vingt-quatre, sept jours sur sept. Bonne journée !

Il nous adressa un bref hochement de tête puis marcha vers sa voiture.

— Un major. Envoyé par Albany…, répéta Kylie.

— Peut-être pas *tout* le comté. Juste le type qui habite la résidence du gouverneur sur Eagle Street. Façon subtile de nous faire comprendre qu'il nous a à l'œil, je suppose. Allons voir si le portier peut nous aider à découvrir qui a cambriolé tata Bunny.

Carter nous attendait avec une liste de noms remontant à janvier.

— Mme Ogden ne reçoit pas beaucoup de visites. La famille, quelques amis, son kiné… c'est à peu près tout.

— Des livreurs, peut-être ? Des gens des services techniques ? D'autres personnes qui ne seraient pas dans son cercle d'intimes ?

— Tous les colis sont livrés chez le gardien, qui les monte personnellement aux résidents. Si un installateur du câble débarque, le gardien l'accompagne. Il ne fait pas ça pour tous les habitants de l'immeuble, mais le fils de Mme Ogden paie un supplément. Elle ne reçoit jamais la visite d'inconnus, à part un type peut-être… Noir, la quarantaine, bien habillé. Il s'appelle Maurice. C'est tout ce que je sais. Juste Maurice. Il vient une fois par semaine. Il s'annonce pour Mme Ogden, mais je parie qu'il vient voir Lydia.

— Qui est Lydia ?

— L'infirmière.

— Qu'est-ce qui vous fait croire qu'il vient pour elle ?

— Je ne sais pas. Elle est plutôt mignonne. En général, il reste une heure. Ça doit lui laisser assez de temps pour faire des repérages et passer un petit moment agréable…

23

L'organigramme du NYPD est une véritable pierre de Rosette mais les initiés – comme nous – sont capables d'identifier les affaires prioritaires en voyant quelles lettres leur sont assignées.

L'affaire Ogden était un cambriolage sans gravité qui aurait dû être traité par l'ECT[1]. Comme son nom l'indique, elle est constituée de flics en uniforme dont la mission est de récolter des indices puis de s'en aller. Aucun talent analytique particulier n'est requis. Mais, en entrant dans l'appartement, nous vîmes les hommes de la CSU[2] au travail et parmi eux Chuck Dryden, son meilleur élément. Depuis que nous l'avions vu dans la loge d'Erin Easton, il avait changé de chemise et de cravate, ce qui ne voulait pas forcément dire qu'il avait eu droit à une nuit de sommeil digne de ce nom.

— Bonjour, inspecteurs, commença-t-il. Je vois que vous aussi, vous avez été recrutés pour notre Opération Toujours Plus.

— Une fois encore, la politique l'emporte sur le bon sens, commenta Kylie. Qu'est-ce que vous avez trouvé ?

— Des poils de chat. Le tabby roux de Mme Ogden. On pense qu'il est dans le coup.

Le rire de Kylie dut combler Chuck.

---

1. Pour Evidence Collection Team : équipe de collecte d'indices.
2. Pour Crime Scene Unit : unité de scène de crime.

Une femme revêtue d'une surblouse rose entra dans le salon.

— Bonjour, officiers. Je suis Lydia Humphries, l'infirmière de Mme Ogden. Elle vous attend.

— Commencez par nous raconter ce qui s'est passé, dis-je.

— Ça a été si rapide… Deux hommes en tenue d'ambulancier ont sonné à la porte. Le premier était blanc, l'autre avait la peau mate, sans doute un latino. Ils m'ont dit qu'ils avaient reçu un appel d'urgence au sujet de Mme Ogden. Je n'y ai pas cru. J'allais téléphoner à son fils quand ils m'ont braquée avec un pistolet. Ensuite, ils nous ont attachées, toutes les deux. J'ai eu beau leur dire qu'elle a quatre-vingt-douze ans, ils s'en foutaient…

— Elle est en état de nous parler ?

Lydia sourit.

— Si elle peut vous parler ? Mme Ogden a des problèmes cardiaques, raison pour laquelle je m'occupe d'elle. Mais c'est un vrai moulin à paroles. Le plus dur est d'arriver à la faire taire.

Lydia nous conduisit dans une vaste chambre qui aurait pu être celle de Marie-Antoinette. Une armoire imposante tout en dorures et ivoire occupait un mur avec deux commodes assorties, l'autre mur était orné de chérubins batifolant dans les nuages. Au centre de la pièce trônait un lit à baldaquin à quatre colonnes richement ouvragées.

Mme Ogden avait pris place dans un large fauteuil laineux face à deux fenêtres qui offraient une vue imprenable sur Central Park. Elle se leva à notre entrée et nous tendit la main. Je m'étais attendue à une petite vieillarde mais Ogden était imposante, près d'un mètre quatre-vingts.

— Bunny, dit-elle. Vous allez arrêter ces petits enfoirés ?

Son langage n'était pas précisément celui d'une lady.

— Oui, m'dame, répondit Kylie. On va un peu avoir besoin de votre aide, mais nous allons les arrêter.

— Lydia a vu leur visage mais, quand ils s'en sont pris à moi, ils avaient mis des masques chirurgicaux. Tout ce que je peux vous dire, c'est que le chef était blanc, l'autre était espagnol. Tous les deux avaient des yeux marron. Le blanc a collé son arme contre la tempe de Lydia et m'a donné dix secondes pour que je lui montre où je cachais l'argent et les bijoux. Pas besoin de dix secondes ! Le coffre est dans ce placard, j'ai dit, et je lui ai donné la combinaison.

— Qu'est-ce qu'ils ont pris ?

— 5 000 dollars en cash. Ça, j'aurais pu le supporter. Mais quand ils vont vu mes bijoux, ils sont devenus gourmands. Je les ai prévenus : « Prenez juste l'argent et vous n'aurez pas de problème, mais si vous touchez à mon héritage familial, je vous traquerai sans relâche. » Le petit salopard blanc a ri et m'a répondu : « Je vais vous faire une faveur : comme vous allez bientôt mourir, je trouve une nouvelle famille pour votre héritage. »

— Quelle valeur, les bijoux ?

— Ils étaient assurés pour 1,8 million de dollars. Mais je ne veux pas d'argent. Je veux récupérer le collier de ma mère, et l'alliance de ma grand-mère, et les perles noires que mon époux m'a offertes pour nos trente ans de mariage. C'est pour cette raison que j'ai appelé mon neveu et que je lui ai demandé de vous envoyer ici.

— C'est vous qui nous avez demandés ?

— Et comment ! Je lis les journaux, inspecteur Jordan. Vous êtes des rock stars dans cette équipe d'élite. Ces deux fils de pute sont malins… ce n'est pas facile de duper les gardiens à l'entrée, mais ils ont trouvé l'arnaque parfaite. Alors il me faut des flics encore plus malins qu'eux, et c'est vous.

— OK, intervint Kylie, donc ce n'était pas un coup improvisé. Vous étiez leur cible, autrement dit vous connaissez peut-être le coupable. Alors commençons par une question : qui est Maurice ?

— Oh, merde. Qui vous a parlé de Maurice ? Le portier, Eddie ? Maurice est le frère de Lydia. Il est pasteur. Il vient me voir une fois par semaine et nous buvons du thé pendant que je me défoule en me plaignant de la politique, du sport, de cette ville qui part en couille… Et Maurice, avec sa voix d'ange et son esprit de philosophe, m'aide à voir la vie sous un autre jour, et je suis rassurée pour le reste de la semaine. L'avoir trouvé est une des meilleures choses qui me soient arrivées, alors s'il vous plaît, quand vous repartirez, dites au portier qu'il vous propose un suspect blanc parce que le noir n'a rien à voir avec cette affaire.

— Vous pourriez nous remettre une liste détaillée des bijoux qui ont été volés ?

— Avec des photos, oui. Mon assureur vous enverra ça par coursier.

— N'oubliez pas mon argent, dit Lydia.

— Il a aussi pris votre argent ? demandai-je.

— Non, pas vraiment le mien. Mon sac était sur la table mais ils n'y ont pas touché. La famille de Mme Ogden me laisse chaque mois une enveloppe contenant 2 000 dollars pour les éventuelles dépenses en liquide. Il restait 1 684 dollars dans l'enveloppe. Ils l'ont prise.

— Elle était dans le coffre ? demanda Kylie.

— Non. Dans un tiroir de commode dans la salle à manger. Mais on aurait dit qu'ils étaient au courant. Le Blanc m'a demandé : « Où est le fric qu'ils te laissent pour t'occuper de la vieille ? » Je ne voulais pas répondre mais Mme Ogden leur a dit. En les couvrant d'insultes. Ils ont ri, nous ont attachées et mis du scotch sur la bouche.

Mon téléphone sonna. Je sortis de la pièce pour prendre l'appel.

— Inspecteur Zach Jordan ?

— Oui. Et vous êtes ?

— Peu importe qui je suis. L'important, c'est que je détiens quelque chose que vous cherchez. Erin Easton. Si vous voulez qu'elle reste en vie, vous avez une demi-heure pour donner votre portable à son mari.

— Qui êtes-vous ? répétai-je.

J'avais plus que ma petite idée mais je ne voulais pas que Dodd sache que nous l'avions identifié.

— Il est 11 h 42, inspecteur. Il vous reste trente minutes.

Et il raccrocha.

24

Je regagnai la chambre, passai derrière Kylie et pressai trois fois mon index dans son dos – notre code pour *Fichons le camp d'ici.*

— Votre aide à toutes les deux nous est très précieuse, dis-je en donnant ma carte à Mme Ogden et à son infirmière. Appelez-nous si d'autres détails vous reviennent.

— Vous avez traversé une sacrée épreuve, ajouta Kylie en lui tendant elle aussi sa carte. Vous êtes sûre de ne pas avoir besoin de voir un docteur ?

— Affirmative, répondit Ogden. Et puis, je crois que Lydia, le portier et moi-même avons vu notre lot de personnel médical pour la journée.

Sa plaisanterie nous fit rire. Après avoir poliment décliné son invitation à rester boire un thé, nous lui assurâmes que nous gardions le contact. Une fois dans le couloir, Kylie se jeta sur moi :

— Qu'est-ce qui se passe ?

— Bobby Dodd vient de me téléphoner.

— Il t'a appelé, *toi* ? Au bureau ?

— Non ! Sur mon portable perso.

— Eh bien, on dirait que tu es célèbre... D'abord, le gouverneur te demande, et maintenant Bobby... Qu'est-ce qu'il voulait ?

— Il rappelle dans une demi-heure, et il veut que ce soit Jamie Gibbs qui décroche. Sinon...

Nous entrâmes dans l'ascenseur. J'appelai Benny Diaz à la TARU, lui expliquai ce qui venait de m'arriver et lui demandai de localiser le dernier appel sur mon portable. Puis je téléphonai à Rich Koprowski, un des flics assignés à la surveillance de Jamie Gibbs.

— Rich, c'est Zach. Où se trouve Gibbs en ce moment ?

— À son domicile. Riverside Drive, au sud de la 95e Rue, appartement E. Je suis dehors, dans le poste de commandement mobile.

— Monte chez lui et prépare-le : il va recevoir une demande de rançon…

Je regardai ma montre.

— … dans vingt-cinq minutes.

— On est prêts, répondit Koprowski. Tous ses téléphones sont sur écoute.

— Dommage de ne pas avoir ajouté le mien. C'est moi que le kidnappeur a appelé.

— Bordel… Il avait la clé de la porte arrière de la loge. Il avait installé des caméras de surveillance. C'est un bon, ce mec…

— Tu es fan, ma parole ? Peut-être qu'il te signera un autographe quand on le chopera. Je suis en route, avec Kylie.

Nous arrivâmes dans le hall et rejoignîmes au pas de course notre voiture.

— 95e Rue et Riverside, annonçai-je.

— Il faut reconnaître ça à Dodd : il sait qu'on surveille les téléphones de Jamie et il a appris par les médias qu'on dirige l'enquête. Il a dû filer un billet à un technicien en téléphonie et bingo, il a ton numéro.

— Bah, il lui suffit de trouver un millennial qui bosse chez Verizon et a envie s'acheter de la bière pour le week-end pour récupérer les portables de tous les chefs d'état-major.

Mon téléphone sonna. Diaz. J'activai le haut-parleur.

— Benny, quoi de neuf ?

— J'ai localisé l'appel. C'est un ordi au Guatemala.

— Merci, je te rappellerai plus tard.

Je restai l'index planté sur le téléphone rouge à l'écran.

Il me fallut quelques secondes avant que l'info parvienne à mon cerveau.

— Je ne comprends pas…

— Dodd n'est pas vraiment au Guatemala, Zach. Il passe par des routeurs téléphoniques.

— Merci, partenaire, je suis au courant. Ce que je ne comprends pas, c'est pour quelle raison il a pris la peine de chercher mon numéro de portable et de m'appeler. Parce que mon portable n'est pas surveillé, tu vas me dire, mais s'il est capable de brouiller les pistes si facilement, il aurait aussi bien pu téléphoner direct à Gibbs.

— Tu as dormi combien d'heures, cette nuit ?

— Moins de trois. Plus proche de deux, pour être honnête.

— On est censés être à la recherche de Dodd. Au lieu de quoi il nous oblige à cavaler dans Central Park pour remettre ton téléphone personnel au mari de la victime. Pourquoi il fait ça, si tu *réfléchis* bien ?

Je n'avais pas besoin de beaucoup réfléchir. Je connaissais la réponse.

— Pour foutre en l'air nos cerveaux privés de sommeil.

— Ouais, dit-elle en grillant un feu rouge sur Central Park West. Et il sait s'y prendre.

25

Nous arrivâmes à l'appartement de Riverside Drive avec six minutes d'avance.

Koprowski nous ouvrit.

— Il faut que je vous parle, dit-il en sortant dans le couloir. Et d'abord, Zach, donne-moi ton téléphone portable.

Je le lui tendis, et il le remit au technicien de la TARU qui venait d'apparaître derrière lui. Puis il referma la porte.

— Comment va Gibbs ? demandai-je.

Koprowski fit une moue.

— Variable. En début de matinée ça allait. Je l'ai briefé pour une éventuelle demande de rançon, on a fait quelques essais. Et puis, vers 10 heures, il est devenu un peu bizarre. Il s'est mis en tête que, si personne ne s'était encore manifesté, c'est qu'Erin était morte. Après ton coup de fil, je lui ai dit que le kidnappeur avait appelé et que toi et Kylie étiez en route. Je pensais que ça le calmerait : eh bien non. Il a commencé à s'énerver. Il veut savoir pourquoi l'homme qui a enlevé Erin négocie avec la police et pas avec son mari. Maintenant, il est au bord de l'implosion.

— Et c'est exactement ce que le kidnappeur veut, dit Kylie. Bon, on va essayer de le calmer.

Nous entrâmes dans l'appartement. Le technicien de la TARU était assis à une table et s'affairait sur divers équipements de surveillance, d'enregistrement et de localisation d'appels entrants.

Jamie était dans le salon. Dès qu'il nous vit, il se leva d'un bond.

— Combien il demande ?

— Il n'a encore rien demandé, répondis-je.

— L'inspecteur Koprowski m'a dit que le type qui a enlevé Erin vous a appelé. Ça rime à quoi, s'il n'a pas demandé de rançon ?

— Il n'a pas négocié avec moi. C'est à vous qu'il veut parler.

— Alors pourquoi c'est vous qu'il contacte ?

— Asseyez-vous, Jamie, proposa Kylie.

Il prit place sur le canapé, elle s'assit à côté de lui.

— Vous savez comment fonctionnent les terroristes ? Ils ne cherchent pas seulement à blesser physiquement, ils veulent susciter la peur, le doute, semer la confusion dans l'esprit de leurs victimes. Vous comprenez ?

— Oui. De la torture psychologique. Ma mère est une spécialiste.

— Ce type n'est pas votre mère. Vous ne partagez aucune espèce de bagage émotionnel. Il détient une chose que vous voulez, et il veut négocier un accord purement commercial avec vous. Ne le laissez pas vous bouffer la tête, compris ?

— J'espère que je vais y arriver.

— Tout va s'arranger, insista Kylie. Vous allez vous en sortir. Et nous allons vous aider.

— Vingt-huit minutes depuis son appel, annonçai-je. S'il tient parole, le téléphone va sonner dans deux minutes.

Je me tournai vers le technicien.

— Vous êtes prêt ?

— Tout est en place. Quand vous décrocherez, ne mettez *surtout pas* le haut-parleur, il risque de comprendre que vous êtes dans une pièce remplie de flics. Parlez directement dans le micro. Il faut que la conversation ait l'air intime, en tête à tête. Les autres prendront un casque pour écouter. J'enregistre tout. Et Benny Diaz va localiser l'appel.

Koprowski avait installé un grand *paperboard* au milieu du salon. Kylie prit deux marqueurs et m'en tendit un.

— Zach et moi allons vous guider à chaque étape du processus, expliqua Kylie à Gibbs. Avant de répondre à ses questions, prenez votre temps. Vous êtes prêt, Jamie ?

Il secoua la tête.

— Je ne veux pas tout gâcher mais… je ne sais même pas si Erin est encore en vie.

— Elle l'est, répondit Kylie.

— Vous ne pouvez pas en être sûre.

— Si, j'en suis sûre. Vous voulez savoir pourquoi ?

Il la dévisagea, attendant sa réponse.

— Parce que si elle était morte, elle ne vaudrait plus rien pour lui.

Il hocha la tête. C'était logique. Il eut un demi-sourire.

Mon téléphone portable sonna.

26

Je décrochai.

— Inspecteur Jordan.

— Vous êtes avec le mari ?

La voix de Dodd n'était ni trafiquée ni étouffée. À l'évidence, le risque d'être identifié ne le tracassait pas.

— Oui.

— C'est bien. Vous êtes très obéissant.

Il marqua une pause, attendant ma riposte. Je ne tombai pas dans le piège.

— Passez-le-moi, reprit-il.

Je tendis le téléphone à Jamie.

— Jamie Gibbs à l'appareil.

Sa voix était posée, son intonation égale. Comme nous le lui avions demandé.

— Félicitations, monsieur Gibbs. Vous avec beaucoup de chance. Votre femme est splendide.

— Merci. S'il vous plaît, ne lui faites pas de mal.

— Je n'en ai aucune intention. Je suis sûr que vous voulez la récupérer comme elle était lorsque vous l'avez épousée. Touchante cérémonie, d'ailleurs. Je l'ai regardée en vidéo.

— Je peux lui parler ?

— En temps voulu. Vous ne voulez-vous pas savoir ce que vous devez faire pour la récupérer ?

— Combien vous voulez ?

— 25 millions de dollars.

Jamie se leva d'un bond.

— 25 millions de dollars ? Vous êtes complètement cinglé ! Je n'ai jamais possédé une telle somme.

— Mais maman si, Jamie. Pourquoi vous ne l'appelez pas ?

— Appelez-la, *vous* ! Vous verrez combien elle vous proposera !

Jamie déraillait complètement. Kylie leva les deux mains et articula « Calmez-vous ». Puis elle descendit une main sur son ventre, inspira profondément et lui fit signe de faire de même.

Il prit une longue inspiration. Kylie indiqua le tableau blanc où j'avais griffonné : « Parler à Erin. »

— Je dois parler à Erin, reprit Jamie.

— Attendez, répondit Dodd.

Il y a eu un bruit de froissement, puis la voix de Dodd :

— Erin ! Fais oui de la tête si tu connais les règles.

Une pause.

— Brave fille… Et maintenant, dis à ton nouveau mari ce que je tiens dans ma main, là.

— Un couteau !

C'était une voix féminine, et d'après l'expression du visage de Jamie, c'était celle qu'il espérait.

— C'est un Ka-Bar noir à lame droite. Un méchant petit joujou, pas vrai ? Et maintenant, j'ai au bout du fil Jamie et une vingtaine de flics. Tout ce petit monde veut savoir si tu es en vie. Dis-leur ce que j'ai promis de te faire si tu dis une connerie ou si tu essaies de leur donner des indices avec un message codé.

— Me taillader.

Jamie se raidit. Kylie s'approcha et lui posa les mains sur les épaules.

— Te taillader quoi ? demanda Dodd.

— Le visage.

La voix d'Erin : un geignement.

— Et quoi encore ?

Les mots jaillirent, entrecoupés de sanglots.

— Tout… mon corps. Je promets… je promets que je ne tenterai rien de stupide… Je veux juste… juste parler à Jamie.

— Alors vite !

— Jamie ? gémit-elle. Jamie, c'est toi ?

— Erin, ma chérie, comment tu vas ? Qu'est-ce qu'il t'a fait ?

— Je t'aime. Je veux rentrer à la maison. Par pitié, par pitié, fais-moi sortir d'ici. J'ai peur, et je…

— Ça suffit, l'interrompit Dodd. Vous avez entendu, Gibbs ? Elle est vivante. Vous êtes content, maintenant ?

Kylie secoua violemment la tête.

— Non ! Je ne suis pas content ! cria Jamie. Ce n'était pas un dialogue, juste sa voix. Vous avez très bien pu l'enregistrer ou l'imiter. Il me faut…

Il leva les yeux sur les trois nouveaux mots que j'avais ajoutés au *paperboard*.

— … une preuve de vie. Je veux une vidéo. Je veux la voir en vraie. Saine et sauve et en bonne santé.

— Entendu, répondit Dodd. Je vais vous envoyer une vidéo. Pendant ce temps, vous trouvez un moyen d'obtenir vingt-cinq millions.

— Je ne peux pas réunir une telle somme en une nuit. Ça va me prendre beaucoup de temps. Promettez-moi que…

— Il a raccroché ! annonça le technicien. Juste après « Vous trouvez un moyen d'obtenir vingt-cinq millions ».

Jamie se laissa retomber sur le canapé et me rendit mon portable.

— Vous avez été très bon, Jamie, conclut Kylie. Vraiment, vous vous êtes bien débrouillé.

— J'ai été merdique, oui ! J'étais censé calmer Erin, lui donner de l'espoir, et tout ce que réussi à faire, c'est exploser quand il m'a demandé tout ce fric ! Vous l'avez entendue ? Elle est paralysée par la peur. Il menace de la défigurer. Il est…

— Il la terrorise, oui, répondit Kylie. Et vous avec. Mais vous avez fait ce qu'on vous a demandé : vous avez gagné du temps.

— Du *temps* ? Du temps pour quoi ? Je pensais qu'il allait demander quelques millions, cinq peut-être. Je suis loin d'avoir cette somme mais j'aurais pu demander de l'aide à mes amis… mais 25 millions ? Je n'y arriverai jamais…

— Jamie, c'est une négociation, insista Kylie. Il commence très haut parce qu'il ne veut pas se retrouver sans rien. Si ça se trouve, il se contentera de 5 millions, mais il a placé la barre à 25 pour que vous pensiez bien vous en tirer si vous acceptez 5. Et lui aura obtenu ce qu'il voulait.

Foutaises. C'était tout sauf une négociation : Dodd avait toutes les cartes en main et pouvait exiger ce qu'il voulait. Mais notre travail était d'empêcher un mari à bout de nerfs de déconner et de faire imploser l'enquête.

Ce qui semblait fonctionner.

— Cinq millions, c'est jouable, concéda-t-il.

Peu importe s'il pouvait réunir 5 millions ou 5 dollars. Il était hors de question qu'il verse le moindre centime à Dodd.

Le technicien se leva.

— Les gars, Benny Diaz en ligne !

— Je veux lui parler, dis-je.

La voix de Benny résonna dans le haut-parleur.

— J'ai localisé l'appel, annonça-t-il. Il vient du Four Seasons Hotel.

— Quelle adresse ? demandai-je, prêt à repartir.

— Nile Plaza, Le Caire, Égypte.

27

— Vous n'avez pas la moindre idée de sa localisation, c'est ça ? demanda Jamie. Le NYPD Red débarque avec tout son matos high-tech de merde et ce mec arrive à vous faire gober qu'il appelle d'un hôtel en Égypte…

— On ne gobe rien du tout, dis-je. Nous savons très bien qu'il n'est pas là-bas. Si ça se trouve, il est juste à deux pas d'ici, mais il maîtrise suffisamment la technologie pour faire transiter son appel de n'importe où dans le monde. C'est un type intelligent. Tout ce qu'il dit, tout ce qu'il fait participe de son plan. Vous ne devez rien prendre pour argent comptant.

— Rien du tout ? Vous êtes sûr, inspecteur ?

Il se leva du canapé.

— Et le Ka-Bar à lame droite ? Vous pensez que je ne dois pas le prendre pour argent comptant ?

Ses poings étaient serrés, sa respiration haletante, son visage cramoisi.

— Calmez-vous.

— Putain, comment je suis censé me calmer ? Vous avez entendu la terreur dans la voix de ma femme ? Mais vous allez me dire que, ça non plus, je ne dois pas le prendre pour argent comptant ?

— Jamie, le couteau était bien réel, dis-je. La terreur d'Erin était bien réelle aussi. La menace, elle, ne l'était pas.

Il se mit à arpenter le salon.

— Et comment vous pouvez le savoir ?

Je le savais parce que j'avais étudié le profil psychologique de Bobby Dodd. S'il avait servi dans les Marines, rien ne laissait penser qu'il pouvait être un criminel violent. Il était aussi amoureux d'Erin et s'était pris à rêver qu'ils étaient faits l'un pour l'autre. Je n'étais pas inquiet qu'il puisse en arriver à tuer Erin ; plutôt qu'il empoche l'argent de la rançon et disparaisse avec elle.

Mais ça, je ne pouvais pas l'expliquer à Jamie.

— Toutes ses menaces font partie de sa stratégie, ajoutai-je. Plus il vous convaincra que la vie d'Erin est en danger, plus vous serez susceptible de payer la rançon. Il bluffe. Sa stratégie est entièrement fondée sur le mensonge et la tromperie.

— Alors ça me fait un point commun avec lui.

— Je ne suis pas sûr de ce que vous voulez dire…

— Mensonges et tromperie. Je ne lui mens pas seulement à lui, je vous mens aussi à vous.

— Qu'est-ce que vous racontez, Jamie ? intervint Kylie.

— Je vous ai dit que j'étais incapable de payer 25 millions de dollars, mais que je pouvais en trouver 5. Ce sont des conneries. Ça non plus, je ne peux pas le payer. Bon sang, je peux m'estimer heureux si j'arrive à trouver 1 million, et il n'acceptera jamais une rançon aussi basse.

Il cessa de faire les cent pas.

— C'est pour ça qu'il y avait cette terreur dans la voix d'Erin. Elle sait très bien que je n'ai pas d'argent. Et elle n'a pas d'argent non plus. Erin gagne des millions, mais elle les dépense encore plus vite. Elle adore…

Il cherchait ses mots. Puis il cracha :

— … les choses. Et plus les choses atteignent des prix astronomiques, plus elle les aime. Elle achète ces maisons à des millions de kilomètres de là où elle vit, dépense des fortunes pour les rénover et… elle n'y habite presque jamais. Elle s'est payé un yacht à 12 millions de dollars : elle ne l'utilise jamais. Des créateurs lui offrent leurs bijoux et leurs robes pour qu'elle les porte sur le tapis rouge, mais ça se limite à quoi, cinq soirs par an ? Les trois cent soixante autres soirs, elle doit quand même donner l'impression qu'elle porte des tenues à 1 million de dollars, et tout ça sort de sa poche…

— Et vous ? demandai-je.

— Moi ?

Un rire.

— Allez faire un tour sur ces sites Internet qui prétendent calculer la fortune des people : ils vous expliqueront que je pèse entre 70 et 150 millions de dollars. Je ne sais pas d'où ils sortent ces chiffres ni comment ils peuvent être pris au sérieux… parce que c'est totalement faux. Mais voilà : le kidnappeur demande 25 millions, donc il doit croire tout ce qu'il lit sur Internet.

— Je ne pense pas, dit Kylie.

— Comment ça ?

— Dès qu'il a annoncé la somme, vous lui avez répondu que vous ne l'aviez pas. Sans se démonter, il a enchaîné : « Maman, si. »

Jamie s'affala de nouveau dans le canapé.

— Elle pourrait payer vingt fois cette rançon. Mais, comme elle ne manque jamais de me le rappeler, c'est *son* argent, pas le mien. Et, croyez-moi, si je lui explique qu'elle seule est capable de sauver la vie d'Erin, ma mère ne lâchera pas *un* centime.

28

— Je conduis, annonçai-je dès que nous fûmes sortis de chez Gibbs.

Kylie me lança les clés.

— Tu as besoin de te défouler ?

Je ne répondis pas. La voiture était garée derrière le centre de commandement mobile installé dans un camion de seize mètres de long.

Je m'engageai sur Riverside Drive.

— La police de New York met des millions de dollars de technologie à son service, juste devant chez lui, et il se permet de critiquer notre « matos high-tech de merde » parce qu'on n'a pas encore retrouvé sa femme disparue depuis à peine vingt-quatre heures…

Kylie sourit.

— Ah, j'avais vu juste. Tu as besoin de te défouler.

— Bien sûr ! Ce putain de Jamie Gibbs se donne des airs proprets, l'ex-petit merdeux rentré dans le droit chemin, mais il ne peut pas cacher son vrai visage. Il refuse d'assumer ses responsabilités pour avoir négligé la sécurité de sa femme. C'est forcément la faute de la chaîne ! On lui propose de l'aider à négocier avec le kidnappeur, il nous répond qu'il peut se passer de nous, qu'il sait ce qu'il fait… Et comme il pète un câble et que le coup de fil part en vrille, alors il s'en prend à moi ! « Et le Ka-Bar à lame droite, je ne dois pas le prendre pour argent comptant ? » J'avais envie de lui balancer une gifle…

— Un peu d'empathie, tempéra Kylie. Il est terrifié parce qu'un cinglé a kidnappé sa femme, il n'a pas l'argent pour la sauver et sa mère – qui, j'en suis sûre, l'a rendu aussi névrosé qu'elle – risque de ne pas lever le petit doigt pour l'aider.

— J'ai pigé, oui. Pauvre Jamie. Mais quand même, ce n'est pas une raison pour s'en prendre à des flics qui se cassent le cul pour résoudre son affaire. Et d'où te vient cette tolérance soudaine ? Cette indulgence ? En général, tu te débrouilles toujours pour faire comprendre aux gens quand ils dépassent les limites. Tiens, Brockway par exemple, tu n'as pas hésité à lui rentrer dedans…

— Il y a une différence. Harris Brockway est un connard. Jamie Gibbs est une épave. Et, si j'avais eu le moindre doute, notre petite visite à Cruella d'Enfer dans sa forteresse imprenable me l'a confirmé. La mère de Jamie, qui est capable de vivre sans dormir, a décidé de faire une sieste *justement* pendant son mariage. La dernière chose dont cet homme avait besoin, c'était une femme flic lui hurlant dessus sous prétexte qu'il n'est pas une victime exemplaire…

Le téléphone de Kylie sonna.

— C'est ta petite amie, annonça-t-elle en regardant l'écran.

Je crus d'abord qu'il s'agissait de la capitaine Cates et que Kylie faisait la maline – je me trompais. C'était ma petite amie.

Kylie prit l'appel.

— Salut, Cheryl, qu'est-ce qui se passe ?

Une pause.

— CJ ? Non, il n'est plus dans le paysage… Enfin, si, à Hawaï. Il est parti.

Nouvelle pause.

— Ton cousin ?

Elle me regarda, m'adressa une grimace.

— Je ne sais pas, Cheryl. Des amis m'ont déjà organisé des rendez-vous surprises avec leurs cousins, et en général ils sont encore disponibles pour de bonnes raisons. Il est comment, celui-là ?

Elle se tourna vers moi pour être sûre que je la regarde puis, recroquevillée sur elle-même, le visage tordu dans un rictus, m'offrit une excellente imitation de Quasimodo. Je souris et détournai le regard – les yeux sur la route, les oreilles sur la conversation de Kylie.

Mais elle était silencieuse, tout à coup. Cheryl parlait depuis trois bonnes minutes quand Kylie finit par dire :

— Il m'a l'air trop beau pour être vrai. Où est le vice caché ? Il ne peut pas être parfait, sinon il ne serait pas sur le marché.

Elle écouta encore quelques secondes, puis :

— Accro au travail ? Ça ne me dérange pas. À vrai dire, c'est même un avantage. Je ne suis pas en mesure de chipoter sur… ah, attends, Cheryl, j'ai un double appel.

Elle le prit. Cette fois, c'était vraiment la capitaine Cates. J'entendis Kylie débiter une succession de « Oui, madame » et clore la conversation par « On sera là dans dix minutes ».

Elle retourna au premier appel.

— Cheryl, je dois y aller, mais c'est bon, je tente le coup avec ton cousin. Je te refais signe plus tard.

Elle raccrocha et se tourna vers moi.

— Accélère, mamie ! On vient peut-être de trouver un moyen de faire plaisir au gouverneur de New York.

— Qu'est-ce qui se passe ?

— Nouvelle invasion de domicile, nouvelle vieille dame riche, toujours la même ambulance. Exactement le même mode opératoire.

J'enfonçai la pédale d'accélérateur.

— Où ça ?

— Les Lincoln Towers, West End Avenue.

— Ça fait une demi-douzaine d'immeubles, ça. On va dans lequel ?

— Aucun. On retourne au commissariat. C'est arrivé il y a trois semaines.

29

La plupart des flics opèrent dans les limites de leur district. Pas les criminels. Il n'est donc pas inhabituel que des inspecteurs venus de secteurs éloignés de la ville se retrouvent pour partager des informations lorsque l'un d'eux pensait avoir identifié des scénarios criminels récurrents.

Mais quand ces inspecteurs amènent leur boss à la réunion, ça devient une sorte d'événement.

Kylie, Cates et moi étions assis d'un côté de la table. De l'autre, les inspecteurs Al Devereaux et Paula Moss du 2-0 et Reuben St. Claire, capitaine de trois brigades de l'Upper Manhattan.

Devereaux donna le top départ.

— Il y a trois semaines, une ambulance s'arrête devant un immeuble du West End. Les ambulanciers expliquent au portier qu'ils répondent à un appel d'urgence, une vieille dame en situation de détresse respiratoire : Ida Lowenthal. Ils montent à l'étage, une infirmière sur place leur ouvre, les malfaiteurs attachent et bâillonnent les deux femmes, puis repartent avec 70 000 dollars de bijoux, 15 000 en cash et 600 dollars laissés par la famille à l'infirmière pour dépenses courantes.

— Mais ils ne touchent ni au sac à main de l'infirmière, ni aux bijoux qu'elle porte, précisa Moss.

Je pris la parole.

— Pour nos gars, c'était le jackpot : environ 2 millions en bijoux et 50 000 en cash, plus l'argent de poche de l'infirmière. Mais, là encore, ils ne lui ont rien pris à elle personnellement.

— Soit ce sont les mêmes, soit ils travaillent à partir du même scénario, conclut Moss.

— On a entré le nom de notre infirmière dans le système, ajouta Kylie. Citoyenne au-delà de tout soupçon, aucun antécédent judiciaire… Pour le moment, rien ne laisse supposer qu'elle soit impliquée. Et la vôtre, quel profil ?

— Pareil : RAS. Maintenant, ce serait intéressant de savoir si ces deux-là se connaissent ou travaillent pour la même agence.

— Le portier a noté le nom sur l'ambulance, répondit Devereaux. « NYAC / Service aux seniors. » Il pensait que AC pouvait signifier Aide Catholique, mais ça s'est révélé complètement bidon. Notre base de données confirme que les plaques ont été volées.

— Et notre ambulance appartenait à la société AMUS, Assistance Médicale Urgence Seniors. Tout aussi bidon. Que donnent les vidéos de surveillance ?

— Ils connaissaient l'emplacement des caméras. Du coup, sur toutes les images, ils portent une casquette de base-ball et gardent le visage baissé sur leur brancard. Aucune des vidéos n'est exploitable. On ne peut rien tirer de la vieille dame, qui est atteinte de démence. Et tout ce que l'infirmière a pu nous dire, c'est que les deux hommes, un Blanc et un Hispanique, ont la quarantaine et lui ont semblé très organisés. Ils savaient exactement ce qu'ils voulaient.

— Du côté des bijoux volés ?

— Moss et moi avons vérifié les prêteurs sur gages, plus eBay et une vingtaine d'autres sites où ils pourraient les écouler… Rien pour l'instant.

— Deux affaires, un même mode opératoire, résuma Cates. La seule différence, c'est que notre victime est une personnalité, ce qui veut dire que tout le monde, du 1PP au manoir du gouverneur, nous suit à la loupe. Ça nous est très utile, que vous ayez si rapidement identifié le MO.

— C'est le boss qu'il faut remercier, dit Moss.

Reuben St. Claire était plus qu'un boss : un leader. Parmi mes connaissances, tous ceux qui avaient travaillé sous ses ordres disaient qu'il était une inspiration à devenir un meilleur flic.

— J'ai pris le train en marche parce que je passe plus de temps sur ce putain d'ordinateur que sur le terrain, commenta St. Claire. Et maintenant que la balle est dans votre camp, je suis venu vous dire deux choses. La première : tout ce que nous avons obtenu – le moindre entretien, le moindre témoin, la moindre piste – est à votre disposition.

Kylie, Cates et moi savions que St. Claire n'avait pas besoin de traverser la ville pour nous assurer de la coopération de ses services. Il était en mission. Restait à en connaître la nature.

Il se pencha vers l'avant.

— La seconde, c'est que vous n'êtes pas les seuls dont les faits et gestes sont scrutés à la loupe. Tout le monde au Bureau des travaux finis va nous demander pourquoi on n'a pas arrêté les deux truands avant qu'ils s'en prennent à la famille du gouverneur. Je connais Devereaux et Moss. Ce sont des flics intelligents, minutieux, et même s'ils s'occupent d'un tas d'affaires en ce moment, celle-ci a touché un nerf sensible. Un cambriolage dans une maison déserte, passe encore, mais quand deux fils de pute entrent par effraction en brandissant des flingues et arrachent l'alliance du doigt de Mme Lowenthal, ça nous fout la rage… Bref, mes gars se sont cassé le cul sur ce coup-là. C'est pourquoi je vous demande une faveur : si vous tombez sur un truc qui nous a échappé, j'apprécierais que vous nous le signaliez.

— Vous serez le premier prévenu, Reuben, assura Cates.

Et, connaissant Cates, il serait aussi le seul. Sa mission était de traquer les criminels, pas d'aider le 1PP à trouver des boucs émissaires.

30

La bannette de mon bureau croulait sous les pistes, les indices, les rapports de situation et les signalements d'Erin. La pile avait augmenté de façon exponentielle depuis que nous avions bifurqué sur l'affaire des voleurs à l'ambulance. Après avoir pris congé du capitaine St. Claire, nous demandâmes à Danny Corcoran de se mettre en relation avec les inspecteurs Moss et Devereaux. Puis l'affaire Easton redevint notre priorité.

Une des meilleures façons de retrouver la trace de quelqu'un est de passer au peigne fin l'état de ses finances. Même si Dodd menait une vie spartiate, elle avait nécessairement un coût. Donc, il y avait des flux d'argent entrants et sortants à identifier.

Kylie lut le dossier confidentiel reçu de la Brigade des crimes violents, dont les membres étaient les seuls de notre équipe à connaître l'identité de Dodd.

— Son unique revenu déclaré est un chèque de retraite mensuel du corps des Marines. Jusqu'en mars 2018, les chèques arrivaient directement sur son compte à la banque USAA de Clarksville, Tennessee. Ensuite, le compte a été fermé et les chèques ont été redirigés.

— C'est la date de son déménagement à New York ? demandai-je.

— Non. Depuis, chaque chèque est allé directement à ProjetVétérans.

— Il reverse toute sa retraite à une organisation caritative ?

— C'est ce qui est écrit.
— Alors comment il se débrouille, pour l'argent ?
— C'est ce qu'on doit découvrir.

Des heures de travail furent nécessaires, mais la réponse finit par apparaître dans l'épais dossier que nous avait transmis Declan McMaster. Dodd harcelait Erin depuis plusieurs années déjà quand il avait disparu de la circulation en septembre 2017. Six mois plus tard, il refaisait surface.

McMaster, dont la minutie maniaque n'avait d'égale que celle de Kylie, avait supposé un séjour en prison, et s'était mis en tête de retrouver les compagnons de cellule de Dodd pour avoir une idée de ses projets.

Mais il n'était pas passé par la prison. Peu après le passage dévastateur de deux ouragans sur les Caraïbes en 2017, il s'était fait embaucher par une entreprise de BTP située aux États-Unis qui participait aux chantiers de reconstruction.

— Sans déconner ! s'exclama Kylie en poursuivant sa lecture. D'après ce dossier, Dodd gagnait jusqu'à 20 000 dollars par semaine !

— 20 000 dollars… Payé à quoi ?

— À réparer les manoirs détruits de célèbres millionnaires et à leur redonner leur gloire d'antan… C'est un expert en taille de pierre et, apparemment, c'était la ruée pour obtenir ses services. Il était libre de fixer son propre prix. Et il ne s'est pas gêné…

— 20 000 dollars par semaine pendant six mois, ça fait un demi-million de dollars, calculai-je. Net d'impôts s'il a tout versé dans une banque quelque part dans les îles. Pas étonnant qu'il ait renoncé à sa retraite pour aider ses camarades vétérans…

— Et ça explique pourquoi il n'a aucun compte courant dans son profil bancaire. Il paie tout en liquide.

Si Dodd avait été client d'une banque aux États-Unis, on aurait pu la mettre sous surveillance. Si sa carte de crédit avait été utilisée dans un distributeur de billets, une station-service, un restaurant ou un supermarché, on aurait pu suivre sa trace. Mais il n'y avait rien de tout ça. Nos recherches avaient été complètes et minutieuses, pour aboutir à un seul résultat : notre épuisement à tous les deux.

Travailler sur un kidnapping est une course contre la montre. Notre mission était de mettre la main sur Dodd tant qu'Erin était vivante et en bonne santé. Nous disposions, pour y parvenir, des moyens immenses du NYPD, auxquels un simple coup de fil nous permettait d'accéder. Mais il y avait une chose que nous ne pouvions pas obtenir aussi facilement : le sommeil.

— Il nous faut de la caféine, annonça Kylie. Tu préfères la salle de repos et ses breuvages marron tièdes ou bien Starbucks ? C'est moi qui invite.

— Je ne refuse jamais un triple expresso *macchiato* gratuit.

Mon portable sonna.

— Numéro inconnu… C'est peut-être encore Dodd.

— Mets le haut-parleur.

J'obéis.

— Inspecteur Jordan, bonjour.

— Inspecteur, ici Brock.

Une pause.

— Harris Brockway, vice-président des programmes de Zephyr Television.

— Je sais qui vous êtes, monsieur. Qu'est-ce que je peux faire pour vous ?

— Le kidnappeur d'Erin nous a envoyé une preuve de vie. Une vidéo.

— Vous êtes où ? J'arrive avec l'inspectrice MacDonald, nous allons la récupérer.

— Ne vous donnez pas cette peine. Vous pourrez la voir sur ZTV dans cinq minutes. Nous allons la diffuser.

— Vous n'avez pas le droit de faire ça! criai-je. C'est une violation de...

— Ne me dites pas ce que j'ai le droit de faire ou pas. On nous a donné un ultimatum: si la vidéo n'est pas diffusée avant 20 heures, ils tueront Erin. Et il est 19 h 55.

— Monsieur, passer cette vidéo à l'antenne risque de compromettre notre...

— Arrêtez de geindre, inspecteur, et allumez votre putain de télé.

Il raccrocha.

— Appelle Bill Harrison, m'ordonna Kylie.

Harrison était l'adjoint du procureur en charge de l'affaire. Il était d'astreinte vingt-quatre heures sur vingt-quatre et sept jours sur sept, et il était ravi d'avoir été choisi pour ce qui constituait le point culminant de sa carrière. Je composai son numéro de téléphone – il répondit dès la première sonnerie.

— Zach, qu'est-ce qui se passe?

Je lui expliquai la situation. Il ne m'interrompit qu'une seule fois, pour crier «Ils n'ont pas le droit!» au même moment que moi quand Brockway m'avait appris la nouvelle.

— Bill, on a cinq minutes. Vous croyez qu'on peut empêcher la diffusion?

— Bien sûr que non, répondit Harrison, mais laissez-moi leur passer deux ou trois coups de fil menaçants. Parce qu'il vaudrait mieux qu'on ait l'air d'avoir essayé...

31

— Cates est partie il y a une heure, dis-je à Kylie. Si on ne réussit pas à récupérer cette vidéo avant qu'elle passe à l'antenne, le courroux céleste va s'abattre sur notre équipe et Cates va en prendre plein la gueule.

— Comment ça, *si*? Zach, on a quatre minutes! À ce stade, le NORAD[1] ne pourrait pas intervenir!

— Je sais, je sais. Essaie de trouver la patronne et préviens-la de ce qui nous arrive…

Kylie pianotait sur son téléphone.

— Je m'en occupe. Pendant ce temps, pourquoi ne pas faire ce que Brockway t'a suggéré: arrêter de geindre et allumer cette putain de télé?

Cette partie-là était facile: il y avait justement une télé dans la salle de repos. Le plus dur allait être de trouver ZTV, cette chaîne câblée où Erin Easton était une star de la téléréalité. Nous disposions d'une montagne d'informations sur sa carrière, ses amis, ses ennemis et sa vie privée, mais aucun flic ne savait sur quelle chaîne zapper. Trois précieuses minutes passèrent avant qu'on y arrive.

Un technicien du service informatique avait eu la bonne idée de connecter la télé à toutes les chaînes câblées de la ville. Le temps d'arriver sur ZTV, canal 313, tout le groupe de travail avait pris d'assaut la salle de repos.

---

1. Pour North American Aerospace Defense Command: Commandement de la défense aérospatiale de l'Amérique du Nord.

Le générique de fin de la précédente émission défilait à l'écran. Puis l'écran devint noir et silencieux, et après quelques secondes une musique dramatique retentit. Le logo tournoyant de ZTV News apparut, puis une photo noir et blanc d'Erin soulignée d'un bandeau avec, en guise d'accroche, un seul mot : ENLEVÉE.

Puis la caméra cadra la salle de presse de la chaîne, où Brockway occupe le bureau du présentateur.

— Bonsoir. Je suis Harris Brockway, vice-président des programmes de ZTV. D'ordinaire, je reste dans les coulisses de notre journal mais, comme vous le savez, hier soir vers 19 h 30, Erin Easton, notre chère amie, collègue et membre très appréciée de la famille ZTV, a été kidnappée.

Cinq mots apparurent en bas de l'écran : « Temps écoulé depuis l'enlèvement d'Erin », suivis d'une horloge numérique égrenant : 1 jour, 0 heure, 30 minutes.

Brockway poursuivit :

— Elle était en train de vivre la plus belle soirée de son existence. Toujours dans sa robe de mariée, elle venait de regagner sa loge...

Photos d'Erin en tenue de mariée.

— Putain, lâcha un flic au fond de la salle, ce type en fait des tonnes...

Retour sur Brockway.

— Et puis, alors qu'elle changeait de tenue avant d'offrir un concert à ses proches, à ses amis et à son nouveau mari qui l'attendaient dans la salle de bal à quelques centaines de mètres de là...

Il prit une profonde inspiration et sembla faire un effort pour s'apaiser – de peur, sans doute, que sa détresse ne soit pas assez crédible. Une fois son calme retrouvé d'une façon qu'il jugeait assez convaincante, il reprit :

— ... un fou furieux a fait irruption dans sa loge et l'a kidnappée.

Plan sur la loge d'Erin après l'enlèvement.

Je savais que Brockway avait filmé la scène du crime avant que nous intervenions. Je savais aussi qu'une caméra numérique produit des images parfaites. Mais l'image sur l'écran était granuleuse, en noir et blanc, retouchée pour évoquer ces clichés macabres des vieux numéros de la *National Police Gazette*, ancêtre des tabloïds actuels.

Kylie se pencha vers moi et chuchota avec colère :

— Ce fils de pute n'en fait pas seulement des tonnes : il transforme cette histoire en cirque médiatique. Si les patrons voient ça, on est foutus.

La caméra recadre sur Brockway.

— Notre chaîne a été submergée d'appels téléphoniques et d'e-mails de fans inquiets. Beaucoup d'entre vous ont organisé des veillées de prière. La nation – le monde, même – a attendu une réponse à ces prières et, ce soir, j'ai une nouvelle à vous annoncer. Nous venons de recevoir une vidéo d'un homme qui prétend retenir Erin prisonnière. J'ai contacté Jamie Gibbs, le mari d'Erin, qui m'a confirmé personnellement qu'il avait parlé au kidnappeur un peu plus tôt dans la journée et exigé une vidéo en guise de preuve de vie. C'est de cette vidéo qu'il s'agit.

Il marqua une longue pause théâtrale.

— La bonne nouvelle est qu'Erin va bien. Pour le moment. Mais sa vie ne tient qu'à un fil. Le kidnappeur a insisté pour que nous diffusions ce film sans quoi, je le cite : « Vous ne la reverrez jamais vivante. » Après mûre réflexion, nous avons décidé de céder à sa demande, pour la police autant que pour le public. La vidéo est actuellement encodée pour être diffusée à l'antenne et sur tous nos réseaux sociaux. Elle sera disponible sous peu. Restez avec nous. En attendant, je suis accompagné de mon épouse, Anna Brockway, amie intime, confidente et manager d'Erin depuis toujours.

Le champ de la caméra s'élargit, révélant Mme Brockway assise à côté de son mari. Je me tournai vers Kylie.

— Tu te rends compte ? Ce connard laisse aux gens le temps d'appeler leurs amis, de tweeter, de poster des commentaires sur les réseaux, tout ça pour faire grimper l'audience…

— On peut détester Brockway et tout ce qu'il représente, répondit Kylie, mais jette un coup d'œil derrière…

Dans la salle de repos, une vingtaine de flics s'entassaient, debout ou juchés sur des meubles, d'autres encore assis par terre. Au moins la moitié étaient sur leur smartphone, en pleine discussion ou en train d'écrire des SMS.

Soudain, mon téléphone sonna. Un SMS de Cheryl me demandant si j'étais au courant qu'une preuve de vie d'Erin allait passer sur ZTV. À l'évidence, la stratégie de Brockway fonctionnait parfaitement.

Il s'était emparé d'un crime médiatisé et l'avait packagé pour en faire une tragédie nationale. Dans la foulée, il convertissait le tout en un record d'audience colossal.

32

Je revins à la télé. Brockway parlait toujours.

— Anna, des millions de gens sont captivés par l'épreuve qu'Erin est en train de vivre…

Il s'adressait à sa femme non pas comme s'ils s'étaient réveillés quelques heures plus tôt dans le même lit mais comme s'ils venaient de se rencontrer.

— … mais, parmi eux, beaucoup ne regardent pas forcément son émission et ne la connaissent que comme la femme magnifique habituée des couvertures de magazines.

— Ou comme la salope de la *sextape* sur laquelle ils se sont branlés ! lança un flic.

— Vous connaissez Erin depuis presque vingt ans, enchaîna Brockway. En attendant de visionner la vidéo cruciale envoyée par le kidnappeur, accepteriez-vous d'évoquer pour ces nouveaux téléspectateurs la véritable Erin Easton ?

— La véritable a de petits seins, des dents de traviole et aucun talent ! cria un autre flic. Allez, connard, balance la vidéo !

Anna Brockway se lança dans l'histoire de la carrière météorique d'Erin. Aussitôt, des photos et des extraits de films illustrant ses propos défilèrent à l'écran. Je m'étais attendu à ce que les Brockway brodent à l'infini pour gagner du temps et attirer le public. J'avais tort : rien n'était improvisé, tout était scénarisé.

Anna pressait habilement sur tous les boutons susceptibles d'activer l'empathie des spectateurs. Laissant de côté la *sextape* et les deux premiers mariages d'Erin, elle mettait l'accent sur ses tragédies personnelles : ses parents tués dans un accident d'avion quand elle avait dix-neuf ans, l'accident de ski mortel de son frère un an plus tard (photos d'Erin affrontant bravement l'épreuve du deuil dans sa robe de créateur haute couture).

J'espérais que Bill Harrison obtiendrait une ordonnance du tribunal pour annuler la diffusion mais, dix minutes après le début du bulletin spécial, alors que #VideoErinOtage était le hashtag n° 1 sur Twitter, Harris Brockway, visage inexpressif et voix grave, annonça :

— Nous nous excusons pour la nature profondément dérangeante de ce que vous vous apprêtez à voir. Mais ici, à ZTV, nous trouvons tous un certain réconfort à savoir que notre courageuse amie et collègue est toujours en vie et en bonne santé. Malgré tout ce qu'elle a subi ces vingt-quatre dernières heures, son esprit farouche reste indomptable.

Des bordées d'insultes résonnèrent dans la salle de repos. Brockway réussissait peut-être à tromper le public, mais tous les flics réunis devant la télé voyaient clair dans son jeu.

Le noir se fit à l'écran, suivi d'un gros plan de l'édition du matin du *Daily News*. À la une, la photo d'Erin et un seul mot : ENLEVÉE.

Le journal s'abaissa, révélant Erin Easton, cheveux ébouriffés, sans maquillage, les yeux bouffis de larmes, vêtue d'un pantalon de jogging gris et d'un sweat-shirt assorti.

— Elle fait peur, commenta Kylie.

— Je pense que c'est l'effet recherché, dis-je. Plus elle a l'air mal en point, plus Jamie sera motivé pour réunir l'argent de la rançon.

— Je me demande qui va regarder ça…, commença Erin. Sans doute mon mari, et la police, et peut-être quelqu'un de la chaîne. Eh bien, je veux que vous sachiez tous que je vais… je vais…

Elle se mit à sangloter.

— … je vais bien.

Elle porta les mains à ses yeux. En silence, tout le monde vit ses épaules se hausser et son corps trembler. Au bout de trente secondes, elle baissa ses mains.

— Pardon… Je ne vais pas bien. Je veux dire, il ne m'a pas fait de mal, mais je veux rentrer chez moi. Je dois rentrer chez moi. Je suis…

Ses yeux fixèrent un point vers le sol. Quand elle les leva de nouveau vers l'objectif de la caméra, elle respira profondément, redressa les épaules.

— Jamie… mon chéri… J'allais te l'annoncer pendant la fête, à la fin de mon concert. Je suis enceinte.

Deuxième partie

Erin en exil

33

La caméra zooma sur Erin, ses yeux écarquillés où se formait une larme luisante comme une perle qui bientôt glissa sur sa joue. Elle l'essuya et respira profondément. Elle allait dire autre chose lorsque le noir se fit. Dodd avait éteint la caméra. Si Jamie Gibbs voulait en voir plus, il devait payer.

— À présent, résuma Brockway de retour à l'écran avec son épouse, les enjeux sont doublés. La vie de *deux* personnes est en jeu : Erin Easton et l'enfant qu'elle porte. Anna, un commentaire sur la vidéo bouleversante que nous venons de voir ?

Je me foutais de ce que les Brockway avaient à dire. Me dirigeant vers la porte de la salle, je fis signe à Kylie de me suivre. Mais elle ne bougeait pas. Le téléphone collé à l'oreille, elle leva l'autre main. J'attendis qu'elle raccroche.

— On ne va nulle part, m'annonça-t-elle. Cates a besoin qu'on reste ici.

— Pour faire quoi ? On doit aller au siège de la chaîne et récupérer cette vidéo. Quand est-ce qu'ils l'ont reçue ? Qui a livré le pli ? Qui l'a touché ? S'il y a la moindre chance qu'on trouve des empreintes…

— Zach, si on trouve des empreintes, elles appartiendront certainement à Dodd. Cates m'a demandé d'envoyer une équipe pour interroger les Brockway et rapporter la vidéo au labo. En attendant, on ne doit pas bouger d'ici.

— Pourquoi ?

— Parce que Blanche Neige arrive.

— Génial… Justement, je commençais à trouver qu'on manquait de gradés dans nos réunions. Je suis ravi que le boss ait décidé d'en ajouter un…

Deux chefs adjoints au Bureau des inspecteurs portaient le même nom : John White. Fatalement, ils avaient écopé de surnoms pour permettre aux gens de les différencier. L'un d'eux, connu pour se faire prier quand il s'agissait de valider des heures supplémentaires, était devenu Chèque en Blanc. L'autre, catholique fervent, travaillait dans le service depuis plus de trente ans et n'avait jamais proféré la moindre injure. Ce qui lui valait d'être rebaptisé Blanche Neige.

Le chef White arriva vingt minutes après la diffusion de la vidéo. Ce qui nous avait laissé le temps de faire le point avec Bill Harrison. Une fois face à White dans le bureau de la capitaine Cates, nous pouvions fournir quelques réponses – même si aucune n'était satisfaisante.

— J'ai dirigé plus d'enquêtes sur des affaires de kidnapping que je ne pourrais en compter, annonça White, mais jamais aucune ne m'a échappé au point qu'une *vidéo de preuve de vie* soit diffusée – et en *prime time* ! – au grand public avide de se vautrer dans la douleur des autres… C'est pitoyable. C'est impensable.

Kylie et moi restions silencieux. Cates nous avait ordonné de ne pas dire un mot, sauf en réponse à une question directe.

— Je reviens du Bureau du chef des inspecteurs, poursuivit White. Il m'a posé beaucoup de questions, qui commençaient toutes par « comment ». *Comment* une vidéo ayant valeur de preuve de vie a-t-elle pu passer à l'antenne ? *Comment* ZTV a-t-elle pu l'obtenir et pas nous ? *Comment* se fait-il qu'on n'en ait pas été informés ? *Comment* est-ce possible qu'on n'ait pas pu empêcher sa diffusion ? Et si vous vous êtes déjà trouvé dans la même pièce que le chef quand il pique une crise, vous savez que son langage est beaucoup plus imagé que le mien. Notamment ce mot qu'il utilise à la place des virgules...

Il croisa ses bras et attendit notre réaction.

— Monsieur, commençai-je, aujourd'hui à 19 h 55, j'ai reçu un appel de Harris Brockway de ZTV...

Je résumai ma brève conversation avec Brockway, ajoutant qu'il avait fini par me raccrocher au nez.

— Ensuite, j'ai appelé l'adjoint du procureur Bill Harrison, puis l'inspectrice MacDonald et moi-même avons discuté avec lui. Il nous a expliqué qu'il avait essayé de joindre Brockway mais qu'on l'avait mis en relation avec l'avocat de la chaîne. Harrison l'avait prévenu que les dirigeants de ZTV détenaient un indice lié à une enquête criminelle en cours, et qu'en cas de diffusion ou d'altération de l'indice, la chaîne risquait d'être accusée de crime. L'avocat de la chaîne a demandé le nom du juge qui avait signé l'ordonnance de non-diffusion. Or ce juge n'existait pas car nous manquions de temps. L'avocat a alors expliqué qu'en attendant la décision d'un juge, tout ce à quoi la chaîne était légalement tenue, c'était de donner à la police une copie non éditée de la vidéo et de nous expliquer dans quelles conditions elle avait été obtenue. Cela suffisait, selon lui, à mettre la chaîne en totale conformité avec la loi. À ce stade de la procédure, il était 20 heures et Brockway lançait le direct.

— Mais la vidéo n'a pas été diffusée à 20 heures, objecta White. L'assistant du procureur a bénéficié de dix bonnes minutes pour trouver un juge susceptible d'interdire sa diffusion.

— En effet, monsieur. L'assistant Harrison est parvenu à joindre la juge Charlotte Najarian quelques minutes avant, mais elle a refusé de prononcer l'interdiction de diffusion.

— Sur quel motif?

— La liberté de la presse.
— Foutaises, grogna White. On ne lui demandait pas de détruire la vidéo, juste de gagner du temps avant sa diffusion publique.
— Ce n'est pas comme ça que la juge Najarian voyait la situation, dis-je, regrettant que Bill Harrison ne soit pas présent dans le Bureau pour annoncer lui-même la mauvaise nouvelle. Elle a même précisé que si le kidnappeur envoyait d'autres vidéos directement à la chaîne, elle ne s'opposerait pas non plus à leur diffusion. Enfin, monsieur, elle a déclaré – et l'adjoint au procureur m'a assuré que ce sont bien ses mots: «Je refuse d'être la juge responsable de l'assassinat d'Erin Easton si la vidéo n'est pas diffusée.»
La plupart des flics auraient explosé et insulté la juge. Pas White. Il secoua simplement la tête.
— La justice est censée être aveugle, et ne pas se préoccuper de l'opinion publique au cours d'une année électorale.
— Chef, intervint Cates, vous avez vu le show concocté par Harris Brockway. Ça n'a pas été bâclé en cinq minutes. Il détenait cette vidéo depuis plusieurs heures. Les avocats de la chaîne lui ont suggéré d'appeler l'inspectrice Jordan à la toute dernière seconde, dans l'unique but de donner à sa démarche une apparence de légalité. S'il vous plaît, dites au chef des inspecteurs que nous regrettons profondément la diffusion de la vidéo et que nous avons fait tout ce qui était en notre pouvoir pour l'empêcher.
— C'est tout ce qu'il a besoin d'entendre, répondit White. Le chef ne se soucie pas des avocats de chaînes de télé ou des juges égoïstes. À travers tout le pays et dans le monde entier, tous les regards sont braqués sur la police de New York. Et tous les regards des employés de ce département sont braqués sur vous trois. Échouer. N'est. Pas. Une. Option.

Sur ce, il pivota et sortit du bureau. Cates, Kylie et moi le regardâmes s'éloigner à grands pas. Personne ne dit rien, mais j'étais certain que la formule de Blanche Neige résonnerait longtemps dans nos cerveaux.

34

— Allons allons, debout la marmotte ! s'exclama Bobby Dodd en pénétrant dans la chambre. Le soleil brille ce matin ! J'aimerais tellement que tu puisses en profiter, mais que diraient les voisins s'ils te voyaient ?

Il rit, et Erin, qui venait de passer des heures allongée dans son lit à essayer de se souvenir de tous les principes qu'Ari lui avait enseignés quinze ans auparavant, jeta un coup d'œil par-dessus les couvertures et s'efforça de répondre à son ravisseur par un sourire. *Restez digne. Il est toujours plus difficile de tuer ou de torturer quelqu'un que l'on continue de considérer comme un être humain.*

— J'ai du café et des croissants, reprit Dodd en posant un plateau. Et, bien sûr, un tas de journaux qui parlent de nous !

« Nous » n'existe pas, espèce de taré.

— Merci. Je vais commencer par le café.

Nouez un rapport. Ne le contrariez pas. Elle pivota sur le lit et Dodd lui tendit un gobelet en polystyrène. Elle retira le couvercle et but une gorgée.

— C'est bon ? demanda-t-il.

Un jus de chaussette tiède et immonde.

— Délicieux.

— J'ai un aveu à faire, dit-il en étalant de la gelée de raisin sur un croissant avec un couteau en plastique.

Elle haussa les épaules.

— J'écoute.

La définition même de « public captif ».

— La nuit dernière a été la meilleure de ma vie.

Il engloutit la moitié du croissant en une fois.

Elle eut un haut-le-cœur.

— Je sais que tu as couché avec beaucoup de types… Dis-moi, comment j'étais ?

Tu m'as violée, espèce de porc.

— Tu as été… très doux. C'est agréable.

— Ce sera encore mieux la prochaine fois, dit-il en avalant le reste du croissant.

Par-dessus tout : obéissez. Même pour des choses dont vous n'avez pas envie – le sexe, par exemple. Il faudrait obéir car, parfois, c'est l'unique façon de rester en vie.

— Souviens-toi, dit-elle, tu n'as pas à me forcer.

— Non, non, jamais… Il faut que ça vienne spontanément, admit Dodd. Tu es bien consciente que je suis obligé de dire à Jamie que je vais te tuer s'il ne paie pas. Mais, en réalité, jamais je ne te ferai le moindre mal. À toi ou à notre bébé. Ça va être tellement merveilleux, quand on aura l'argent. Juste nous trois…

Et n'essayez pas de le convaincre de sa folie.

— Ça te dérange si je prends une douche maintenant ? demanda-t-elle.

— Non, non. Vas-y.

Elle sortit du lit et se rendit dans la salle d'eau. Elle savait ce qui allait suivre.

Dodd guetta le bruit de l'eau qui coule.

Puis il retira ses vêtements et, surexcité, la rejoignit sous la douche.

Erin l'attendait.

Céder, oui. Capituler, jamais.

35

Erin avait annoncé sa grossesse au monde entier depuis environ une heure quand Kylie et moi rejoignîmes le poste de commandement mobile devant le domicile de Jamie Gibbs. Nous avions décidé d'y attendre que Bobby Dodd se manifeste de nouveau.

Les flics peuvent pratiquer un humour macabre. Il n'avait pas fallu attendre longtemps pour que les paris soient lancés sur le thème : À quelle heure le kidnappeur va appeler ? Une demi-heure de jeu, 10 dollars le pari. Bien sûr, je me gardai bien d'y participer. Qu'un inspecteur interrogé par la défense reconnaisse avoir misé de l'argent sur le déroulement de l'affaire aurait fait mauvais genre. Mais j'avais une théorie : il appellerait au beau milieu de la nuit, lorsque Jamie était le plus vulnérable.

Je me trompais. Alternant avec Kylie les heures de sommeil, je découvris en me réveillant à 8 heures que Dodd n'avait toujours pas appelé. Je téléphonai à Koprowski, en poste dans l'appartement, pour lui demander comment Jamie supportait l'attente.

— Comme un lion en cage, Zach, me répondit l'inspecteur. La vidéo d'Erin a été postée sur YouTube, et Gibbs y retourne sans arrêt pour voir combien de vues elle comptabilise.

— Et alors, combien ?

— La dernière fois que j'y suis allé : 19 millions. Mais le chiffre serait beaucoup plus bas s'il ne tenait pas compte du nombre de fois où Gibbs l'a regardée…

Deux millions de vues plus tard, le téléphone fixe de Jamie sonna.

— Appel sur son fixe ! cria le technicien du centre de commandement.

J'appelai Koprowski.

— Jamie connaît le numéro ?

— Non.

— Dis-lui de décrocher.

Jamie prit l'appel.

— Allô ?

— Jamie…

C'était Erin.

— Mon amour, j'ai peur.

— Tu vas bien ?

— Jamie, je suis prisonnière d'un type qui me menace avec un couteau… Comment tu veux que j'aille bien ?

— Je voulais dire, est-ce qu'il t'a fait du mal ? Est-ce qu'il t'a touchée ?

Un gémissement. Mais pas de réponse.

— Merde, murmura Kylie, mauvais signe.

— Erin, tu es là ? Est-ce qu'il t'a touchée ? répéta Gibbs.

— Je suis là. Il m'a bien traitée, mais je veux rentrer à la mai…

Silence.

— Erin ? Erin ?

La voix de Gibbs, chargée de peur et de désespoir.

— Je t'en prie… Erin ?

J'interrogeai du regard le technicien pour savoir si la communication avait été coupée. Il secoua la tête. Le silence brutal à l'autre bout du fil n'était qu'une ruse de plus dans cette guerre des nerfs.

Dix secondes s'écoulèrent avant que Dodd intervienne.

— Le temps presse, Jamie… Vous avez eu votre vidéo. Vous avez eu votre conversation téléphonique. Alors maintenant, vous payez ou je commence à vous envoyer son corps en petits morceaux…

— Je vais payer. Je vous le promets.

— Vingt-cinq millions. Mon numéro de compte bancaire est prêt. Si vous faites tout comme il faut, elle rentre à temps pour le dîner.

— Ce n'est pas si facile, plaida Gibbs. Je ne dispose pas d'une somme pareille, tout simplement.

— Débrouillez-vous.

— Je vais l'avoir. J'ai appelé ma mère, mais…

— Il n'y a pas de mais ! Je ne veux aucune excuse. Je veux mon argent. Maintenant !

— J'essaie. Je lui ai laissé des messages. Elle ne m'a pas encore rappelé…

— *J'essaie. Je lui ai laissé des messages. Elle ne m'a pas encore rappelé*, répéta Dodd d'une voix nasillarde. Votre femme vous écoute en ce moment, Jamie. Vous devriez voir la tête qu'elle fait…

— Dites-lui que je suis désolé. Dès que ma mère sera au courant pour le bébé, je suis certain qu'elle acceptera de m'aider.

— Écoute-moi bien, connard, dit Dodd. Ta mère est au courant pour le bébé. À l'heure qu'il est, le monde entier est au courant.

— Vous avez raison. Je sais qu'elle va trouver l'argent… J'ai juste besoin d'un peu de temps pour la convaincre.

— Tu ferais mieux de la convaincre rapidement, parce qu'*un peu* de temps, c'est tout ce que tu vas obtenir – et ce sera *très peu*. Dis-lui que, plus elle me fait attendre, plus je m'énerve. Et que, si elle veut voir ce bébé, elle a intérêt à cracher le fric, sinon elle va m'obliger à faire des choses que je ne veux pas faire.

La communication coupa.

— Déconnexion, annonça le technicien.

Un second téléphone sonna sur son pupitre.

— Attendez ! C'est Benny, il a retracé l'appel !

Il griffonna un numéro sur un morceau de papier.

— Ça vient d'ici, dans la ville. Je vais voir à qui il appartient.

Kylie prit le papier pendant qu'il entrait le numéro de téléphone dans le système.

— Pas la peine, dit-elle. Je le connais.

Tous les yeux se tournèrent vers elle.

— Ce fils de pute a fait transiter la communication par mon portable.

36

Moins de quarante-huit heures après son mariage, Mme Jamie Gibbs ramassa son mug de café, le lança contre la cheminée en pierre et maudit son nouveau mari.

— Sale connard ! cria-t-elle tandis que des éclats de verre jonchaient le tapis du salon.

— Eh, doucement, intervint Bobby. La femme de ménage est en congé.

Elle se retourna vers lui et lui fit un doigt d'honneur.

— Cette salope dort sur un demi-milliard de dollars mais elle me hait tellement qu'elle refuse de payer un centime pour sauver son propre petit-enfant…

— Apparemment, tu as choisi la mauvaise belle-mère. Ne t'inquiète pas. Jamie va trouver l'argent.

— Jamie ? Je lui en veux plus qu'à elle.

Dodd sourit.

— Oh oh… On dirait que la lune de miel est finie.

Cette fois, elle dégaina les deux majeurs.

— Va te faire foutre ! Jamie est du genre à vouloir faire plaisir à tout le monde. À dire aux gens ce qu'il pense qu'ils veulent entendre… Ça, pour les promesses, il sait y faire ! Mais demande-moi s'il les tient…

— Apparemment pas ?

— Pas quand ça nécessite de passer par elle. Ce n'est pas son fils, ma parole, c'est son valet… Tu as entendu ce qu'il a dit ? *Elle ne m'a pas encore rappelé.* Quel genre d'homme attend qu'on le rappelle alors que la vie de sa femme est en jeu ? Pourquoi il ne frappe pas à la porte de Veronica à coups de batte de base-ball pour lui demander de l'aide ?

— Pourquoi tu l'as épousé ?

Erin s'assit sur le canapé et lui fit un nouveau doigt d'honneur – cette fois, comme à contrecœur.

— Allons, Erin, reprit Bobby d'un ton qu'il voulait badin, tout le monde sait pourquoi tu l'as épousé. Parce qu'il est riche. Il n'y a aucune honte à ça.

— Il n'est pas riche, c'est sa mère qui l'est. Il a beau être l'héritier du trône, tant qu'elle est reine, il n'obtient d'elle qu'une allocation.

Elle prit le *Daily News* et l'agita devant Dodd.

— Des millions de personnes prient pour moi, sauf Veronica Gibbs. Elle, elle prie pour que tu me tues.

— Tu sais très bien que je ne te ferai aucun mal.

— Tu dis ça maintenant. Mais qu'est-ce qu'il se passera demain, ou le jour suivant, ou le jour d'après, quand tu prendras conscience que Jamie est incapable de réunir l'argent ?

Elle enfouit son visage entre ses mains et se mit à sangloter.

Bobby se pencha vers elle, tenta de passer un bras autour de ses épaules, mais elle le repoussa.

— Ne me touche pas…

Elle se leva et partit dans sa chambre.

Bobby ne savait pas quoi dire. Ils avaient passé une matinée tellement idyllique, tous les deux. Un rêve devenu réalité. Après avoir fait l'amour sous la douche, ils s'étaient habillés et avaient pris le petit-déjeuner ensemble. Elle n'avait pas mangé de croissants mais il avait rempli le frigo de yaourts. Même s'il n'avait pas acheté la bonne marque, ils ne devaient pas être si mauvais puisqu'elle avait fini son pot.

Ensuite, il avait préparé du café bien corsé, car il avait remarqué qu'elle n'aimait pas celui qu'il avait rapporté de l'épicerie. Puis ils s'étaient installés dans le salon, où ils avaient lu les journaux. Et il lui avait expliqué ce qu'elle pouvait dire et ce qu'elle ne devait pas dire quand ils passeraient le coup de fil.

Tout s'est bien passé jusqu'à ce que Jamie lâche la bombe, leur annonçant qu'une demi-journée après la mise en ligne de la vidéo sur YouTube, Veronica Gibbs n'avait pas levé le petit doigt pour sauver son petit-enfant à naître.

Erin avait raison. Veronica était une salope et une radine, mais le principal blocage venait de Jamie. Ce mec n'avait pas de couilles.

Bobby n'avait pas anticipé ce problème. Et il n'était pas sûr de savoir comment le résoudre.

Il plongea la main sous sa chemise, tira sur la chaîne autour de son cou, sortit la balle de Magnum .357 et ferma les yeux.

La réponse viendrait en temps voulu.

37

Passer la moitié de sa vie éveillée en compagnie d'une ex est une lame à double tranchant.

Du côté positif : je suis avec elle, travaille avec elle, mange avec elle, ris avec elle, me dispute avec elle – et, de temps à autre, je la tire d'un mauvais pas ou je suis l'épaule sur laquelle elle peut s'appuyer. Bref, comme un couple marié mais sans le sexe, les beaux-parents ou les crédits à rembourser.

Kylie avait bien résumé la situation hier matin : *Tu n'es pas seulement mon partenaire, Zach. Tu es mon roc. Mon meilleur ami.*

J'étais *bel et bien* son meilleur ami. Comme elle était assurément la mienne. C'était le côté positif. Du côté négatif : quand on partage d'aussi près et pendant des heures le quotidien d'une personne, il est impossible d'échapper à sa vie privée. Même quand on déploie tous les efforts pour y parvenir.

Je savais que Shane, le cousin de Cheryl, allait téléphoner à Kylie, et j'espérais qu'il aurait la bonne idée de le faire en dehors des heures de service ou, au moins, quand nous étions au commissariat – ce qui me permettrait de sortir du bureau.

Pas de chance. Nous étions sur la portion de la 65e Rue qui traverse Central Park, direction le commissariat, quand le téléphone de Kylie – au volant – sonna. Elle vérifia le numéro sur l'écran, haussa les épaules, inséra un écouteur dans son oreille et décrocha.

— Inspectrice MacDonald, qui est-ce ?

Une pause, puis :

— Oh, Cheryl m'a mise en garde... pardon, prévenue que vous alliez m'appeler.

Elle rit. Il avait dû faire une remarque spirituelle sur « mise en garde ».

— Je n'ai pas reconnu le numéro... Ça correspond à quoi, le préfixe 832 ?

Houston. Il vient tout juste de déménager.

— Comment vous trouvez New York ? demanda-t-elle.

Je pris mon smartphone et parcourus ma liste d'e-mails. J'aurais préféré ne pas être là pendant l'appel de Shane mais, maintenant que j'étais un public captif, il ne me restait plus qu'à tourner légèrement le dos à Kylie pour manifester mon désintérêt alors que mes tympans enregistraient chaque parole.

— Non, vraiment, vous ne me dérangez pas du tout... Je rentrais juste au commissariat avec mon partenaire... Ah mais oui, bien sûr, vous le connaissez... Zach. Il a dîné dans votre restaurant il y a quelques jours... Apparemment, vous ne vous débrouillez pas trop mal dans une cuisine...

Elle lança un regard dans ma direction pour voir si je réagissais à mon prénom, mais je pianotais furieusement comme un cinglé répondant frénétiquement à ses e-mails.

La conversation ne dura pas plus de cinq minutes mais les pas de danse m'étaient familiers. C'était le badinage de la première prise de contact avant le drame, la folie, le poids du passé.

Me revint en mémoire l'époque où j'étais à la place de Shane. Mon premier jour à l'Académie de police. J'étais en train de jauger les autres recrues quand la porte s'était ouverte, laissant Kylie MacDonald flotter parmi nous. Blonde, bronzée, le visage d'un ange et le corps d'une pécheresse.

Les têtes se tournèrent. Les conversations s'interrompirent. La testostérone monta en flèche.

— Pardon, les gars, je vais saluer ma nouvelle partenaire, lança un des types en fonçant droit sur elle.

Une demi-douzaine d'autres lui emboîtèrent le pas. Pas moi. J'avais estimé que cette fille consciente de son pouvoir magnétique n'aurait aucun mal à flirter avec le troupeau de mâles mais serait davantage intriguée par ce type qui ne lui avait montré aucun intérêt.

C'était mon premier profilage psychologique de futur flic, et j'avais vu juste. Une semaine plus tard, elle vint me voir après un cours et se présenta.

Aujourd'hui, M. Shane Talbot était exactement au même stade : la première conversation, le tac au tac enjoué, l'infini des possibles.

Prends ça avec le sourire, m'exhortai-je tandis qu'elle éclatait de rire à une de ses remarques. *Si le courant passe entre eux et débouche sur une relation durable, tant mieux.* L'ironie voulant que ce soit moi qui, le premier, avais suggéré de les présenter l'un à l'autre.

Kylie raccrocha et, sans quitter son sourire, s'engagea sur la 5e Avenue, en direction du commissariat à quelques pâtés de maisons de là.

Elle ne me regarda pas et ne me dit pas avec qui elle parlait.

Et moi, bien sûr, je ne lui posai aucune question.

38

Au commissariat, Danny Corcoran nous attendait, l'air de ne pas avoir dormi depuis qu'on lui avait demandé de travailler avec les inspecteurs Moss et Devereaux sur les voleurs à l'ambulance.

— Si tu as de bonnes nouvelles, on est preneurs, le prévint d'emblée Kylie.

— Le gouverneur, le maire et le chef de la police sont persuadés que vous avez fait de cette enquête votre priorité et ignorent que vous n'avez rien branlé.

— Autre chose ?

— Eh bien, je bosse en heures sup. Ensuite, on a peut-être trouvé un lien entre les deux affaires, mais rien de concret pour l'instant.

— On t'écoute.

— Le mode opératoire étant identique pour les deux vols, on a cherché la connexion entre eux. Un dénominateur commun qui nous permettrait de trouver les coupables. On a commencé par les deux immeubles : un dans l'East Side, l'autre dans le West Side. Propriétaires différents, organismes de gestion différents, employés différents. Aucun lien. Ensuite, on a comparé qui venait régulièrement de l'extérieur – dératiseurs, laveurs de vitres, promeneurs de chiens, installateurs du câble – mais, là encore, aucune redondance. À vrai dire, avec ces deux vieilles dames, très peu de monde est autorisé à entrer : le personnel récupère les livraisons et avec plaisir encore, car les familles savent se montrer généreuses, non seulement à Noël mais aussi toute l'année.

— Et les infirmières ? demandai-je.

— Idem. Elles travaillent dans deux agences différentes, sans aucune relation. Aucune n'a été employée auparavant dans l'agence de l'autre, elles n'ont jamais travaillé ensemble, elles n'habitent pas le même quartier, ne sont pas originaires du même pays et ne fréquentent pas la même paroisse.

— Dis-nous plutôt où tu penses avoir trouvé un lien.

— Vous connaissez le dicton *suivez l'argent* ? Ces agences privées fonctionnent avec des employés formés pour encadrer les infirmières, interagir avec la clientèle, sans compter tout un tas de conneries relevant de la logistique quotidienne… Ce que ces cabinets détestent faire, c'est la facturation. Raison pour laquelle tous les deux externalisent le processus. Or, le compte des deux victimes est géré par la même société : ZSK Facturation médicale, sur la 79e Rue Est.

— Et qu'est-ce que ZSK connaît au juste de Mme Lowenthal et tata Bunny ?

— Je ne peux pas encore répondre à cette question. Mais je peux vous dire à quelles informations générales l'entreprise a accès. Elle s'occupe de facturation pour vingt-six agences d'infirmières, ses archives concernent donc des dizaines de milliers de clients. Elle sait lesquels ont une couverture santé car leur assurance règle une partie de la note, laissant leurs adhérents payer le reste à charge. Mais, dans certains cas, les clients payent de leur poche *l'intégralité* de la somme et, croyez-moi, leurs poches ont intérêt à être sacrément profondes. La famille de Bunny Ogden débourse chaque année un quart de million de dollars en infirmières et, comme Mme Lowenthal a une santé plus fragile, sa famille paye encore plus cher.

— Tu penses que quelqu'un de ZSK cible les clients les plus riches ?

— Écoute, Zach, ces types n'ont pas débarqué dans des immeubles choisis au hasard et demandé au portier quel résident est vieux, malade et riche ! Ils savaient exactement où frapper, et les deux fois ils ont touché le jackpot. Ça nécessite de la préparation. Des informations de l'intérieur. Et, pour l'instant, ZSK semble être leur source la plus probable.

— Combien d'employés chez ZSK ?

— D'après le directeur des opérations, cent quarante-trois. Mais sans une assignation du tribunal, c'est la seule info que je vais obtenir. Sans elle, il refuse de me fournir la liste nominative des employés et de me dire lesquels ont accès à la base de données clients. Il refuse aussi de me dire quelles informations ils détiennent sur les deux victimes sans l'accord écrit des familles.

— Ça a l'air prometteur, commenta Kylie. Et les fausses ambulances ?

— Il s'agit sans doute du même véhicule. Aucune disparition n'a été signalée, mais ce n'est pas difficile de trouver des ambulances retirées de la circulation. On suppose que, pour chaque coup, ils la maquillent avec un nouveau logo et un nouveau nom. On pourrait mettre en garde tous les portiers de la ville contre des ambulances NYAC ou AMUS, mais tout porte à croire qu'ils utiliseront d'autres autocollants.

— Et mettre en garde les portiers contre toutes les ambulances, quelles qu'elles soient ?

— Bon courage pour faire valider l'idée au capitaine St. Claire ! Il a été très direct : on a interdiction d'alerter un seul employé d'immeuble sur l'éventuelle illégalité d'une ambulance qui s'arrêterait devant sa porte. 99,99 % de ces interventions d'urgence seront bien réelles, et si une personne meurt parce qu'un portier a bloqué la route aux brancardiers ne serait-ce qu'une minute, on est bons pour chercher un nouveau boulot.

— Bon travail, Danny, dis-je.

— *Idem*, ajouta Kylie. Merci.

— Je ne suis pas le seul à m'être cassé le cul, vous savez. Devereaux et Moss ont passé autant de temps que moi sur cette affaire.

— Eh bien, tu les féliciteras pour…

Kylie s'arrêta et leva les yeux. Cheryl avançait vers nous.

— Tiens-nous au courant ! ajouta-t-elle. Moi, je dois y aller…

Elle me laissa seul avec Corcoran et traversa le couloir pour aller parler à Cheryl.

— Qu'est-ce qu'elles ont à se dire, ces deux-là ? demanda Danny.

Je secouai la tête.

— Crois-moi, tu n'as pas envie de le savoir…

À cet instant, moi non plus.

39

L'inspecteur Rich Koprowski se rangea devant la bouche d'incendie à l'angle de la 92e Rue et de Park Avenue. Il leva les yeux vers l'imposant bâtiment en briques rouges.

— C'est ça, votre *bureau* ? demanda-t-il. Je n'aurais jamais cru qu'un des immeubles de Park Avenue pouvait avoir une destination professionnelle.

— Et vous auriez raison, répondit Jamie, mais il faut plus qu'un plan d'urbanisme pour empêcher ma mère de parvenir à ses fins.

Il ouvrit la portière de la voiture.

— Merci pour le trajet. À plus tard.

— Je préférerais vous accompagner là-haut.

— Impossible. Je prends déjà ma mère en traître, alors... Vous pouvez partir, sauf bien sûr si vous avez une astuce pour la convaincre de se séparer de 25 millions. Je trouverai un moyen de rentrer chez moi.

— Je suis votre chauffeur, je vous attends ici. Voici mon numéro de portable, dit Koprowski en tendant sa carte à Jamie.

Jamie empocha la carte, passa devant le portier et entra dans l'ascenseur. Pendant que la cabine montait vers le penthouse, il regarda fixement devant lui. Il avait déjà affronté sa mère par le passé, et son bilan était parfait : ça ne s'est jamais bien passé. Jamais.

Mais, cette fois, ce n'était plus un gosse friqué et pourri dilapidant sa vie et son argent dans le sexe, la drogue et les avocats de la défense. C'était un homme marié. Qui attendait la naissance de son premier enfant. Comment sa mère pourrait-elle refuser d'aider son propre petit-enfant ?

Il pénétra dans le vestibule et sortit la carte magnétique de son portefeuille. Est-ce qu'elle marchait encore, au moins ? Si ça se trouve, sa mère l'avait désactivée pour le punir d'avoir épousé celle qu'elle appelait « cette petite pute qui ne pense qu'au fric ».

Il glissa la carte dans la serrure et entendit le déclic électronique familier. Il ouvrit la porte et la vit immédiatement : elle était assise à la table de la salle de réunion aux cloisons de verre, flanquée d'un directeur de casting, d'une styliste et d'un photographe. Ils comparaient les mérites respectifs de trois mannequins alignés à l'extrémité de la salle, torses nus et bronzés, abdominaux bandés comme des poings, les yeux aussi vides que la face cachée de la lune.

Jamie ouvrit la porte d'un coup.

— Dehors ! Tous !

Personne ne bougea.

— Maintenant !

Tous les regards se tournèrent vers Veronica. Sans même regarder son fils, elle leva lentement la main droite et l'agita en l'air. Le directeur de casting se leva d'un bond et congédia les mannequins ; tous les autres sortirent à leur tour.

— C'est *ça* qui t'occupait tellement que tu n'as pas eu le temps de me rappeler ? demanda Jamie.

— Pourquoi aurais-je pris la peine de répondre à tes messages ? Tu n'aurais pas aimé ce que j'avais à dire…

— Eh bien dis-le, maintenant.

— Le kidnappeur t'a rendu un fier service. Bon débarras.

— Elle attend mon enfant !

— Comment tu sais que c'est ton enfant ? Crois-moi, Jamie, tu l'as échappé belle. Et, maintenant, tu veux que je paye pour te ramener la seule personne dont je t'ai dit de rester éloigné ?

— C'est ma femme. Je l'aime.

— Et tu penses qu'elle t'a épousé parce qu'elle t'aime ?

— Crois-moi, Erin connaît ma situation financière. Elle ne m'a pas épousé pour mon argent !

— Ça, c'est sûr : elle t'a épousé pour *mon* argent ! Pendant trente ans, je me suis entièrement consacrée à mon travail, j'ai fait fortune, et un jour tout cela te reviendra alors que tu auras à peine levé le petit doigt...

— Je ne veux pas que tout me revienne. Je te demande juste une chose : 25 millions. Tu peux garder le reste pour bâtir un monument à ton empire et à ton ego...

— Vingt-cinq millions de dollars pour cette pauvre péquenaude ? Jamais.

— Tout au long de ma vie, maman, rien de ce que j'ai désiré, rien des objectifs que je me fixais, rien des rêves que je nourrissais n'a jamais trouvé grâce à tes yeux.

— Oh, pitié, Jamie, le refrain ma-mère-est-une-salope-sans-cœur-qui-ne-m'a-jamais-aimé, garde-le pour ton psy. Et, pendant que tu y es, dis-lui aussi que je ne suis pas devenue celle que je suis aujourd'hui en négociant avec des tocards.

— Qu'est-ce que tu racontes ?

— Je parle de donner 25 millions de dollars à un cinglé en *espérant* qu'il ne va pas tuer l'unique personne susceptible de l'identifier une fois l'argent sur son compte en banque ! C'est évident, qu'il va la tuer ! Et je n'ai pas l'intention de le payer pour prouver que j'avais raison.

— Tu es impitoyable.

— Je suis une femme d'affaires et, au cas où tu l'aurais oublié, tu travailles toujours pour moi. Le défilé des Jeunes Créateurs se déroule au Brooklyn Army Terminal demain. Je serai au premier rang, et j'espère bien que tu seras assis à côté de moi.

Elle se leva et quitta la salle de réunion.

Jamie se laissa tomber sur une chaise. Sa bouche était sèche. Sa tête prise dans un étau. *Bien sûr que ce fou furieux va tuer Erin*, pensa-t-il. Sa mère avait raison. Elle avait toujours raison. Il posa les coudes sur la table et enfouit son visage entre ses mains. Pendant presque une minute, il resta assis là, jusqu'à ce que son téléphone vibre dans sa poche.

Il ne reconnut pas le numéro. *Le kidnappeur? Si vite?* Ses mains tremblaient lorsqu'il répondit.

— Allô.

— Pas un mot, dit l'homme à l'autre bout du fil. Je sais qu'ils ont mis ton téléphone sur écoute.

Jamie connaissait cette voix.

— Pas d'inquiétude, dit-il, ils ne peuvent pas écouter la conversation. Juste voir que j'ai reçu un ap…

— Qu'est-ce que tu n'as pas compris dans « pas un mot » ? Oublie ce que les flics te racontent. Ne leur fais pas confiance. Ils ne sont pas dans ton camp. Ils sont comme ta mère, ils ne veulent pas que tu paies la rançon. C'est le seul moyen de sauver Erin, et personne ne veut que cela arrive. Personne… sauf moi. Je peux trouver l'argent. Je veux que tu me rejoignes à l'endroit où nous avons partagé cette bouteille de Jack Daniel's Monogram à 700 dollars. Et ne te fais pas suivre pas les flics.

L'homme raccrocha.

Jamie se leva, respira profondément. Un sourire s'esquissa sur ses lèvres. *Il y avait de l'espoir.*

40

Jamie redescendit en ascenseur et sortit par la porte de service donnant sur le 92e Rue. Son plan était de revenir dans une ou deux heures, de repasser par l'accès de service et de ressortir par le hall principal. Avec un peu de chance, Koprowski l'attendrait toujours devant l'immeuble.

Le NYPD le chaperonnait depuis dimanche soir et ça faisait du bien de pouvoir prendre ses décisions soi-même sans être accompagné par une nuée de flics lui expliquant quoi faire et comment le fairc. Il se foutait bien de leur expérience : leur mission était d'arrêter un criminel, son seul but était de ramener à la maison Erin et le bébé.

Il marcha jusqu'à Madison Avenue, héla un taxi. Harris et Anna Brockway vivaient dans le Connecticut mais ils avaient un pied-à-terre sur la 48e Rue Ouest. C'est là que Brock lui avait présenté cette bouteille de whisky ridiculement hors de prix.

Il ne fallait pas faire confiance aux Brockway. Il le savait. Erin le savait. S'ils s'occupaient bien d'elle, c'est seulement parce qu'elle leur rapportait quelque chose.

« Je peux trouver l'argent », avait dit Harris.

Possible. Mais ça te rapporte quoi ?

Il eut la réponse dès qu'il entra dans l'appartement de Brockway.

— Erin a pulvérisé le record d'audience hier soir, annonça Brock.

— C'est un méga-hit, ajouta Anna. Un vrai feu d'artifice. Et l'annonce de sa grossesse : le bouquet final !

— On veut faire d'autres shows. Avec toi. Ce truc peut être le plus gros succès dans toute l'histoire de ZTV.

— Ce *truc*? répéta Jamie. *Le bouquet final?* Un cinglé s'accorde le droit de vie ou de mort sur ma femme, je n'ai aucun moyen de la sauver et tout ce que vous trouvez à dire, c'est que cette folie est parfaite pour votre audience?

— Eh, oh, du calme! Nous aussi on aime Erin.

— C'est comme une fille pour nous, renchérit Anna.

— On t'a demandé de venir car tu essaies de réunir la somme de la rançon et on a une solution.

— Un deal à te proposer, corrigea Anna. ZTV est prête à payer pour d'autres vidéos d'Erin.

— Vous voulez *d'autres* vidéos d'Erin prise en otage? hurla Jamie. Une seule ne vous a pas suffi? Vous pensez que les gens ont encore envie de la voir souffrir?

— C'est l'idée, dit Brock. Le monde entier est impliqué émotionnellement dans ce qui va se passer. Tu comprends le pouvoir d'attraction d'une telle histoire? Les sponsors seront prêts à payer des fortunes pour en faire partie.

— Ah, ça y est, tu l'as craché! dit Jamie en frappant du poing contre la paume de sa main. Tout ça, c'est pour le fric, pas vrai?

— Nom de Dieu mais évidemment que c'est pour le fric! cria Brock. Et au lieu de nous chier à la gueule, tu devrais nous remercier, parce qu'il n'y a aucune chance que tu grattes 25 millions en chialant dans les jupes de ta mère!

Ces mots frappèrent Jamie comme un direct au foie. Il posa les mains sur le dossier d'une chaise pour se contenir.

— Répète un peu?

— Tu m'as très bien entendu. Ta mère ne s'est même pas déplacée pour le mariage. Elle ne cherche pas à dissimuler le fait qu'elle déteste Erin et…

— Non! Je ne parle pas de ça. Le chiffre de 25 millions, d'où tu le sors? C'est la somme exacte demandée par le kidnappeur et les seules personnes qui la connaissent à part lui sont moi, ma mère et les flics. Alors, putain, dis-moi comment tu la connais ?

Brockway regarda sa femme. Anna croisa les bras, le fusilla du regard.

Jamie sortit son portable.

— Tu as foutrement intérêt à me répondre, sinon dans cinq minutes cet endroit grouille de flics.

— Erin m'a téléphoné, dit Anna.

Jamie s'assit.

— Erin… t'a téléphoné ? Quand ça ?

— Il y a une heure environ. Je n'ai pas parlé à celui qui la détient mais elle m'a dit qu'il écoutait. Elle m'a annoncé le montant de la rançon. Je n'en revenais pas. Et elle m'a raconté que tu as laissé des messages à Veronica pour lui demander de l'aide et que cette salope ne t'a même pas rappelé… C'est vrai ?

Jamie baissa les yeux sans dire un mot. Anna Brockway avait sa réponse.

— Erin a convaincu le kidnappeur qu'il y a une autre façon de récupérer une telle somme : je vais négocier un contrat à long terme avec ZTV et demander 25 millions d'avance. J'ai dit que je pouvais essayer, tout en sachant que c'était complètement irréaliste. Dès que j'ai raccroché, j'ai discuté avec Brock. Il a eu l'idée d'une série d'émissions exceptionnelles, chacune autour d'une nouvelle vidéo d'Erin. On y ajouterait des interviews de *people*, des commentaires d'experts de la police, quelques sujets sur les fans hystériques et, bien sûr, un entretien avec le mari fou d'inquiétude, essayant désespérément de sauver sa femme et leur futur bébé…

— Ce serait de la télé de fidélisation, intervint Brock. Et puis, c'est pile dans la cible habituelle d'Erin. Comme un prolongement de toutes les émissions de téléréalité auxquelles elle a participé.

— Ben voyons, dit Jamie. Sauf qu'à la place d'une virée shopping sur Rodeo Drive, elle serait enchaînée à un radiateur, en train de sangloter.

— Oh, Jamie ! dit Anne. Si tu crois que c'est tout ce qu'elle est capable de nous donner, tu connais bien mal Erin Easton… Cette fille sait travailler ses fans comme si sa vie en dépendait. Ce qui, en l'occurrence, est le cas.

— Et tu serais prêt à payer 25 millions de dollars pour quelques vidéos comme ça ? demanda Jamie en regardant Brock.

— Tu es dingue ? C'est le prix pour la série complète. Vingt-cinq épisodes. Un million par épisode.

— Vingt-cinq vidéos ? Et comment tu vas gérer les flics ? La première vidéo a été diffusée à l'arrache, mais dès la suivante, la chaîne sera accusée de collusion avec le kidnappeur. Coupable de complicité.

— Tiens, te voilà devenu avocat, tout à coup ? Écoute-moi bien, Jamie. Ta mère ne sauvera jamais Erin. Les flics ne vont jamais sauver Erin. Il ne te reste plus qu'une seule possibilité. Vrai ou faux ?

Dix minutes plus tard, Jamie Gibbs quitta l'immeuble en se demandant s'il avait pris la bonne décision. Il consulta sa montre : il était parti moins d'une heure. Koprowski devait être encore garé devant la résidence de sa mère.

Il avança sur le trottoir, cherchant du regard un taxi.

— Je vous dépose quelque part ? demanda une voix féminine.

Une voiture était garée devant l'immeuble des Brockway. Il regarda par la vitre. L'inspectrice Kylie MacDonald était au volant. Son partenaire, l'inspecteur Jordan, se matérialisa de l'autre côté de la voiture.

— S'il vous plaît, dit-il en ouvrant la portière arrière.

Il souriait poliment. Mais il n'avait pas l'air content.

41

— C'est mon téléphone, non? demanda Jamie sur la banquette arrière. C'est comme ça que vous m'avez repéré, pas vrai?

Kylie tourna à gauche sur la 8e Avenue et mit le cap au nord. Nous regardions droit devant, sans décrocher un mot.

Son téléphone, oui, bien sûr. Il savait qu'on l'avait placé sous surveillance. Il ne savait pas à quel point elle était étroite.

Dès l'appel de Brockway, la TARU l'avait retracé. Si Brockway avait utilisé son portable habituel, son numéro aurait renvoyé à la liste des correspondants habituels de Jamie. Mais Brockway, voulant passer inaperçu, avait utilisé un téléphone jetable.

Grosse erreur. Qui avait allumé un énorme signal d'alerte. Un appel entrant provenant d'un portable jetable ne pouvait signifier qu'une chose: KIDNAPPEUR! La TARU m'avait aussitôt prévenu et j'avais appelé Koprowski, qui m'avait expliqué que Jamie rendait visite à sa mère.

Une minute plus tard, la TARU rappelait pour m'avertir que Jamie – en tout cas, son portable – était en mouvement.

Koprowski a foncé dans l'immeuble pour en avoir le cœur net. Le garçon d'ascenseur avait déjà déposé Jamie au sous-sol: notre homme était en fuite.

La TARU l'avait localisé aussi facilement qu'une tour de contrôle surveille un jumbo-jet qui traverse le pays.

Dès que Jamie s'était immobilisé, Benny Diaz nous avait envoyé l'adresse, sur la 48e Rue Ouest. Le temps de nous rendre sur place, Kylie et moi avions reçu la liste de tous les habitants de l'immeuble.

Une liste alphabétique. Nous nous étions arrêtés à B. *Brockway, Harris et Anna.*

Kylie avait attendu dans la voiture pendant que j'allais me renseigner auprès du portier.

— En effet, inspecteur. M. Gibbs est monté chez M. Brockway il y a à peu près cinq minutes. Vous voulez que je le prévienne ?

— Inutile, et ne lui dites rien quand il redescendra. Je m'en occuperai.

Dix minutes plus tard, Jamie ressortait et je l'installai sur la banquette arrière de la voiture.

Il avait parfaitement le droit de s'y opposer. Il n'en fit rien. Il semblait effrayé, perturbé, et tellement choqué de nous voir qu'il nous avait obéi sans même un gémissement.

Kylie prit Central Park West en direction du nord puis la 86e Rue. À mi-chemin de l'East Side, elle fit quelque chose que très peu de conducteurs traversant le parc s'autorisent.

Elle entra dans le parking du commissariat de Central Park et se gara. Le parking était rempli de voitures de patrouille et des flics en uniforme entraient et sortaient de la bâtisse mythique datant du XIXe siècle comme autant de figurants sur un plateau de cinéma.

Jamie imaginait sans doute qu'on le ramènerait chez lui ou au commissariat du 19e district pour un interrogatoire. Mais cet endroit étrange le fit dégoupiller – raison précise pour laquelle nous l'avions choisi.

Il se mit à paniquer.

— On est où, là ? Putain, qu'est-ce qu'il se passe ?

Kylie pivota sur son siège, je fis de même et, pour la première fois depuis que nous l'avions récupéré, je rompis le silence.

— C'est justement la question que j'allais vous poser, Jamie : qu'est-ce qu'il se passe, putain ?

— Harris Brockway m'a appelé. Je suis allé discuter avec lui. Ça pose un problème ?

— Tout pose problème là-dedans, dit Kylie. Que va faire Harris Brockway si vous êtes le prochain sur la liste du kidnappeur ?

Il nous dévisagea.

— Je ne comprends pas.

— Vous lui avez expliqué que vous n'avez pas la somme qu'il demande et que votre mère ne vous répond pas quand vous lui demandez de sauver Erin et le bébé. À l'heure qu'il est, il peut très bien se dire : *J'ai enlevé la mauvaise personne. Veronica déteste sa belle-fille. Je ferais mieux de kidnapper le fils.*

— C'est dingue !

— Tout ce qui s'est passé ces quarante-huit dernières heures était dingue, remarqua Kylie. Vous avez compté le nombre de flics affectés à votre surveillance ? Vous pensez vraiment qu'ils sont tous occupés à surveiller vos conversations téléphoniques ? Vous êtes une cible et notre boulot, c'est de vous protéger.

— Je n'ai pas demandé à être protégé.

— Jamie, dis-je, on est à New York. En cas d'alerte à la bombe dans une gare routière, on n'attend pas l'appel de Penn Station ou de LaGuardia pour renforcer la sécurité. Dès l'instant où Erin Easton a été enlevée, toutes les personnes liées à elle étaient en danger, vous le premier. Et maintenant : qu'est-ce que Brockway voulait ?

— Rien.

— Il ne vous a pas contacté sur un téléphone jetable pour ne parler de rien.

— Il veut que je passe à la télé.

— Dans quel but ?

— Je ne sais pas. C'est un pro de l'antenne, j'imagine qu'il pense attirer des téléspectateurs.

— En en quoi ça sera utile à Erin ? Vous risquez même de dire quelque chose qui va déplaire au kidnappeur. Vous n'avez pas peur que ça se retourne contre vous ?

— Je ne sais pas quoi penser, vraiment… Je suis en état d'arrestation ?

— Absolument pas.

— Alors on en a fini. Ouvrez cette portière.

— On vous raccompagne chez vous, dit Kylie.

— Non ! Laissez-moi partir, c'est tout.

Je sortis de la voiture et lui ouvris la portière.

— Et putain, arrêtez de me protéger ! dit-il. Personne ne va me kidnapper. Et si ça arrive, au moins je retrouverai Erin.

Sans se retourner, il traversa le parking et, épaules affaissées, s'engagea d'un pas traînant sur la rue transversale Ouest.

Il avait l'air accablé. Un homme dont le monde vient de basculer : sa mère qui l'abandonne, les requins des médias qui essaient de l'exploiter…

Kylie et moi étions encore dans son camp. Mais il ne le savait pas.

42

Deux heures plus tard, après une douche bien chaude et une séance de manucure pédicure, Kylie enfila un jean blanc taille basse, un petit haut bleu marine et ses sandales à plateau préférées. Installée dans son Uber, elle dégaina son smartphone et activa la caméra en mode selfie. Elle ne se prenait pas en photo : elle voulait juste se jeter un dernier coup d'œil avant de pousser la porte du restaurant.

Kylie essaya de ne pas penser à quand remontait son dernier rendez-vous arrangé.

La fac.

Mon Dieu, je manque d'entraînement.

Elle se rappela pour quelles raisons elle avait accepté. D'abord, pour faire plaisir à son amie Cheryl. Ensuite Zach – Zach, bon sang ! – pensait que c'était une bonne idée. Enfin, c'était toujours un dîner gratuit.

Le chauffeur Uber s'arrêta devant l'établissement et elle sortit. À l'accueil, elle reconnut le grand rouquin qu'elle avait vu en photo lors d'une recherche Google, sauf qu'il avait troqué sa blouse blanche de cuisinier contre un blazer, une chemise à carreaux et une cravate.

Elle lui sourit.

— Kylie MacDonald.

Il lui sourit en retour et lui tendit la main.

— Shane Talbot. Votre table est prête.

Il l'escorta jusqu'à un box au fond de la salle.

— Quel genre de vin vous aimez ? lui demanda-t-il tandis qu'ils prenaient place.

— Surprenez-moi.

Il leva trois doigts. Un serveur approcha, portant un plateau d'amuse-bouches, suivi d'un autre qui déposa sur la table une corbeille de tranches de pain ainsi qu'un petit beurrier en céramique. Une minute plus tard, un sommelier leur apportait une bouteille de rosé bien frais.

Une fois le vin servi, Shane leva son verre.

— À ma mère l'entremetteuse et à sa complice, ma cousine, à qui nous devons cette brillante idée.

Kylie inclina son verre contre le sien puis avala une première gorgée de rosé.

— Oh, mon Dieu ! C'est… je ne maîtrise pas le vocabulaire du vin. Quel est le mot pour dire *sacrément bon* ?

Il rit.

— L'homme qui me l'a vendu m'a parlé de son arôme vif en bouche de fraise avec un croquant de pomme, le tout enveloppé de légères notes toastées. Mais je préfère votre description. Elle résume toute notre philosophie : des produits locaux, des vins raffinés mais abordables et un minimum de cuistrerie.

— Un *minimum* de cuistrerie ?

— Oui. Autrement dit, je vais à présent vous décrire les sept différents amuse-bouches sur ce plateau sans jamais dire « on part sur… ».

Ses descriptions étaient pleines d'esprit et la nourriture était aussi délicieuse que Zach et Cheryl le lui avaient promis.

— On est arrivés au moment où je suis censé vous demander : *Parlez-moi de vous,* remarqua Shane pendant leur dégustation, mais le Dr Cheryl m'a remis un dossier complet à votre sujet. Par conséquent, je connais déjà les réponses aux questions les plus classiques d'un premier rendez-vous : d'où êtes-vous originaire, dans quelle école alliez-vous, quel est votre métier… Alors, si vous me disiez plutôt quelque chose que Cheryl aurait pu oublier ?

— Voyons… Elle ne vous a pas donné le titre de mon film d'action préféré ?

— Non.

— Et mon film de Noël préféré ?

— Non.

— C'est le même film.

— Vraiment ? C'est quoi ?

— Holà, on se calme ! C'est une question de deuxième rendez-vous, ça.

Shane rit.

— OK, qu'est-ce que Cheryl vous a dit sur moi ?

— Elle m'a donné la liste des écoles de cuisine par lesquelles vous êtes passé – je les connaissais toutes – et elle m'a raconté que vous aviez été l'apprenti d'un célèbre chef en Suisse, ce qui m'a fortement impressionnée bien que je n'aie jamais entendu parler de lui.

— Quel portrait atroce ! On dirait que j'ai passé toute ma vie derrière des fourneaux !

— Ce n'est pas le cas ?

— Mon Dieu, non. Quand j'avais vingt-trois ans, je n'ai pas mis les pieds dans une cuisine pendant huit longs mois.

— Ça ressemble à un séjour en prison.

— Vous raisonnez comme un flic. Non, j'ai fait une randonnée avec mon ami Pat : les trois mille cinq cents kilomètres du Sentier des Appalaches.

— Pat… rick ou Patricia ?

— Holà, on se calme ! Ça, c'est vraiment une question de deuxième rendez-vous.

Après les amuse-bouches, trois plats se succédèrent, chacun en accord avec un vin différent. À la fin du repas, Kylie s'était fait son opinion : Shane Talbot était trop drôle et trop sexy pour qu'on lui dise adieu après un seul rendez-vous.

Le restaurant était en pleine effervescence mais pas une seule fois il ne s'était retourné pour observer les clients.

Pendant les onze ans de son mariage avec Spence, Kylie ne se souvenait pas d'une seule sortie au restaurant où il était resté entièrement concentré sur elle.

— J'espère que vous avez encore de la place pour un dessert ? demanda Shane.

— Seulement s'il n'y en a qu'*un*. J'ai réussi à enchaîner sept entrées parce que j'étais affamée mais je ne me vois pas affronter la farandole des desserts…

— Juste un, promis.

Il agita deux doigts en l'air et un serveur vint déposer des coupelles devant eux.

Kylie regarda la sienne, se pencha, respira le parfum sucré puis se décida à y plonger la cuillère.

— Panna cotta au caramel et sauce caramel au beurre salé… Vous n'allez pas me croire mais c'est, de loin, mon dessert favori.

— Sacrée coïncidence !

Shane la regardait, imperturbable.

— Vous étiez au courant, c'est ça ? Mais comment ? Je n'imagine pas Cheryl mentionner ce détail dans mon dossier.

— Vous avez raison. J'ai été obligé de l'appeler pour lui poser la question. Ça vous plaît ?

— Sacrément bon, dit Kylie après une nouvelle cuillerée.

— Je vous propose un marché, maintenant. Vous me donnez le titre de votre film d'action/de Noël préféré et je vous révèle un sombre secret inavouable, ignoré de tous – même de Cheryl ou de ma mère.

— D'accord. *Die Hard.* Et comme c'est aussi mon Bruce Willis préféré, ça donne un tiercé gagnant. Et vous, votre sombre secret inavouable ?

— J'avais prévu deux desserts. J'ai fait signe qu'on serve la panna cotta parce que j'espère un autre rendez-vous.

— Votre entremetteuse de mère et votre complice de cousine vont en faire leur triomphe personnel mais… avec plaisir.

Elle avala une autre cuillerée de son dessert crémeux, et le sucre explosa dans son esprit embrumé par le vin.

Bon sang, pensa-t-elle. *Une fille pourrait facilement s'habituer à ça.*

43

Si Gerri Gomperts décidait un jour de fermer son *diner*, j'étais certain qu'elle aurait pu se faire embaucher aux Affaires intérieures[1]. Cette femme en savait davantage sur la vie privée des flics que n'importe quel agent des AI.

— Tu as envie de savoir comment s'est passé le rendez-vous de ta partenaire, hier soir ? me demanda-t-elle dès que je franchis le seuil de son restaurant.

— Est-ce que j'ai *l'air* de vouloir le savoir ?

— Tu as *l'air* d'un type qui essaie d'avoir l'air de s'en foutre. Mais à d'autres, hein, Zach ? Tu meurs d'envie que je t'en parle.

— Pourquoi ai-je l'impression que je ne vais pas pouvoir attaquer mon petit-déjeuner avant que tu te lances ? Allez, donne-moi juste le titre à la une, pas l'article détaillé.

Le visage de Gerri s'éclaira d'un sourire de grand-mère.

— Ça s'est bien passé, me glissa-t-elle.

— Tant mieux. Ravi pour elle.

Le sourire s'élargit.

— Très, très, *trèèèès* bien.

— J'ai dit : pas de détails.

— Ce n'est pas un détail. C'est à peine un commentaire d'ambiance. J'ai d'autres infos… Tu es sûr que tu n'es même pas un peu curieux ?

---

1. Équivalent américain de l'Inspection générale de la police nationale française : unité chargée d'enquêter sur les éventuels manquements de membres des forces de l'ordre.

— La seule chose qui éveille ma curiosité, c'est comment tu t'y es prise pour récupérer des infos sur la soirée de Kylie à une heure aussi matinale.

— Cheryl est dans le box, là-bas. Les femmes se font des confidences, Zach. Elle m'a dit tout ce qu'elle savait.

— Elle te l'a dit ou tu le lui as extorqué ?

— Quelle différence ?

Je commandai mon petit-déjeuner et allai m'installer dans le box de Cheryl, me laissant tomber mollement sur la banquette.

— Ça a vraiment fait des étincelles, entre Kylie et Shane.

— J'ai appris ça, oui.

— Elle m'a appelée à la première heure ce matin pour me remercier de lui avoir arrangé le coup. Je lui ai dit que c'était toi qu'il fallait remercier. Parce que c'était ton idée.

Je haussai les épaules. Ce n'était pas mon idée, mais tout ça était trop lointain pour que je prenne la peine de corriger le malentendu.

— Il lui a demandé un autre rendez-vous, ajouta Cheryl.

— Je suis sûr que tante Janet va être folle de joie.

— En parlant du loup…, dit Cheryl en regardant par-dessus mon épaule.

Je me retournai, m'attendant presque à voir surgir la mère de Shane. Mais c'était Kylie – évidemment.

— Bonjour bonjour !

Elle prit place à côté de Cheryl et me scruta longuement.

— Tu as de l'avenir comme entremetteur, mon cher partenaire ! Hier soir a été un *home run*.

Je répondis d'un pauvre sourire, mais la référence au base-ball me rappela l'époque du lycée, quand *première base*, *deuxième base*, *troisième base* et *home run* désignaient métaphoriquement les degrés d'activité sexuelle. J'évacuais cette pensée en secouant la tête.

— Raconte-lui le meilleur passage, insista Cheryl. Le coup du dessert !

Je n'étais pas certain d'avoir envie d'entendre un passage, quel qu'il soit, et encore moins *le meilleur.* Je réfléchissais à un moyen de m'exfiltrer avec élégance quand Gerri vint à mon secours.

— Ton petit-déjeuner est prêt. Tu m'as bien dit *à emporter*? Il est à la caisse.

— Où tu vas? me demanda Kylie. Tu ne veux pas rester manger avec nous?

Sous-entendu: *Et entendre le récit de ma fabuleuse soirée avec Shane Talbot?*

Je réfléchis. Ces neuf derniers mois, Kylie avait vécu un enfer. Son mari s'était mis à gober des Percocet comme des nounours Haribo, avant de passer en classe supérieure: addict à l'héroïne, pour finir par complètement partir en vrille.

Kylie avait bossé sans compter depuis dimanche et, hier soir, elle avait l'air épuisée en partant du commissariat. Mais ce matin, elle était complètement reboostée.

— Zach, insista Gerri en roulant des yeux comme si je n'avais pas saisi qu'elle essayait de m'offrir une issue de secours. À emporter ou sur place? Telle est la question.

— Merci mais, tout bien réfléchi, tu veux bien me l'apporter à table? Je vais rester encore un peu.

Gerri hocha la tête et s'éloigna sans commenter.

— Alors, dis-je. Raconte-moi cette histoire de dessert...

Kylie sourit. Je ne l'avais plus vue aussi heureuse depuis longtemps. Elle était radieuse.

Je me rassis et me laissais irradier.

44

Nous terminions tout juste notre petit-déjeuner quand je reçus un appel de Jamie Gibbs.

— J'en ai marre de me planquer comme un ado qui a fait le mur. Aujourd'hui, j'ai un programme de dingue : réunion à l'aube avec la chaîne, déjeuner avec mon plus gros client de cosmétiques, puis je retrouve ma mère à Brooklyn pour un défilé de mode. Ensuite, on préside un dîner de gala dans une salle privée d'un restaurant de l'East Side.

— Merci de me prévenir, dis-je. Ça nous facilite tellement la tâche…

— Vous ne comprenez pas, inspecteur. Je n'essaie pas de vous faciliter la tâche. Je vous préviens juste histoire que vos hommes gardent leurs distances. Je n'ai pas envie de croiser un troupeau de nounous en uniforme, surtout quand je suis en compagnie de ma mère. Compris ?

Il raccrocha sans attendre ma réponse. J'expliquai à Kylie ce qui venait de se passer, puis contactai Rich Koprowski pour lui demander de maintenir l'écoute téléphonique sur Gibbs tout en lui accordant une plus grande liberté d'action – tout particulièrement quand Veronica était dans les parages.

— Ah bon, c'est lui qui dicte le tempo, maintenant ? demanda Rich. C'est lui qui nous indique de quelle façon on doit travailler ?

— Ça ne nous plaît pas plus qu'à toi, mais il reste notre principale connexion avec le kidnappeur. Si notre surveillance lui pèse trop, on risque de le perdre complètement. Donnons-lui juste un peu plus d'air. Un minimum de coopération est préférable à rien du tout.

Notre journée ne s'améliora pas vraiment une fois de retour dans nos bureaux. Benny Diaz et son équipe de la TARU avaient scruté au microscope la vidéo de preuve de vie, guettant le moindre indice, le moindre bruit susceptible d'aider à identifier l'endroit où elle avait été tournée – en vain. Dodd avait été assez malin pour filmer la vidéo avec une caméra GoPro plutôt qu'un téléphone portable, qui nous aurait révélé ses coordonnées GPS.

Un appel au Bureau du procureur ne fut pas plus encourageant : Bill Harrison n'avait pas de bonnes nouvelles pour nous.

— Les avocats de la chaîne savent pertinemment que nous cherchons un moyen d'empêcher la diffusion d'autres vidéos similaires. Ils invoquent la « liberté de la presse » dès qu'on leur tend un micro. Autant essayer d'annuler la convention annuelle de la NRA[1] en expliquant à un juge : « Monsieur le président, ces types sont armés jusqu'aux dents ! » Aucun homme de loi ne prendrait le risque de s'opposer au Deuxième Amendement ou, dans notre cas, au Premier.

Et puis, alors que nous avions du mal à imaginer que notre matinée puisse être pire, elle le devint. Tout commença par un tweet : ZTV annonçait une nouvelle vidéo d'Erin Easton, tout juste sortie du four, et inondait les réseaux sociaux pour faire une fois de plus exploser son audience.

À 10 heures, une trentaine de policiers se retrouvèrent autour du téléviseur de notre salle de repos, comme des

---

1. National Rifle Association : puissante association pro-armes, défendant le Deuxième Amendement de la Constitution des États-Unis qui garantit à tout citoyen américain le droit de détenir des armes. (Le Premier Amendement concerne, lui, la liberté d'expression.)

millions de personnes à l'écoute à travers le pays et dans le monde entier.

Cet épisode commença comme le précédent : un logo tournoyant se métamorphosant en une de journal, frappée du titre ZTV NEWS. Puis nouvelle métamorphose aboutissant à une photo d'Erin. Cette fois, pour la légende, la production s'était surpassée :

ERIN EN EXIL

Quelques grognements dans la salle. Non pas les huées destinées à un adversaire au jeu médiocre, mais plutôt ces gémissements de frustration involontaires quand on comprend qu'on a sous-estimé son opposant alors qu'il est au top de sa forme.

La caméra ouvrit sur le plateau de la salle de rédaction, où le bureau du présentateur avait été remplacé par une table en Plexiglas entourée de cinq chaises. À l'extrême gauche, Brockway présenta les quatre membres de son panel : un psychologue, un expert-comptable, un agent spécial du FBI et, bien sûr, occupant le centre du plateau, l'air exténué, Jamie Gibbs.

— Tu crois qu'on lui a laissé un peu trop d'air ? demanda Kylie.

— À moins de le menotter à un radiateur, tu crois vraiment qu'on aurait pu l'arrêter ? répondis-je.

L'horloge numérique en bas de l'écran indiquait toujours le temps écoulé depuis l'enlèvement d'Erin : 2 jours, 14 heures, 26 minutes.

Cinq autres minutes s'écoulèrent pendant que Brockway mentait au monde entier sur la façon dont ZTV était entrée en possession du film sur le point d'être diffusé.

— Devant la vive émotion des fans d'Erin, le kidnappeur a voulu leur assurer qu'elle était en vie et en bonne santé, expliqua-t-il. Il a tourné un nouveau film qu'il nous a transmis en espérant que ZTV le passerait à l'antenne. Sur ce point, l'opinion publique comme la Constitution des États-Unis d'Amérique sont de notre côté.

Brockway avait omis de citer Dieu mais il avait profité d'une longue pause après « opinion publique » pour lever les yeux au ciel. Une allusion à la portée du premier imbécile.

La vidéo durait un peu moins de trois minutes. Erin avait l'air aussi fatiguée que Jamie. Cette fois, aucune révélation fracassante comme sa grossesse, mais des remerciements à ses fans pour leur dévouement et à la chaîne pour son soutien. Elle suppliait enfin son mari de faire tout ce qui était en son pouvoir pour la ramener à la maison.

Le panel offrait le plat de résistance de cet épisode. Brockway commença par demander au psychologue ce qu'Erin traversait sur le plan émotionnel. De toute évidence, l'homme n'en avait pas la moindre idée, et il sonnait aussi creux qu'une candidate de Miss America jurant de tout faire pour restaurer la paix dans le monde.

Brockway se tourna ensuite vers Sam Dobin, l'agent fédéral, pour lui demander quels indices cachés il percevait dans le langage corporel d'Erin ou dans sa façon de s'exprimer. Dobin ressassa une affaire sur laquelle il avait travaillé dix ans plus tôt, sans jamais vraiment fournir de réponse directe à la question.

— Agent Dobin, reprit Brockway, nos téléspectateurs font part de leurs interrogations sur les réseaux sociaux. En voici une qui revient souvent : pourquoi le FBI ne s'occupe-t-il pas de cette affaire ?

Soudain, l'impression que tous les flics dans la salle de repos se penchaient d'un même mouvement vers l'avant.

— Ouais, connard ! cria l'un d'eux. Pourquoi vous ne venez pas nous sauver de ce merdier ?

— Excellente question, monsieur Brockway, répondit l'agent. Et je suis certain que Washington a posé la même question au directeur du Bureau. La raison est simple : depuis le début, le kidnappeur communique avec la police de New York. Si nous devons rester sur le bas-côté pour assister au déroulement de l'enquête, nous n'y voyons aucune objection. Mais quand cette communication sera rompue – et croyez-moi, elle le sera – nous prendrons le relais.

— En espérant que ce ne sera pas trop tard, commenta Brockway d'un ton macabre.

Puis, tournant son attention vers Jamie :

— Je suppose qu'on vous a adressé une demande de rançon. Pouvez-vous nous dire à combien elle s'élève ?

— Je ne peux faire aucun commentaire à ce sujet, répondit Jamie.

— Aucun commentaire ? Ou aucun moyen de réunir la somme ? insista Brockway.

Jamie s'enfonça sur sa chaise, comme si la question le prenait de court.

Brockway leva la main.

— S'il vous plaît, ne prenez pas mal ma question. Je suis ici pour vous aider. Vous subissez une énorme pression publique, tout le monde pense que vous devez payer la somme réclamée par le kidnappeur, quelle qu'elle soit. Roger Levenson est expert-comptable et nous lui avons demandé d'analyser la fortune de la famille Gibbs. Roger ?

— Beaucoup de fausses informations circulent sur le Web, commença Levenson. Des sites qui ne savent rien de M. Gibbs prétendent révéler la valeur nette de sa fortune, juste pour susciter l'intérêt des internautes. Moi, je sais sur quoi fonder mes recherches et, d'après ce que j'ai découvert, l'essentiel de la fortune familiale est détenu par la mère de Jamie, Veronica Gibbs.

— Intéressant, rebondit Brockway. Jamie, avez-vous demandé à votre mère de payer pour obtenir la libération d'Erin ?

Jamie paraissait totalement perdu. Quoi qu'on lui ait promis, ce n'était pas ce qu'il était en train de vivre.

Chaque membre du panel avait un verre d'eau devant lui ; pour gagner du temps, Jamie avala une gorgée du sien.

— Je ne sais pas… Je… si je sens que j'ai besoin de l'aide de ma mère, je me tournerai vers elle.

— Économisez votre salive…, suggéra le psychologue.

Brockway relança :

— Voilà une remarque brutale, docteur Goodman. Selon vous, l'animosité entre la mère de Jamie et sa nouvelle épouse pourrait dissuader Veronica de venir en aide au futur enfant de son fils ?

— Non. Je dis juste que le seul enfant auquel tient réellement Veronica Gibbs est son fils Jamie. Erin Easton le lui a volé et, maintenant que maman l'a récupéré, pourquoi aurait-elle besoin d'Erin et d'un bébé ?

— Va te faire foutre ! s'exclama Jamie en lançant son verre d'eau à la figure du psychologue.

Puis il se jeta sur l'homme, et tous deux s'affalèrent par terre. L'agent du FBI bondit pour tenter de les séparer, le comptable s'écarta vivement et le réalisateur cadra en gros plan le visage de Brockway.

— Des moments tendus, des moments éprouvants ! lança-t-il. Nous revenons juste après ces messages importants…

La coupure pub suivit, mais Kylie et moi ne prîmes pas la peine d'attendre la reprise d'antenne de Brockway. Quittant la pièce et le bâtiment, nous courûmes jusqu'à la voiture, direction le siège de la chaîne de ce fils de pute.

45

— Ne dis rien, dit Kylie en activant le gyrophare et la sirène avant de foncer sur Lexington Avenue, grillant un feu rouge au passage.

— Pourquoi je dirais quelque chose ? demandai-je en bouclant ma ceinture de sécurité. Oh, parce que rouler à tombeau ouvert dans une situation non urgente est une violation flagrante des règles la sécurité routière, de la politique du ministère et du simple bon sens ?

— Et pourquoi ce ne serait pas une urgence vitale ? cria-t-elle pour couvrir le hurlement grave/aigu de la sirène. C'est évident que cet enculé joue avec la vie d'Erin…

— J'adore ta logique. Mets-la de côté pour le juge, quand on aura renversé quelques piétons…

Elle ralentit, coupa la sirène, hésita avant d'éteindre aussi le gyrophare.

— Ça va mieux maintenant, Zach ?

— Beaucoup mieux. Et je me sens beaucoup, beaucoup plus en sécurité.

— Tout ce passage avec le psy était un piège… Brockway a lancé un appât à Jamie, et le psy s'est pointé pour l'achever.

— Je suis violemment d'accord.

Mon téléphone sonna. Koprowski, avec des nouvelles de Jamie.

— Elvis a quitté le bâtiment.

— Reste au contact. On est en route vers le studio pour récupérer la nouvelle vidéo.

— Pourquoi vous emmerder avec ça ? J'ai entendu à la télé que les Feds prennent le relais.

— Ce serait drôle si tu étais le seul avec nous à avoir entendu ça mais je parie que tout le monde au 1PP regardait et que ça ne les amuse pas du tout.

Un quart d'heure plus tard, nous arrivions au siège de la chaîne, prenions d'assaut l'accueil et exigions de voir Harris Brockway.

— Il est encore à l'antenne, expliqua la fille derrière le comptoir. Mais il vous attend.

— J'en suis certaine. Ramenez-le ici. Tout de suite.

— Bien, madame.

Un assistant de la production nous guida jusqu'au salon des invités – ce fameux *salon vert* dont les murs ne sont presque jamais peints en vert, au mobilier confortable et où les invités d'une émission peuvent attendre leur tour de passer à l'antenne en dégustant des boissons fraîches.

— Je peux vous servir quelque chose ? proposa l'assistant.

Je déclinai d'un geste de la main.

— Juste de l'eau, merci, demanda Kylie.

Il lui tendit une bouteille d'eau minérale et s'éclipsa. Kylie s'assit. Je faisais les cent pas. Nous savions qu'il valait mieux ne pas parler : la pièce était équipée de micros.

Je regardai ma montre, songeant que Brockway allait sans doute nous laisser mariner un moment. Je me trompais : de l'autre côté d'une cloison vitrée, je le vis approcher d'un pas rapide, accompagné d'un caméraman et d'un perchman. Je levai les yeux vers le moniteur installé dans le salon : je passais à la télé.

— Inspecteur Jordan, dit-il en faisant irruption dans la pièce. J'imagine que vous avez vu notre émission spéciale et que vous venez chercher la vidéo originale d'*Erin en exil.* ZTV met toujours un point d'honneur à travailler main dans la main avec le NYPD.

Il se tourna vers Kylie, qui tenait toujours sa bouteille d'eau.

— Inspectrice MacDonald, je vois que vous profitez de notre buffet… Quelles nouvelles de votre enquête sur Erin ? Que pouvez-vous dire à nos téléspectateurs ?

Kylie posa sa bouteille et se leva. Elle est du genre à partir au quart de tour, mais elle n'est pas stupide. Elle n'allait pas se laisser prendre de court sur une chaîne de télé nationale.

— Je ne peux faire aucun commentaire sur une enquête en cours. Mais quand vous aurez coupé cette caméra, il y a une nouvelle que nous souhaitons partager avec vous.

Brockway se tourna vers son caméraman.

— Vous avez bien entendu, mesdames et messieurs. Le lien entre votre serviteur et la police se renforce tandis que nous travaillons ensemble pour démasquer le kidnappeur d'Erin Easton et permettre à notre amie de rentrer chez elle saine et sauve. Ainsi s'achève notre direct, nous allons à présent vous proposer nos programmes habituels. Mais ne vous éloignez pas trop : nous restons en *breaking news* pour reprendre l'antenne à tout moment.

Il resta silencieux un instant, son visage satisfait emplissant l'écran, jusqu'à ce qu'une femme équipée d'un casque-micro s'exclame : « C'est bon, fin du direct ! »

— Dans mon bureau, nous dit Brockway. C'est totalement privé.

Nous le suivîmes jusqu'à une vaste suite, son sanctuaire. Il referma la porte derrière nous.

Son visage s'illumina. Il avait vraiment l'air de croire que nous étions désormais dans le même camp, tous les trois. Il s'assit, déplaça sa souris et consulta son ordinateur.

— Je regarde juste mon compte Twitter… Nom de Dieu ! Douze mille retweets, et ça continue… On est en top tendance, oui ou non ?

Il se pencha sur son bureau, croisa les mains devant lui.

— Eh bien… qu'avez-vous à me dire ?

— Juste une chose, répondit Kylie. Je suis fermement décidée à vous envoyer derrière les barreaux pour obstruction à la justice. J'en fais même une affaire personnelle.

Il s'enfonça dans son fauteuil.

— Bon sang, on se détend, inspectrice ! Je représente la presse. La presse ne fait pas obstruction. Nous informons.

— Dans ce cas, votre première erreur est de ne pas nous avoir informés dès que vous avez reçu cette vidéo du kidnappeur.

— Ah, vraiment ?

Il ouvrit le tiroir de son bureau et en sortit un sachet Ziploc. À l'intérieur, un message manuscrit.

— Il accompagnait l'envoi de la vidéo. Il dit : « Diffusez ce film et ne prévenez pas les flics, sinon elle mourra. » J'ai agi comme il convenait pour protéger un membre de notre famille.

— Conneries. En toute responsabilité, vous aviez l'obligation de nous contacter.

— Erreur, ma petite dame. Ma seule obligation est d'informer les fans d'Erin. C'est pour cette raison que nous diffusons une émission spéciale de deux heures ce soir, et que nous continuerons de couvrir cette affaire cruciale, que ça vous plaise ou non.

— Vous ne *couvrez* rien du tout. Vous êtes tombé par hasard sur une mine d'or et vous exploitez au maximum le filon de ces vidéos.

— Vous expliquerez ça au juge, inspectrice. Oh, mais attendez… vous le lui avez déjà expliqué, je crois bien, et le juge vous a renvoyée dans vos cordes.

46

Quel endroit stupide pour un défilé de mode, songea Bobby en observant à travers la lunette de sa Winchester .70 le remblai de voie ferrée désaffectée, quatre étages plus bas.

Le Brooklyn Army Terminal, putain... Des mannequins maigrichonnes du cul qui se pavanent sur un podium construit au-dessus d'un tas de vieux rails rouillés. Bordel, depuis quand ce genre de truc fait vendre des fringues ?

Il fit glisser le long canon de la carabine sur l'assistance jusqu'à ce que le visage bouffi de Jamie Gibbs apparaisse dans son viseur. Assis au premier rang, il souriait aux mannequins défilant devant lui.

Pourquoi tu souris, trou du cul ? Je retiens ta femme prisonnière. Où est le reste de mon argent ?

Trois heures plus tôt, la chaîne avait transféré 1 million de dollars sur le compte offshore de Bobby. Jamais de sa vie il n'avait possédé autant d'argent, mais ça ne lui suffisait pas. Il lui fallait l'intégralité des 25 millions s'il voulait offrir à Erin le train de vie qu'elle méritait. La chaîne était d'accord pour payer, mais en versements d'un million chacun.

— Comment je vais faire, moi, pour réaliser vingt-quatre autres vidéos, tout ça parce que tu n'es pas foutu d'avoir des munitions..., grommela Bobby à l'image de Jamie dans sa lunette. Tu me prends vraiment pour un con, c'est ça ?

Et soudain, sans prévenir, il pensa à Oswald.

L'association d'idées n'était pas si saugrenue. Bobby était retranché dans une planque de sniper et Lee Harvey Oswald n'était pas seulement le sniper le plus célèbre qu'il connaisse : c'était aussi, pour le père de Bobby, l'exemple le plus remarquable d'une préparation foireuse.

« Oswald était le plus stupide des membres du corps des Marines, avait coutume de lui répéter son paternel. Il travaillait dans un dépôt de livres scolaires, le Texas School Book Depository. C'est là, du cinquième étage, qu'il tire sur Kennedy. Puis il abandonne son arme et quitte le bâtiment. À ton avis, combien de temps avant que ses employeurs s'aperçoivent qu'il est le seul à manquer à l'appel ? Et puis, il n'avait pas prévu de plan de sortie ? Non, il rentre chez lui en courant, prend un pistolet et repart se promener dans les rues où un flic finit par l'arrêter. Il tire sur le flic puis part se cacher dans une salle de cinéma jusqu'à ce que la police de Dallas débarque et l'arrête. Quel crétin, quel crétin, mais quel crétin… »

Chaque fois que le sujet resurgissait, il n'était jamais question de l'impulsion qui avait poussé un US Marine, une fois son devoir accompli, à aller tuer le commandant en chef des armées. Une seule chose semblait obséder le père de Bobby : l'incompétence crasse d'Oswald.

Hors de question pour Bobby de commettre les mêmes erreurs. Se frayer un chemin jusqu'à l'ancien complexe militaire avait été un jeu d'enfant : il s'était fondu parmi la foule de journalistes, de photographes et d'invités qui accédaient au site. Sa carabine était glissée dans une housse de trépied et, pendant que les convives se ruaient vers l'atrium pour baver d'excitation devant le podium, Bobby s'était éloigné vers une passerelle menant à un parapet en retrait, au troisième étage du bâtiment B.

Son plan était de tirer une fois puis de disparaître avant que quiconque ait le temps de comprendre ce qui venait de se passer. Il n'avait besoin que d'une chose : la bonne bande-son.

Le défilé avait commencé avec « Eye Of The Tiger ». Ringard, mais le public ne semblait pas s'en plaindre. Avaient suivi Elton John braillant « The Bitch Is Back » et « Born To Run » de Springsteen. Pas mal – mais pas assez bien.

Deux nouvelles chansons. *Pas encore*, se dit-il. *Pas encore.*

Et soudain, il l'entendit – l'intro de la chanson d'AC/DC que son père préférait. « Highway To Hell ».

Bobby pensa : *C'est le karma.*

Il reprit position, cala sa joue contre la crosse et colla son œil à la lunette de visée.

Les guitares firent leur entrée, *tinlinlin, tinlinlin, tinlinlin*, sur la pulsation folle de la batterie, et la musique décolla.

Bam, boum, boum, boum.

Le son n'était plus qu'un martèlement dont l'écho résonnait dans ce canyon, en contrebas.

Bam, boum, boum, boum.

Il pressa la détente.

Bam, boum, boum, boum.

Un fracas assourdissant, communicatif, dont l'énergie soulevait l'assistance et ajoutait au chaos.

Bam, boum, boum, boum. Bang.

Tir parfait.

Il ne regarda pas Jamie s'effondrer.

Il rangea rapidement la Winchester et, tandis que les mannequins continuaient leurs allées et venues sur le podium, que l'assistance oscillait au rythme de la musique, il redescendit jusqu'au parking et retourna chez lui, retrouver la femme qu'il aimait.

47

Bill Harrison, adjoint du procureur du district, avait passé la matinée coincé au tribunal, de sorte que nous ne réussîmes à le voir qu'au milieu de l'après-midi. Le temps pour Kylie d'être parfaitement révoltée par le système judiciaire, ce qu'elle n'essaya même pas d'occulter.

— Bill, dit-elle en pointant le doigt sur Harrison, ils ne se contentent pas de diffuser ces vidéos : ils altèrent des indices !

— Et… vous pouvez en apporter la preuve, inspectrice ?

— Oh, pitié ! Ils ont reçu une enveloppe du kidnappeur. Je veux bien leur accorder le bénéfice du doute et accepter qu'ils l'aient ouverte sans penser à mal. Mais, dès qu'ils ont su que la vidéo était sur cette clé USB, ils l'ont transmise à leurs supérieurs. S'il y avait des empreintes digitales ou ADN sur la clé, elles ont disparu. C'est bien de l'altération d'indices. Sans compter qu'ils ne nous ont même pas alertés dès qu'ils l'ont reçue. Zach et moi n'avons pas vu la vidéo avant de nous installer devant ZTV, en même temps que le reste du monde. Et vous me dites qu'on ne peut pas les en empêcher ?

— J'ai discuté avec Mick Wilson. Il partage votre point de vue sur cette question.

— Mais ?

— Mais il est procureur du district, pas chef de la Gestapo. ZTV se retranche derrière le Premier Amendement.

— Vous voulez dire qu'il se *cache* derrière. Sa chaîne s'est spécialisée dans la téléréalité. Ils se foutent bien de la liberté de la presse. Exploiter la condition humaine est leur cœur de métier ! Vous devez quand même bien trouver un juge qui n'aura pas peur de les attaquer là-dessus !

— En rentrant au bureau, j'ai regardé leur émission. Vous avez raison : ZTV exploite au maximum le potentiel commercial de ce kidnapping. Mais j'ai aussi vu le message qui accompagnait la vidéo : « Diffusez ce film et ne prévenez pas les flics, sinon elle mourra. » Ce point-là me semble plus important. Je n'aurai aucun mal à trouver un juge prêt à un bras de fer avec les médias. Mais un juge prêt à faire taire un média et à endosser la responsabilité du meurtre d'Erin ? Impossible.

— Eh bien… merci pour n'avoir rien fait, alors.

— Eh ! Ce n'est pas tout à fait *rien* ! Ne vous en prenez pas à moi si la police a le mauvais rôle à cause de Brockway. J'ai vu l'agent du FBI qu'il a invité dans son émission. Je suis sûr que cette allusion aux Feds prêts à prendre le contrôle de l'enquête va causer des remous au sein du 1PP.

— Bah… l'agent Dobin a tiré un coup de semonce, c'est déjà ça.

— C'est-à-dire ?

— Une amie à moi travaille au district Sud de New York, et elle m'a rapporté que le procureur fédéral serait ravi de se coltiner une affaire ultrasensible impliquant une actrice kidnappée et une belle-mère multimillionnaire qui refuse de lever le petit doigt pour la sauver.

— Vous voulez dire que le procureur fédéral envisage d'entrer en scène et de prendre en charge l'enquête ?

— Il n'est pas allé sur une chaîne de télé nationale pour le claironner comme cet abruti du FBI, mais, en petit comité, il en parle.

— L'enfoiré…, lâcha Harrison.

Mon téléphone sonna. C'était Rich Koprowski.

— Retrouve-moi avec MacDonald au Brooklyn Army Terminal, sans délai !

— Qu'est-ce qu'il se passe ? demandai-je en actionnant le haut-parleur.

— On a suivi Jamie jusqu'au défilé de mode qui se déroulait là-bas. Il y a eu une fusillade. Un sniper a tué Veronica Gibbs. L'ESU[1] fouille les lieux à la recherche du tueur mais, pour le moment, ça ne donne rien.

— Et Jamie ?

— Il va bien. Personne n'a entendu le coup de feu, mais il était assis à côté d'elle quand elle s'est écroulée comme une pierre. Il a voulu l'aider à se relever mais elle était déjà morte.

— On arrive !

Je raccrochai.

Koprowski avait utilisé l'expression « sans délai », un jargon de flics pour dire « immédiatement ». Mais Kylie n'était pas encore prête à partir. Elle se tourna vers Harrison.

— Ce matin, ZTV a diffusé pour des millions de spectateurs une émission qui dépeignait Veronica Gibbs sous les traits de la méchante – une personne incapable de distribuer du fric pour sauver sa belle-fille et le bébé qu'elle porte. Quelqu'un a regardé cette émission et décidé que la seule façon de régler le problème était d'avancer l'héritage de Jamie. Alors, cette personne a tué Mme Gibbs.

— Ce n'est pas confirmé, objecta Harrison.

— Ce que je vous confirme personnellement, et vous pouvez passer le message à Mick Wilson, c'est qu'Harris Brockway et ZTV n'ont peut-être pas le sang d'Erin sur les mains, mais ils ont à coup sûr celui de Veronica.

1. Pour Emergency Service Unit : unité des services d'urgence du NYPD.

48

— Depuis quand tu as *une amie* qui bosse au Bureau du procureur fédéral ? demandai-je à Kylie tandis que nous traversions Brooklyn Bridge.

— Une amie *imaginaire*. J'essayais de flanquer la trouille à Bill. Je te parie qu'il a foncé tout droit dans le bureau de son patron pour prévenir Mick Wilson que les Feds menacent de reprendre l'enquête. Wilson va tout de suite vouloir rassurer ses généreux donateurs millionnaires en leur disant qu'au cas où ils se feraient kidnapper, il réagirait avec toute la fermeté requise. Il doit être au téléphone, là, à chercher un juge qui accepterait d'être impitoyable avec ZTV.

Elle me regarda avec un large sourire.

— Bref, du gagnant-gagnant !

— Dans quel univers mentir à un procureur yeux dans les yeux est une tactique gagnante ?

— Allez, Zach… Vois plutôt ça comme une façon de fertiliser une graine déjà plantée par le type du FBI.

— Quand tu dis « fertiliser une graine », moi j'entends « balancer des pelletées de merde ».

Vingt minutes plus tard, nous arrivions au Brooklyn Army Terminal. Rich Koprowski nous attendait.

— Aucune trace du tireur, annonça-t-il. On a visionné les vidéos de surveillance. Mais le système est trop vieux, quasiment inutile. La CSU a localisé l'endroit d'où le tir est parti. Un balcon au troisième étage. On y a retrouvé un étui de .223. Et il n'y a qu'un orifice d'entrée dans le front de Veronica Gibbs. Le tout à deux cents mètres. Le tireur est un pro.

Et Dodd était tireur d'élite chez les Marines.

J'échangeai un regard avec Kylie. J'étais sûr qu'elle pensait comme moi.

— Des témoins?

— L'intégralité du show a été filmée, mais tout le monde avait les yeux tournés vers les mannequins. L'une des top-modèles de Veronica l'a vue tomber. Mais, d'après elle, dans ce genre d'événements complètement barrés, il y a toujours des gens qui s'évanouissent – à cause de la drogue, de l'alcool, de l'anorexie, des éclairages stroboscopiques. Alors, elle a continué d'avancer sur le podium sans même un temps d'arrêt. Comme la musique était à fond, personne n'a entendu la détonation. Et le chaos était tel que personne n'a entendu non plus Jamie appeler à l'aide! Le temps qu'on se rende compte qu'on avait un meurtre sur les mains, le tireur devait déjà être sur le chemin du retour en passant par la BQE[1]...

— Il faut qu'on parle à Jamie, décida Kylie. Il est où?

— Sur le parking, il y a des remorques qui servent de loges coiffure et dressing aux mannequins. La Criminelle de Brooklyn est en train de l'interroger dans l'un d'eux.

Il nous conduisit jusqu'au véhicule et demanda aux deux flics de Brooklyn de nous laisser la place. Inutile de nous présenter: ils savaient qui nous étions.

— Vous êtes les petits chanceux qui avez décroché le kidnapping d'Easton.

— Et vous pourriez bien avoir la chance de tomber dessus aussi, répondis-je. Notre kidnappeur est peut-être votre tireur.

1. Pour Brooklyn-Queens Expressway, la section de l'Interstate 278 qui traverse à New York.

On prit le temps de tout leur expliquer, et ils ne cillèrent pas avant d'entendre que nous avions identifié Bobby Dodd dans les premières heures de l'enlèvement.

— Nom de Dieu ! s'exclama le plus jeune. C'est dingue que le nom n'ait jamais filtré dans les médias.

— On a été très discrets là-dessus. S'il avait découvert qu'on connaissait son nom, il aurait pu paniquer et couper toutes les communications. Mais ce meurtre change tout. Dès que notre boss nous donne le feu vert, on divulgue le nom de Dodd et ses photos aux médias.

— À commencer par toutes les chaînes concurrentes de ZTV, ajouta Kylie.

— Et vous pensez que Dodd est notre tireur ? dit le flic plus âgé.

— Il a le mobile, et il a surtout le talent nécessaire, dis-je.

Après avoir échangé nos numéros de téléphone et convenu de garder le contact avec eux, Kylie et moi entrâmes dans la remorque. Assis dans un fauteuil à une table de maquillage, Jamie se dévisageait dans le miroir.

— Toutes nos condoléances, commençai-je. Vous pouvez nous dire ce que vous avez vu ?

— Vous savez ce qu'on entend toujours dans ce genre de circonstance ? « Tout s'est passé si vite. » C'est vraiment le cas. J'étais assis à côté d'elle. Elle était ravie du défilé, et tout à coup son corps est parti en arrière et elle est tombée de sa chaise. Je me suis baissé pour l'aider et c'est là que j'ai vu le sang. Elle était déjà morte.

— Il faut que je vous pose la question, Jamie… Je sais que vous détestiez être chaperonné par tous ces flics qui vous surveillaient, mais… pourquoi vous êtes venu à ce défilé ?

— C'est un des shows les plus importants de la saison. Maman a insisté pour que je sois là. J'ai pensé que ça me donnerait l'occasion de passer un peu plus de temps pour essayer de la convaincre de me donner vingt-cinq millions. Elle pouvait avoir une certaine bonté… seulement les gens ne la comprenaient pas. Vous savez combien de menaces de mort elle a reçues sur Twitter de la part des fans cinglés d'Erin parce qu'elle ne voulait pas payer la rançon ? Et maintenant, un de ces salopards l'a tuée en pensant que j'hériterais de sa fortune…

— Qu'est-ce qui vous fait penser que le tueur est un fan d'Erin ?

Il secoua la tête.

— Je ne sais pas. Vous pensez que c'est le kidnappeur qui a fait le coup ?

— Il se trouve que le kidnappeur est bien un fan. Vous avez déjà entendu parler d'un certain Bobby Dodd ?

— Dodd ? Ce n'est pas un fan. Lui, il harcèle Erin. Le kidnappeur, ce serait lui ?

— On en est à peu près certains.

— Depuis combien de temps vous le savez ?

— Assez longtemps, mais ce n'est pas le genre d'info qu'on peut rendre publique.

— Je ne suis pas le public. Je suis son mari. Vous n'auriez pas pu me le dire ?

— Jamie, vous lui avez parlé au téléphone. On ne voulait pas prendre le risque que son nom vous échappe. Il aurait tué Erin sur-le-champ.

Jamie réfléchit. À en juger par l'expression de son visage, notre explication semblait le convaincre.

— Eh bien, la prochaine fois que je discuterai avec M. Dodd, je lui expliquerai à quel point il est stupide. Tant que ma mère était en vie, j'avais une chance de la faire changer d'avis pour qu'elle verse l'argent ; maintenant qu'elle est morte, son héritage va rester bloqué pendant des années avant que je puisse voir la couleur du premier dollar…

— Vous voyez autre chose qui pourrait nous être utile ? demandai-je.

— Rien, à part que je n'aurais jamais dû m'impliquer avec la chaîne... Ils m'ont juré qu'ils allaient m'aider mais, tout ce qu'ils ont fait, c'était calomnier ma mère devant tout le pays. Dodd a peut-être tué ma mère mais c'est Harris Brockway qui a peint une cible sur sa tête. C'est sa faute si elle a été tuée.

J'acquiesçai d'un hochement de tête, tout en me demandant si Kylie et moi ne portions pas une part de responsabilité. Les vigiles à l'entrée de Brooklyn Army Terminal auraient-ils repéré Dodd si nous avions divulgué son identité ?

Je chassai de mon esprit cette pensée. Si des années d'expérience m'avaient appris une chose, c'était de ne jamais reconsidérer mes décisions. Je n'allais pas commencer aujourd'hui.

49

— Chérie ! Je suis rentré ! cria Bobby en refermant la porte.

Un grand sourire illuminait son visage. Bien sûr, elle ne pouvait pas l'entendre : elle était enfermée dans une pièce insonorisée. Mais un jour, se dit-il, un jour ça se passerait comme ça :

Sur les sites de voyagistes, les photos montraient de vastes étendues de sable blanc, des ciels aux reflets dorés, des eaux bleu turquoise. Bobby imaginait la suite : Erin en tenue sexy l'accueille au retour de son après-midi passé sur un bateau de pêche ; le bébé joue par terre, elle tend les bras vers lui et elle gargouille et gazouille quand il la soulève dans ses bras ; un verre de vin blanc bien frais ; le parfum enivrant du pain qui cuit dans le four…

Bientôt. Bientôt…

Il déverrouilla la porte.

— J'ai une bonne nouvelle ! annonça-t-il.

Elle était assise sur son lit.

— Je viens de résoudre notre problème…

Il s'installa à côté d'elle.

— La fortune de maman est désormais la fortune de Jamie. Jusqu'au dernier *cent.*

— Qu'est-ce que tu racontes ?

— Veronica est morte.

Elle bondit hors du lit.

— Comment c'est… oh mon Dieu, non ! Tu l'as tuée. C'est ça ? Tu l'as tuée ?

Bobby la dévisagea, perplexe.

— Je croyais que c'était ce que tu voulais…

— Tu croyais que je voulais que tu commettes un meurtre ? Tu es fou ?

— Mais elle était méchante. Tu la détestais.

— Je détestais sa façon de me traiter. Je la détestais parce qu'elle refusait d'aider Jamie à payer la rançon. Mais quelle personne saine d'esprit décide de tuer quelqu'un simplement parce qu'elle le déteste ?

Elle enfouit son visage dans ses mains, prise de sanglots.

— Pourquoi faire une chose pareille à Jamie ? C'était *sa mère…* Il ne l'a jamais comprise mais il l'aimait.

— Je suis désolé, dit Bobby en l'embrassant sur les épaules.

— Ne me touche pas ! Tu me dégoûtes…

Elle le repoussa violemment et courut se réfugier dans la salle d'eau.

Il n'y avait pas de porte. Dodd l'observa qui retirait ses vêtements et les jetait par terre. Elle fit couler l'eau de la douche et entra dans la cabine.

Elles deviennent toutes folles un jour ou l'autre, lui avait appris son père. *Ton boulot, c'est de faire tout ce qu'il faut pour les rendre de nouveau heureuses.*

Bobby resta immobile à regarder les nuages de vapeur emplir la pièce. L'eau chaude allait la sûrement la calmer. Et puis, il savait comment la rendre heureuse. Vraiment heureuse.

Il enleva un à un ses vêtements et entra à son tour dans la cabine de douche. Erin ne dit pas un mot. Il lui savonna le dos, puis fit mousser ses mains et les passa sur ses seins. Ses tétons réagirent. Elle cambra le dos et gémit.

— Retourne-toi, dit-elle. Que je te nettoie aussi.

Il obéit. Elle lui massa le dos avec ses ongles.

Il bandait comme un taureau. Elle descendit les mains entre ses cuisses et il plongea entre ses paumes douces et glissantes, tournant légèrement les hanches quand elle se mit à lui lécher l'oreille.

— Oh, Bobby…, gémit-elle.

Ses mains expertes montaient et descendaient le long de sa verge.

— Je t'aime, Bobby… Je t'aime tant…

Les mots explosèrent dans ses oreilles. Il ne pouvait plus se retenir. Il eut un spasme, un deuxième, encore un, et elle sentit son corps s'affaler.

— Laisse l'eau ruisseler sur ta peau, dit-elle en inclinant sa tête vers l'arrière et en massant son cuir chevelu. Laisse-la te détendre…

Il laissa échapper un long gémissement. Sans prévenir, elle empoigna alors une touffe de ses cheveux, tira sa tête en arrière et, d'un geste vif, passa la lame qu'elle tenait à la main le long de son cou. Comme Ari le lui avait appris quinze ans plus tôt.

Il porta ses doigts à sa gorge et sentit un pan de peau d'où le sang chaud s'écoulait. Il se retourna d'un coup, entraînant Erin dans sa chute sur le sol carrelé. Elle était sous lui à présent.

Bobby Dodd était un ancien Marine, formé aux techniques de combat. Il savait ce qu'elle venait de faire. Il savait qu'il allait mourir. Il n'y avait qu'une chose qu'il ne comprenait pas : pourquoi ?

À chaque respiration, des bulles d'air se mêlaient au sang qui ruisselait de son cou. Il haleta, tentant désespérément d'avaler de l'air – et ne parvenant qu'à s'étrangler.

Quarante-sept secondes après qu'Erin Easton eut plongé sa lame improvisée dans la gorge de son kidnappeur, il était mort.

Elle s'extirpa de sous son corps, se leva lentement sous le jet brutal de la pomme de douche. Puis elle sortit en titubant de la cabine, enfila un short, un sweat-shirt, et courut vers la porte d'entrée – vers la liberté.

Troisième partie

Les journaux de Bobby

50

« Un sniper tue la reine de la mode » : c'était bien plus qu'un titre à la une de la presse locale. De Paris à Milan en passant par Tokyo, c'était un séisme. Avec les yeux et les oreilles du monde entier braqués sur leur affaire la plus importante depuis des années, la Criminelle de Brooklyn décida de mettre le paquet.

Le temps que Kylie et moi finissions d'interroger Jamie, le terminal s'était rempli d'inspecteurs, d'agents, de membres de l'ESU, de la CSU, de l'EMS et Dieu sait quelles autres lettres de l'alphabet que Brooklyn estimait nécessaires pour l'enquête. Ils n'avaient sûrement pas besoin de nous. Mais nous ne pouvions pas partir.

Nos chefs à Manhattan allaient nous bombarder de questions : qui, quoi, quand, où et pourquoi. Et, même si tous avaient validé notre stratégie de ne pas divulguer l'identité de Bobby Dodd à nos collègues, ils exigeraient de comprendre comment l'homme le plus recherché de New York avait réussi à tromper la vigilance de douze policiers surentraînés chargés de sécuriser un événement auquel assistait le mari d'Erin Easton.

À cette salve d'interrogations, il nous serait impossible de répondre : *On appelle la Criminelle de Brooklyn pour voir s'ils ont des infos.* Mieux valait rester quelques heures encore sur place et faire nos propres recherches.

Jamie ne partit pas non plus.

— Ma mère n'aurait pas voulu que je l'abandonne dans un moment pareil, expliqua-t-il. Je ne pars pas d'ici tant que son corps n'est pas évacué.

Il avait parlé d'un ton solennel, comme s'il s'attendait à voir deux hommes en costume noir déposer délicatement le cadavre sur un brancard et la transporter en silence à l'arrière d'un corbillard à rideaux blancs. Mais la réalité, c'est qu'il s'agissait d'une scène de crime. Quand les techniciens auraient terminé leur travail, quelqu'un allait sans doute crier : *OK, on l'emballe et on la fout dans la glacière !*

J'informai l'équipe du légiste que le fils de la défunte assistait à leurs opérations et qu'un peu de discrétion serait la bienvenue. Par précaution, Kylie et moi décidâmes d'attendre la fin en compagnie de Jamie.

Autrement dit, la chance voulut que nous soyons à côté de lui quand il reçut l'appel.

Il se raidit, vérifia le numéro sur l'écran de son portable et secoua la tête.

— Je ne reconnais pas le numéro. Code régional 713.

— Houston, Texas, dis-je. Mettez le haut-parleur quand vous décrocherez. La TARU lancera la procédure de localisation. Maintenez la conversation aussi longtemps que possible et, quoi que vous disiez, ne prononcez pas son nom.

Il pressa l'icône verte, et toute sa vie changea.

— Jamie… c'est moi.

— Erin, ma chérie… Je t'aime… où es-tu ?

— Je… je…

Et soudain, une longue plainte.

— Oh mon Dieu, Jamie…

— Il t'a fait du mal ?

— Non, non. Et il ne pourra plus m'en faire… Je… j'ai fabriqué une lame de rasoir. Il m'a suivie dans la douche et… oh, mon Dieu ! Je l'ai égorgé. Il s'est écroulé, il y avait du sang partout… et…

— Et quoi, mon amour ? Quoi ?

— Je me suis enfuie.

Toutes les digues sautèrent d'un coup. Des sanglots frénétiques résonnèrent dans le haut-parleur.

Une voix masculine les remplaça bientôt.

— Allô… Allô ?

— Qui est-ce ? demanda Jamie.

— Bonjour. Je m'appelle Hector Gonzalez. Avec ma femme, on voit cette femme sur la route, et elle agite les mains, et elle dit « à l'aide, à l'aide », alors on s'arrête et on l'aide.

— Elle est blessée ? Ou elle va bien ?

— Elle pleure beaucoup mais je crois que maintenant elle pleure de joie parce qu'on l'a trouvée. On attend la police.

Kylie tira le bras de Jamie.

— Vous êtes où ? cria-t-elle dans l'appareil.

L'homme se détourna du téléphone et cria quelque chose en espagnol. Une femme, sans doute son épouse, lui répondit :

— *Quién es ?*

Au cas où nous n'aurions pas compris, il traduisit :

— Qui est-ce ?

— Inspectrice Kylie MacDonald, du NYPD. Où êtes-vous en ce moment ?

— *Es la policía*, expliqua-t-il à sa femme. Un champ de pommiers…

— Un champ de pommiers ? Où ça ? Au Texas ?

— Non, non. New York.

Avec son solide accent, il prononçait *noujork*.

Tout à coup, des sirènes retentirent au loin.

— Je ne parle pas très bon…, reprit Gonzalez. Vous policier, parlez à l'autre policier.

Les sirènes se rapprochèrent, puis s'éteignirent. Suivies des voix d'agents d'une patrouille.

À cet instant, mon téléphone sonna. Benny Diaz, de la TARU.

— Zach ! Le téléphone appartient à un Hector Gonzalez, Galena Park, Texas. Et l'appel provient de Ball Road à Warwick, État de New York.

Je le remerciai puis contactai la capitaine Cates pour la prévenir des derniers développements. Avec la police déjà sur place, toute personne équipée d'un scanner de fréquences radio allait apprendre qu'Erin Easton était vivante et tirée d'affaire. En quelques secondes, la nouvelle se répandrait sur Twitter. Il fallait que je m'assure que ma boss prévienne son boss de la situation, plutôt que l'inverse.

Pendant cinq minutes, Kylie et moi fûmes réduits à écouter en fond sonore l'agitation des premières personnes arrivant sur une scène de crime et tentant à toute vitesse de comprendre ce qui s'était passé. On connaissait le topo. Priorité à la victime.

Nous attendions que le téléphone de Jamie reprenne du service.

— Allô ? Officier Georgene Fredericks, police de Warwick. Il y a quelqu'un ?

— Ici l'inspectrice Kylie MacDonald, NYPD. Mon partenaire et moi…

Jamie m'arracha le téléphone des mains.

— Ici Jamie Gibbs. Est-ce que vous voyez ma femme, Erin Easton ? Est-ce qu'elle va bien ?

— Oui, monsieur. Je l'ai reconnue. Elle est encore sous le choc mais elle va bien. Elle est sous notre protection à présent. On l'emmène à l'hôpital. Vous pouvez me repasser l'inspectrice s'il vous plaît ?

Jamie tendit son portable à Kylie.

— Officier Fredericks, Mme Easton a été kidnappée par un homme de type caucasien nommé Bobby Dodd. Je peux vous envoyer par MMS sa photo et son profil. Nous avons pu parler à Mme Easton pendant quelques secondes et elle nous a dit qu'elle lui avait tranché la gorge avant de réussir à s'échapper. Je n'ai aucune idée de l'endroit où elle était détenue, ni de la gravité des blessures de Dodd.

— On le trouvera, répliqua aussitôt la flic de Warwick d'un ton assuré.

— Officier, je vous signale que nous recherchons également Dodd pour le meurtre de la belle-mère de Mme Easton. C'est un vétéran de l'armée, entraîné au combat et extrêmement dangereux. Prenez toutes les précautions qui s'imposent.

— Ne vous inquiétez pas, inspectrice. On s'en occupe.

Il y avait de l'impatience dans sa voix. Trop d'impatience. Je me représentais une bande de policiers en zone rurale rongeant leur frein pour embarquer dans la plus grande aventure de leur carrière.

Kylie le sentit aussi.

— Moi et mon partenaire, on arrive à Warwick dans trente minutes.

— Trente minutes ? Vous êtes où, là ?

— Brooklyn.

— Alors vous êtes à deux bonnes heures de route. Deux heures et demie, même, avec les bouchons des heures de pointe.

— Ne vous inquiétez pas, *officier.* Nous ne comptons pas rester dans les bouchons.

51

— Vous avez un hélicoptère ? demanda Jamie après que Kylie eut raccroché.

Kylie hocha la tête, pressentant la suite.

— Je viens avec vous, décréta-t-il.

En toute logique, nous aurions dû accepter. Ce type était une victime ; son épouse avait été kidnappée, sa mère assassinée, et son existence s'était transformée en cauchemar. Mais tenter d'interroger Erin Easton en risquant d'être interrompus par son mari incontrôlable était la dernière chose dont nous avions besoin.

— Ce n'est pas une bonne idée, Jamie, dit Kylie.

— Pourquoi ?

— Eh bien, tout d'abord : Erin doit subir des examens médicaux. Si vous arrivez avant que les médecins en aient fini avec elle, vous risquez de les empêcher de faire correctement leur travail, ou de faire les cent pas pendant deux heures dans la salle d'attente de l'hôpital. Vous venez de nous dire que votre mère ne voudrait pas que vous l'abandonniez dans un moment pareil. Ne la laissez pas seule. Quand vous aurez terminé ici, l'inspecteur Koprowski vous conduira à Warwick.

Il hocha la tête. Une fois encore, le raisonnement de Kylie tenait la route à ses yeux. Et c'était idéal : nous aurions Erin pour nous pendant quelques heures, sans interruption, et Koprowski pourrait nous ramener en voiture à New York.

L'hélicoptère se posa sur le parking du vaste complexe. Nous n'y retrouvâmes pas moins que le chef des inspecteurs en personne, Harlan Doyle. Rien de surprenant : notre mission était de mener l'enquête, la sienne de mener les médias par le bout du nez.

À notre atterrissage au Hickory Hill Golf Course, Patrick Brown, chef de la police de Warwick, vint nous accueillir.

Notre chef n'avait jamais été spécialement friand de préliminaires.

— Où est Easton ? demanda-t-il en ignorant les présentations.

— Au St. Anthony Community Hospital. Deux hommes montent la garde devant sa porte, quatre autres surveillent les entrées et les sorties.

— Et le suspect ?

Un petit sourire traversa le visage de Brown, et il respira profondément. Je ne suis pas sûr qu'il se soit rendu compte qu'il bombait le torse, mais de toute évidence il n'était pas peu fier de la nouvelle qu'il s'apprêtait à nous annoncer :

— Nous avons pu déterminer le lieu où Mme Easton était retenue prisonnière, une maison sur Ball Road, pas très loin de l'endroit où on l'a trouvée. La porte d'entrée était grande ouverte. Nous avons procédé à une fouille tactique des lieux et découvert un mâle blanc nu étendu sur le sol de la salle d'eau. Il était mort. Son cou présentait une profonde plaie allant de l'oreille droite à la jugulaire gauche. En l'absence de médecin légiste, l'ambulancier volontaire a attribué sa mort à une hémorragie massive. Je n'ai pas vu beaucoup de sang mais la douche coulait toujours : j'imagine que le sang a été directement évacué par la bonde.

— Identité du mort ?

— On a trouvé un portefeuille dans sa poche de veste. Permis de conduire du Tennessee au nom de Robert Allen

Dodd. La photo correspondait au cadavre, mais j'ai pensé que vous voudriez le constater par vous-même. J'ai donc rapidement pris une photo du corps.

Il montra son téléphone à Doyle. Ce dernier y jeta un coup d'œil avant de le passer à Kylie et à moi.

— C'est l'homme qu'on cherche, dis-je. La Criminelle de Brooklyn aussi est à sa recherche. Bon boulot, chef Brown.

Doyle m'emboîta le pas.

— Absolument. Impeccable. Je crois qu'on a tous les éléments pour faire face à la presse.

— Ils sont déjà nombreux devant l'hôpital, nous prévint Brown. Je vais demander à un de mes hommes de vous y conduire.

— Excellent. Pouvez-vous accompagner personnellement mes deux inspecteurs auprès de la victime ? Le NYPD va envoyer une unité de scène de crime pour passer au peigne fin la maison où elle était détenue. En attendant, faites le nécessaire pour sécuriser les lieux et laissez le cadavre à l'endroit où vous l'avez trouvé.

Sur ce, Harlan Doyle tourna les talons. *Bam.* Il monta dans une voiture de patrouille qui l'attendait.

— Eh bien, dit Brown en le regardant s'éloigner. Je comprends pourquoi c'est lui qui est aux manettes…

Kylie et moi suivîmes Brown jusqu'à sa voiture. Elle monta devant, mi derrière. Brown s'installa au volant. Il avait dans les quarante-cinq ans, un pur gars de Warwick manifestement impressionné par les flics de la grande ville qui avaient débarqué dans sa petite communauté si tranquille.

— Qui est propriétaire de la maison où Erin était retenue en otage ?

— Blanche et Stanley Katz. Un couple sans histoires – je leur donne dans les cinquante-cinq ans. Ils sont venus s'installer chez nous il y a dix ans. Ils écrivent ces livres que personne ne lit… Des manuels d'histoire de l'art, je crois… Ils sont en train d'en écrire un autre, et ils passent l'année à faire le tour de l'Europe, donc ils ont mis leur maison en location. Ils l'ont déjà fait avant. En cas d'urgence, ils ont laissé le détail de leurs voyages au commissariat. Je ferais mieux de les contacter…

— S'il vous plaît, non, intervint Kylie. Pas tant qu'on n'est pas certains qu'ils ne sont pas impliqués.

Brown se tourna vers elle.

— Impliqués ? Eux ? Bon Dieu, non !

— Je suis certaine que vous avez raison, mais tant qu'on n'a pas établi à 100 % qu'il n'existe aucune connexion entre eux et Dodd – que ce sont juste des propriétaires peu méfiants louant leur maison à un criminel –, il est hors de question de les mettre au courant.

— Nom d'un chien… Vous avez raison. Je n'y aurais jamais pensé. Je suis sûr que j'apprendrais beaucoup de choses sur le métier à votre contact… Si vous avez envie de venir à Warwick un de ces jours pour former mes hommes, je vous offre les pizzas.

— C'est sans doute la proposition la plus alléchante qu'on nous ait faite aujourd'hui, répondit Kylie en lui adressant un sourire ravageur.

Brown lui répondit d'un sourire, qui ne le quitta pas pendant tout le trajet jusqu'à l'hôpital. Il était subjugué et j'étais prêt à parier que c'était le plus beau jour de sa carrière.

Pour nous, c'était un mercredi comme les autres.

52

Moins d'une heure après la fuite d'Erin, le St. Anthony Community Hospital était cerné par les camions de télévision, des fans hystériques et les badauds du coin.

La police d'État et les pompiers étaient aussi présents en force, occupés à réorienter la circulation et à dégager les grands axes. Brown évita un bouchon en s'engouffrant dans une rue latérale et nous laissa à l'entrée des urgences, derrière le bâtiment principal.

Nous nous présentâmes à Sarah Paris, le médecin dirigeant l'équipe médicale qui s'occupait d'Erin. Le Dr Paris dégageait une impression de franchise quand elle parlait et d'attention quand elle écoutait ; une praticienne davantage soucieuse du bien-être de sa patiente que de son statut de célébrité.

Les docteurs des petites villes peuvent être rebutés par l'arrogance des flics des grandes métropoles. Je décidai d'attaquer en douceur.

— Docteur Paris, nous connaissons les principes de la loi pour préserver la confidentialité des malades mais il s'agit d'une enquête criminelle et…

Elle leva tout de suite la main.

— J'ai été interne au Lincoln Hospital, dans le Bronx. Le service des urgences le plus dingue de toute la ville : blessures par balles, armes blanches, règlements de compte entre gangs… Certaines nuits, je parlais plus souvent à des policiers qu'à des patients. Posez-moi toutes les questions que vous voulez.

— Eh bien, pour commencer : comment elle va ?

— Physiquement, elle tient le coup. Quelques coupures, quelques hématomes, rien de grave. Elle est aussi dans sa quatorzième semaine de grossesse et le bébé se porte bien. Les vrais dégâts sont psychologiques. Au-delà de l'épreuve du kidnapping, elle a subi des viols répétés.

— Vous pouvez le confirmer ?

— Elle me l'a dit plusieurs fois et je la crois, ça me suffit comme confirmation. Notre gynécologue-obstétricien est en route. Nous avons aussi utilisé un kit spécial pour effectuer des prélèvements afin d'obtenir des preuves matérielles. Mais il y a plus traumatisant que sa captivité : sa fuite. Elle m'a dit qu'elle était parvenue à échapper à son kidnappeur en l'attirant sous la douche et en l'égorgeant. Elle a peur de l'avoir seulement blessé et, malgré la présence de deux policiers à la porte de sa chambre, elle est terrifiée à l'idée qu'il puisse venir la chercher…

— Ça n'arrivera pas, dit Kylie. Il ne peut plus. Il est mort.

— C'est à la fois une bonne nouvelle et une mauvaise nouvelle. Je suis sûre qu'elle sera soulagée, mais savoir qu'elle a tué un autre être humain va probablement aggraver son stress post-traumatique. Elle aura besoin d'un long suivi psychologique…

— Nous pouvons la voir maintenant ?

— La voir ? Oui. L'interroger ? Non. Je vous laisse cinq minutes, dix maximum. Elle est admise ici pour un jour ou deux. Si vous devez lui faire revivre son calvaire, laissez-la au moins se reposer un peu d'abord.

Elle nous escorta jusqu'à une chambre à l'angle d'un couloir au dernier étage. Erin était allongée dans son lit, des tubes sortaient de ses bras, et des moniteurs aux écrans scintillants. Son visage était livide et boursouflé, ses yeux inertes, sa chevelure toujours humide après la douche qui avait changé sa vie.

Kylie commença.

— Je suis l'inspectrice Kylie MacDonald et voici mon coéquipier, l'inspecteur Zach Jordan. On vous a cherchée partout... Ravie de vous rencontrer enfin.

Erin parvint à produire un maigre sourire.

— Je connais vos noms... Il m'a parlé de vous... Et il vous a téléphoné...

Elle n'avait pas besoin de nous dire qui était *il*.

— Et je vous reconnais..., ajouta-t-elle en regardant Kylie. Vous étiez à mon mariage. En robe bleue. C'est bien ça ?

Elle n'attendit pas la réponse.

— Vous l'avez arrêté ? Il est complètement fou... Vous devez l'arrêter...

— On n'a pas eu besoin de le faire. On l'a retrouvé mort dans sa douche. Il ne pourra plus jamais, jamais vous faire de mal.

Je vis une expression de soulagement gagner son visage.

— C'est vrai ? Pour Veronica ? Quand il est revenu cet après-midi, il m'a dit...

Les sanglots arrivèrent.

— Pardon...

— Malheureusement, il a bien tiré sur Veronica Gibbs, répondit Kylie. Elle est morte sur le coup.

— Oh, pauvre Jamie... Où est-il ? Je voudrais tellement être avec lui.

— Et il meurt d'envie de vous revoir. Il est en route, conduit par la police. Il ne devrait pas tarder. Mais d'abord, nous aimerions vous poser quelques questions. Ce ne sera pas long. Vous vous sentez capable de nous répondre ?

Elle eut une petite moue.

— Bien sûr.

— Vous permettez qu'on s'asseye ? demandai-je.

C'était une question banale, pour ainsi dire superflue, mais face à une personne qui s'était vue dépouillée de tout pouvoir, elle permettait de lui redonner une impression de contrôle.

— Je vous en prie… Prenez une chaise.

Nous nous installâmes.

— Pour commencer, je tiens à vous dire que nous sommes très admiratifs de votre courage. Vous vous êtes battue, et vous avez gagné.

— J'ai reçu une bonne formation. Par Ari, un commando israélien. Mon père l'avait engagé en cas de coup dur, comme ce qui m'est arrivé. J'ai dit à mon père que c'était idiot, mais Ari était tellement sexy… Je n'avais pas du tout envie qu'il s'en aille.

Elle regarda le plafond et agita une main.

— Merci, papa.

— Un soir, il y a des années, il m'a emmenée dans une pièce et il m'a dit : « Vous venez de vous faire kidnapper. Les méchants reviennent dans une heure et ils vont vous tuer. D'ici là, vous avez intérêt à avoir une arme. Trouvez-la. » Et il a fermé la porte à clé. J'ai dû passer l'essentiel de mon temps à pleurer car il n'y avait pas d'armes. Une heure plus tard, Ari était de retour et me montrait comment en fabriquer cinq.

— Incroyable, dit Kylie. Où avez-vous trouvé cette lame ?

— J'ai mis du temps à avoir l'idée. Rien dans la chambre où j'étais n'avait l'air mortel. Rien. Et puis, le premier soir, il est venu pour me violer. Je n'ai jamais tenté de le repousser. Je ne suis pas folle. Je suis restée là, étendue sur le lit, à respirer très fort et à essayer de lui faire croire que j'aimais ça. Je gardais les yeux fermés. J'étais incapable de le regarder. Je l'entendais gémir, grogner, me dire qu'il m'aimait… J'ai essayé de le faire taire dans ma tête, jusqu'à ce que je n'entende plus que les ressorts du sommier grincer, grincer, grincer… Et tout à coup, j'ai eu ma réponse. J'ai attendu qu'il s'en aille et qu'il m'enferme pour la nuit. Puis j'ai retiré mon matelas. Le sommier était un de ces vieux modèles avec des ressorts maintenus entre des tiges métalliques. J'ai mis des heures à retirer un des ressorts. Ensuite, chaque fois que je l'entendais sortir de la maison, j'aiguisais le ressort en le frottant contre un tuyau en métal sous le lavabo de la salle d'eau. Il a fini par être aussi coupant qu'une lame de rasoir. Je n'ai jamais voulu... en arriver là, mais quand il m'a dit qu'il avait tué Veronica, j'ai su qu'il ne pourrait plus s'arrêter. S'il n'obtenait pas ce qu'il demandait, j'étais la prochaine à y passer.

La porte s'ouvrit sur le Dr Paris.

— Votre temps est écoulé, inspecteurs. Si vous permettez...

Elle tira le rideau autour du lit et nous demanda de quitter la chambre. Nous sortîmes dans le couloir. Quelques minutes plus tard, elle ouvrit le rideau et nous fit signe d'approcher.

— Elle a besoin de se reposer. Elle devrait pouvoir partir d'ici à vendredi. Pourquoi vous ne reprendriez pas votre conversation à ce moment-là ?

— Encore une question, s'il vous plaît...

— Juste une ? D'accord, allez-y.

— Erin, demandai-je, est-ce qu'il avait un ou plusieurs complices ?

— Je n'ai vu que lui. Je n'ai entendu que lui. Ma chambre était insonorisée. S'il avait un complice, je ne l'ai jamais vu ou entendu. Mais je ne pense pas... À quoi ça lui aurait servi ?

— Qu'est-ce que vous voulez dire ?

C'était une autre question.

— Il pensait qu'on vivrait ensemble pour le restant de nos jours. Il ne m'aurait jamais relâchée.

Elle posa la tête contre son oreiller. Ferma les paupières.

— Il pensait qu'il toucherait la rançon...

Son élocution devenait heurtée, embrouillée.

— … et qu'on quitterait le pays… et que…

— Quoi ?

— On vivrait… heur…

Elle luttait pour résister au sommeil.

— … heureux pour…

Et elle s'endormit d'un coup.

— Heureux pour toujours, compléta le Dr Paris. Elle devait vouloir dire ça.

— Vous lui avez donné quelque chose pour la faire dormir, n'est-ce pas ? demandai-je.

— Je lui aurais donné un Ambien si j'avais pu. Mais elle est enceinte. La seule chose que j'ai faite après avoir tiré le rideau, c'est lui tenir la main, lui dire qu'elle était en sécurité ici et que l'homme qui avait fait de sa vie un cauchemar était mort, disparu à tout jamais. Je lui ai dit qu'elle était courageuse et que, désormais, elle devait nous laisser nous occuper d'elle. Que son bébé avait besoin qu'elle dorme, et tant pis si la police voulait qu'elle reste éveillée. Désolée, inspecteurs, mais cette femme est à bout, mentalement et physiquement. Elle a besoin de reprendre des forces avant de pouvoir répondre aux questions de la police.

Le docteur avait raison. Beaucoup de questions restaient encore sans réponse, mais les réponses attendraient.

53

Comme tous les Marines formés au combat, Bobby Dodd avait appris à se fondre dans le décor. La ferme d'un étage à façade de bardeaux blancs entourée d'un porche se trouvait tout au bout d'une allée de deux cents mètres, pratiquement invisible pour quiconque passait à pied ou en voiture le long de Ball Road. Juste assez à l'écart des axes de circulation pour être ignorée, tout en restant à quelques minutes de route du centre-ville de Warwick. Dodd aurait pu s'enterrer là pendant des mois.

À notre arrivée, l'endroit grouillait de flics: police municipale, police d'État, CSU du NYPD. Brown se gara au bord de la route et nous marchâmes tous les trois jusqu'au garage où un technicien de scène de crime s'affairait sur un vieux break Volvo.

— La voiture de Mme Katz, commenta Brown. Si vous vous demandez comment votre suspect se déplaçait, le moteur était encore tiède à l'arrivée des premiers agents.

Chuck Dryden, notre criminologue de référence, sortit de la ferme et vint à notre rencontre.

— Inspecteurs! lança-t-il, plus pimpant que d'habitude. Je dois avouer que je n'ai jamais bien compris le succès de Mme Easton comme soi-disant reine du divertissement, mais je dois dire qu'elle fait un sacré ninja. Son kidnappeur, Robert Dodd, mesurait un mètre quatre-vingt-dix pour plus de quatre-vingt-dix kilos, tout en muscles. Elle lui rend près de vingt centimètres et trente kilos, et pourtant elle l'a planté sous la douche comme une prisonnière condamnée à perpette à Attica.

— Il paraît, dit Kylie. Elle nous a expliqué qu'elle avait transformé un ressort de sommier en arme létale, façon MacGyver.

— Ah ! Vous me faites gagner du temps. Je ne suis pas là depuis assez longtemps pour l'avoir deviné tout seul…

— Montrez-nous ce que vous avez trouvé…

— Vue de l'extérieur, la maison a l'air complètement normale. Rideaux fermés, stores baissés, si quelqu'un sonnait à l'entrée Dodd ouvrait la porte et tout ce qu'on voyait, c'était le salon douillet d'une petite ferme. Pas la cellule de prison qu'il avait fabriquée pour elle.

Il nous emmena dans le couloir jusqu'à la pièce la plus éloignée, au-delà d'une rangée de portes en pin verni.

Il ouvrit une porte pare-feu en métal.

— Et voilà la chambre de l'invitée d'honneur.

Nous entrâmes. Les murs, les fenêtres et le plafond étaient recouverts de panneaux acoustiques en mousse de douze centimètres de côté.

— Il y avait très peu de risque pour qu'un visiteur se retrouve à côté de cette pièce mais, si c'était arrivé, Erin n'aurait rien entendu et personne n'aurait entendu Erin. Après le premier appel au 911, la maison a été explorée par la police locale. Ce sont eux qui ont trouvé le corps : mâle, caucasien, allongé dans la douche, l'eau coulait encore. Entièrement nu, une chaîne autour du cou avec une balle en guise de pendentif. La jugulaire sectionnée.

Nous entrâmes dans la salle d'eau où Bobby Dodd était encore étendu, à l'endroit où il avait rendu son dernier souffle. Comme Erin, une seule chose nous intéressait : la certitude de sa mort.

Nous retournâmes dans la chambre.

— Regardez-moi ces merdes, dit Kylie en fouillant dans le carton de fripes de seconde main qui devait servir de garde-robe à Erin. C'est vraiment à se poser des questions…

— À propos de quoi ? demanda Dryden.

— On dirait que celui qui a choisi ces fringues ne savait absolument pas quoi acheter pour la femme à qui il les destinait…

— C'est le cas de la plupart des hommes, observa Brown.

— Dodd n'était pas comme la plupart des hommes, reprit Kylie. Il idolâtrait Erin. Il savait absolument tout d'elle. Et pourtant, il lui a pris ce genre de tenues… Elle aurait préféré mourir plutôt qu'avoir à les porter. Il devait sûrement chercher un moyen de l'humilier. Sachant l'importance qu'Erin accorde à son apparence, je parie qu'il a choisi ces fringues pour qu'elle se sente rabaissée.

J'observais le visage de Brown, qui buvait les paroles de Kylie. J'étais à peu près sûr qu'il devait la considérer comme la flic la plus intelligente qu'il ait jamais rencontrée.

Nous suivîmes Dryden dans une autre chambre.

— On a trouvé les empreintes digitales de Dodd partout dans la chambre d'Erin, mais aucune d'Erin dans cette pièce-ci. C'était le refuge de Dodd. Il contenait tout un ensemble de déguisements, une dizaine de téléphones jetables et un ordinateur. L'historique Internet semble intact.

— Des armes à feu ? demanda Kylie.

Dryden sourit. Comme toujours, il gardait le meilleur pour la fin. Il ouvrit une porte de placard. À l'intérieur, un petit arsenal : pistolets, fusils et armes semi-automatiques.

— Le gars avait plus de flingues que ma tante Martha de figurines en porcelaine. Mais je crois que c'est ça que vous cherchez…

Il prit un étui souple d'environ un mètre de long auquel était cousue une étiquette en tissu noir portant le nom de BERLEBACH.

— Je parie que la moitié des photographes de ce défilé avaient le même genre de sac. Mais leur sac contenait un trépied pour appareil photo. Celui-ci, en revanche…

Il baissa la fermeture Éclair, révélant une carabine.

— C'est une Winchester .70, annonça-t-il en sortant délicatement l'arme de sa main droite gantée. Au fond du sac, il y a une boîte de balles à pointe creuse chemisées.

— Quel calibre ?

— 223.

— Comme la balle qui a tué Veronica Gibbs.

— Laissez-moi quelques heures et je vous dirai s'il s'agit de la même arme.

Mon téléphone sonna. C'était le chef des inspecteurs.

— Jordan.

Juste ça. Mon nom. Mais sa façon de le prononcer donnait plutôt l'impression qu'il l'avait mâchonné, qu'il détestait le goût et qu'il le recrachait.

— Oui, monsieur.

— Retrouvez-moi où l'hélico a atterri. Vous et MacDonald. Maintenant.

Il n'attendit pas ma réponse. Il raccrocha.

Je me tournai vers ma partenaire.

— Le vieux nous demande.

— Pour quoi faire ?

— Il ne m'a rien dit.

Je me préparai à partir.

— Mais ça sentait l'exécution en place publique…

54

Le policier, chargé de conduire le chef des inspecteurs Doyle, nous rejoignit sur le parcours de golf.

— On a installé un bureau provisoire pour votre chef à l'intérieur du club-house. Il m'a demandé de vous faire attendre là-bas.

Il nous amena à l'intérieur du bâtiment.

— Le manager vous présente ses excuses pour l'aménagement rudimentaire, mais l'endroit est en train d'être repeint…

À l'approche du bureau de campagne de Doyle, l'odeur de la peinture fraîche était perceptible. Puis le flic ouvrit la porte et alluma.

— Je n'y crois pas, lâcha Kylie dès qu'il fut reparti.

Moi non plus.

Blague récurrente au sein du commissariat : si le boss te convoque dans son bureau et qu'il y a une bâche en plastique par terre, tu vas te faire descendre.

La première chose que nous vîmes en entrant dans cette pièce fut la bâche en plastique par terre.

— Eh… ils font des travaux de peinture ! répondis-je.

— Je m'en fous, Zach. C'est un mauvais présage. Un putain de mauvais présage.

Cinq minutes plus tard, Doyle fit son entrée.

— Eh bien, inspecteurs, commença-t-il, comme se passe votre journée ?

— Bien, monsieur, dis-je.

— Ravi de l'entendre. Ce qui est drôle… c'est que, quand j'ai appris que Mme Easton était saine et sauve et sous protection policière, j'ai pensé que moi aussi, j'allais passer une bonne journée. Hélas, je me trompais lourdement.

Il se laissa glisser dans son fauteuil et posa les bras sur le bureau.

— Vous voulez savoir pourquoi ma journée est tellement pourrie, inspecteurs ?

— Oui, monsieur.

— Ma journée est passée aux chiottes – devant témoins, qui plus est – parce que vous, inspecteur Jordan, et vous, inspectrice MacDonald, avez déconné en beauté.

Certains chefs gueulent facilement. Quand ils sont furieux, ils veulent que tous les flics du district ressentent leur colère. La voix de Doyle était calme, dénuée d'émotions. À dire vrai, il parlait avec une telle douceur qu'il fallait prêter attention pour saisir chacune de ses paroles accablantes.

Le B.A.-BA du passif-agressif. Très efficace.

— Vous étiez mes principaux enquêteurs sur cette affaire. C'est vous qui avez décidé de taire l'identité de Dodd, en vous appuyant sur un raisonnement du genre : « On veut lui faire croire qu'il peut se promener parmi nous sans risque. » Votre capitaine a validé votre stratégie. Et après son propre boss a validé votre stratégie. On a tous validé votre stratégie. Pourquoi ? Parce qu'on avait foi en vous, parce qu'on était persuadés que vous saviez ce que vous faisiez et que vous finiriez par mettre la main sur cet enfoiré. Eh bien… il s'est promené parmi nous. Il a débarqué en ville avec son fusil de tueur, il est passé devant Dieu sait combien de nos meilleurs flics, dont aucun ne savait à quoi il ressemblait, puis il a assassiné une de nos citoyennes les plus éminentes. C'est seulement à cet instant que vous avez divulgué son nom et sa photo. C'est correct ?

— Oui, monsieur, dit Kylie.

— Quelques heures après, il était mort et les médias tiraient les conclusions qui s'imposaient en me demandant depuis combien de temps nous avions identifié Dodd comme suspect n° 1. J'ai esquivé avec l'habituel « je ne peux faire aucun commentaire sur une enquête en cours », mais ils ne m'ont pas lâché. Ils m'ont demandé mon sentiment sur le fait que cette… cette *célébrité*… cette femme qui tire sa célébrité des vêtements qu'elle porte, des boutiques où elle fait du shopping et des mecs qu'elle se tape a été capable de se tirer d'affaire toute seule là où l'équipe du NYPD Red est restée inefficace. J'ai répondu que toute la division était soulagée de savoir Mme Easton saine et sauve, et que c'était là tout ce qui comptait. Mais, tandis que mon regard parcourait la salle, je me suis aperçu que tout le monde pensait la même chose : *Ce Doyle se fout de notre gueule.*

Il s'enfonça contre le dossier de son fauteuil.

— Mais assez parlé de ma journée. Racontez-moi un peu la vôtre. Vous avez réussi à déterminer si Dodd avait des complices ?

— Il semblerait que non, monsieur, répondis-je, mais on ne peut pas encore complètement écarter cette possibilité.

— Dans ce cas, votre réponse à ma question est : « Ça non plus, nous ne l'avons pas encore trouvé. » Vous devriez peut-être demander de l'aide à Mme Easton. Elle semble assez douée pour venir à votre secours.

— Nous nous sommes brièvement entretenus avec elle, mais elle était trop épuisée. Nous l'interrogerons de nouveau dès que les médecins nous y autoriseront.

— Faites ça, oui. Vous voyez autre chose à ajouter, inspecteurs ?

Nous aurions dû répondre « Non, monsieur » et battre en retraite. Mais Kylie n'est pas du genre à éluder les confrontations sans y aller de quelques réflexions bien senties.

— Nous avons pris une décision en évaluant la situation, monsieur. Si elle s'est révélée fautive…

— Comment ça, *si* elle s'est révélée fautive ?

La voix de Doyle soudain plus cassante, son intonation plus agressive.

— Ne vous mentez pas à vous-même, inspectrice MacDonald. Elle s'est révélée spectaculairement fausse. Les policiers travaillant sous pression peuvent faire de mauvais choix, j'en suis tout à fait conscient. Mais les riches et les puissants qui font tourner les rouages de cette ville ne veulent pas se sentir à la merci de flics moyens. C'est pour cette raison que j'ai créé la Red. Vous êtes censés être la crème de la crème de New York. Mais, comme les journaux de demain ne manqueront pas de l'indiquer…

Il se leva, posa les paumes sur son bureau et se pencha sur nous.

— … vous et votre partenaire *n'avez pas tenu vos promesses.*

55

— Tout ça, ce ne sont pas mes affaires, dit Rich Koprowski, mais le chef ne manque pas d'air de vous rendre responsables du meurtre de Veronica. Vous avez décidé de taire l'identité de Dodd, c'est vrai, mais tous vos supérieurs – à commencer par lui – vous ont soutenus.

— Tu as raison, Rich, dit Kylie. Ce ne sont pas tes affaires. Ce sont les miennes et celles de Zach, et on n'a pas envie d'en parler.

— Comme vous voudrez. En attendant, après ce qu'il m'a fait, ça reste un connard.

Nous étions tous les trois dans la voiture de Koprowski, en route vers New York.

— Il ne t'a rien fait à part te demander de conduire Jamie Gibbs à Warwick, dit Kylie.

— Ce que j'ai fait. Je l'ai conduit à l'entrée de la ville, et ensuite ? Doyle m'a demandé de le remettre aux flics du coin pour qu'ils puissent l'emmener à l'hôpital. Qu'est-ce que c'est que cette connerie ? J'avais l'impression d'être un putain de livreur…

— Rich, je suis désolé de t'annoncer la nouvelle si brutalement mais, aux yeux de Doyle, tu *es* un simple livreur. Tu as d'abord emmené Jamie, et maintenant tu nous ramènes, Zach et moi. On ne s'est pas précisément couverts de gloire dans cette enquête, et le chef des inspecteurs n'a pas envie de donner l'impression que la seule chose dont le NYPD est capable, c'est de conduire le mari de la victime à son chevet. Mais si ça peut te consoler, merci beaucoup pour le trajet.

Elle inclina son siège en arrière et ferma les yeux. Il me tardait de pouvoir parler avec Cheryl et de partager avec elle le fardeau de mes misères du jour, mais je préférais que ce soit sans témoins. Je me calai donc contre la portière et m'assoupis bientôt. Le reste du voyage se déroula dans un silence bienvenu.

Il était 22 heures quand j'arrivai chez moi. Je sortis mon téléphone sitôt la porte refermée.

— Allô, dit Cheryl, la voix alourdie par le sommeil.

— Ah, merde, je te réveille ?

— … Pas grave… J'ai vu que ta journée était pourrie… Comment ça va ? marmonna-t-elle.

— Ça irait beaucoup mieux si j'étais au lit avec toi.

— Bonne idée… Mauvais timing… J'ai une… conférence sur la gestion des prises d'otage… à Rochester… Je décolle de… LaGuardia… à 5 heures du mat…

Elle luttait pour rester éveillée.

J'avais complètement oublié cette conférence.

— Je rentre samedi… je t'aime…

Elle raccrocha.

— Je t'aime aussi, répondis-je trop tard pour qu'elle m'entende.

Pas de petite amie. La conclusion parfaite d'une journée de merde.

Je réchauffai des restes de cuisine thaï, décapsulai une bière bien fraîche, allumai la télé et m'assis devant *Les Évadés* pour la millionième fois.

Je pense avoir compris pourquoi c'est mon film préféré. Mon boulot m'oblige à voir le monde en blanc et noir. Les flics contre les truands. Les bons contre les méchants. Mais dans *Les Évadés,* je m'identifie aux détenus et je déteste les gardiens. La frontière se brouille, et il y a quelque chose de réconfortant dans cette confusion.

Ma sieste en voiture avait décalé mon rythme de sommeil et c'est seulement à 3 heures que je me sentis suffisamment fatigué pour aller me coucher. L'alarme ne suffit pas à m'arracher du lit et je ne poussai la porte du bureau qu'à 8 h 30.

— Contente de te voir, dit Kylie. J'avais peur que tu rates tout le fun…

— En général, je préfère commencer par le pire mais je ne suis pas contre quelques bonnes nouvelles…

— Le labo a analysé la balle qui a tué Veronica Gibbs. Elle provient avec certitude de la carabine couverte d'empreintes de Dodd.

— Autrement dit… c'est la Criminelle de Brooklyn qui boucle brillamment *notre* enquête VIP. En quoi c'est une bonne nouvelle ?

— Ils vont fêter ça devant un bon steak chez Peter Luger et ils nous invitent.

Elle sourit.

— On les emmerde. Et la mauvaise nouvelle ?

— Le Dr Paris a appelé. Notre témoin clé a eu une poussée de fièvre cette nuit et ne pourra pas répondre à nos questions ni aujourd'hui ni demain. Samedi reste possible. Sans garantie.

— Génial. Allez, on appelle Doyle pour lui annoncer que l'enquête va encore piétiner pendant au moins deux jours.

— Je ne pense pas que Doyle décrochera si tu l'appelles.

Elle prit un numéro du *New York Post* sur son bureau et me le tendit.

En couverture s'étalait une photo du chef des inspecteurs Harlan Doyle prise durant la conférence de presse de la veille. Sans doute à l'instant précis où un journaliste venait de lui poser une question piège car Doyle plissait les lèvres et les yeux. Manifestement, il avait du mal à trouver une bonne réponse.

Au-dessus de la photo, un titre : « LE BOSS DU NYPD SANS VOIX POUR LE KIDNAPPING D'ERIN ».

— Je t'épargne la douleur de lire l'article. Une saga émouvante qui raconte comment un petit bout de femme courageux, star de la téléréalité, a vaincu son kidnappeur et fait « ce dont l'équipe d'élite du NYPD Red s'est révélée incapable : sauver sa peau ».

Je restai immobile, sous le choc.

— Quand je suis allé au lit cette nuit, j'ai cru que ma carrière avait touché le fond. Apparemment, non. Il y a pire qu'avoir l'air d'une merde aux yeux de ton boss.

J'observai la photo de Doyle, avec sa tête de chevreuil pris dans les phares d'une voiture.

— C'est *le faire passer* pour une merde devant le reste du monde.

56

Jeudi et vendredi passèrent sans avancée notable de nos deux enquêtes principales. Le samedi était notre jour de congé, mais nous étions prêts à reprendre le travail si nous avions la possibilité de parler à Erin. Ne voulant pas subir un nouveau refus du Dr Paris, je téléphonai à Jamie.

— Elle sort dans quelques heures ! dit-il, plus excité que je l'avais jamais entendu. On rentre à la maison.

— Quand est-ce qu'on pourra l'interroger ?

— Certainement pas aujourd'hui. La conférence de presse risque de l'épuiser.

— Jamie, s'il vous plaît... Il faudrait vraiment qu'elle réponde aux questions de la police avant d'affronter les journalistes...

— Essayez d'expliquer ça à Anne Brockway. Vous n'imaginez pas tout ce qui s'est passé depuis qu'Erin a réussi à s'enfuir. Les sollicitations arrivent de partout... Tout le monde la veut.

— Y compris le NYPD. Jamie, votre femme a tué Bobby Dodd. Pour le procureur du district du comté d'Orange, il s'agit d'un meurtre.

— C'était de la légitime défense.

— Vous le savez. Nous le savons. Mais notre boulot, c'est de recueillir la déposition détaillée d'Erin pour que le procureur puisse effectivement la considérer comme légitime.

— OK, OK, compris. Et je sais qu'elle veut vraiment vous parler. Elle apprécie tout ce...

Il cherchait les bons mots.

— Vous savez... ce que vous avez *essayé* de faire, avec Kylie. Disons demain matin, 11 heures, à mon appartement ?

— On sera là.

Dans l'après-midi, Cheryl revenait de Rochester. Dès qu'elle se matérialisa dans l'entrée, je la pris entre mes bras.

— Bon sang... ça fait du bien de te voir.

— Je sais. Tu avais l'air tellement déçu au téléphone que j'ai décidé de venir directement de l'aéroport. Allez, parle-moi...

Parler n'était pas vraiment ce que j'avais en tête. Certes, je l'avais appelée une demi-douzaine de fois depuis qu'elle était partie mais, maintenant qu'elle était de retour, j'avais besoin d'une petite amie davantage que d'une psy.

— Je me sens mieux, maintenant, répondis-je en la serrant plus fort. On parlera plus tard...

Elle eut un mouvement de recul. Mes intentions étaient transparentes et Cheryl était une professionnelle en mission – une psychologue rendant visite à un patient. La romance attendrait qu'elle m'ait aidé à dénouer mes blocages.

Je m'assis sur le canapé. Elle resta debout. Je levai les yeux vers elle et lui adressai mon meilleur sourire de bienvenue.

— Allez-y, docteur Robinson.

Elle ne sourit pas.

— Je te préviens, Zach, je ne vais pas te ménager.

Elle paraissait sérieuse. Une sensation de malaise noua mon estomac.

— Pour commencer, cette chose extrêmement troublante que tu m'as dite au téléphone. « J'ai pris une mauvaise décision et à cause de moi une femme est morte. » Tu le crois vraiment ?

— Je crois que, si nous avions diffusé la photo de Dodd – même en interne –, il y a de fortes chances pour qu'il n'ait jamais tiré sur Veronica Gibbs.

— De fortes chances… ça correspond à quoi ? 90 % ? Non, attends… c'était un tireur d'élite des Marines… Plutôt 55 % ?

Je haussai les épaules.

— Peu importe… Elle aurait eu une chance d'y échapper.

— Ou alors…

Cheryl laissa ses mots en suspens, quelques secondes.

— … elle aurait eu 100 % de chances de ne pas se faire tirer dessus. Il lui suffisait de ne pas se rendre à ce défilé.

— Elle n'était pas du genre à mettre sa vie entre parenthèses. C'était un défilé important pour elle.

— J'en suis certaine. Mais alors, quelque chose de plus important s'est produit. Sa belle-fille a été kidnappée. Son fils voulait payer la rançon mais il n'avait pas l'argent. Veronica Gibbs était une femme d'affaires avisée. Elle savait qu'elle était le seul obstacle entre son fils et sa fortune. Elle a *forcément* dû envisager qu'elle était une cible potentielle. Mais elle a pris une décision : ne jamais reconnaître publiquement que ce kidnapping pouvait la concerner. C'est elle qui a fait le mauvais choix, Zach. Alors arrête de te croire responsable de sa mort. Ce n'est pas toi qui as mis en danger Veronica Gibbs.

— Tu sais, on lui a proposé une protection policière. Elle a refusé catégoriquement. On ne voulait pas non plus que Jamie se montre en public mais on n'a pas pu l'en empêcher.

— Zach, les meilleurs flics du monde ne peuvent pas protéger les gens d'eux-mêmes.

Cette phrase sonnait familière à mes oreilles.

— Je le savais. J'ai juste tendance à l'oublier, parfois. Merci. Ça m'aide.

Je me levai.

— Rassieds-toi. Je n'ai pas terminé.

Je me rassis.

— Zach, des flics en situation de détresse, j'en vois tous les jours. Déprimés parce qu'ils n'arrivent pas à boucler une enquête qui leur tient à cœur. Ou parce qu'une affaire qu'ils pensaient avoir réglée est démontée par un juge à cause d'un point de détail juridique et qu'un enfoiré qui aurait dû faire de la prison sort libre du tribunal. Parfois aussi, ça n'a aucun rapport avec les affaires en cours. Ils sont prêts à tout plaquer parce qu'un type plus diplomate qu'eux a obtenu la promotion qui leur revenait…

— OK, dis-je, sans trop savoir où elle voulait en venir.

— Ce n'est pas facile d'être flic. C'est un boulot frustrant, ingrat. Mais tu as une sacrée carrière. Tu venais d'avoir trente ans quand tu as été promu inspecteur, premier grade. Ensuite, tu t'es fait recruter dans la Red. Toi et Kylie êtes devenus les flics de référence au sein de l'unité la plus prestigieuse du département, et vous avez résolu toutes les affaires ultrasensibles qu'on vous a confiées…

— Exact.

— Et c'est ça, ton problème.

— Quel problème ?

— Tu t'es habitué au succès.

Je la regardai, surpris.

— Comment ça ?

— Tu surfes sur le succès depuis si longtemps que tu as oublié ce que c'était, de se planter. Je suis incapable de te dire si la décision que tu as prise était bonne ou mauvaise mais, après avoir entendu se plaindre des milliers de flics de tout grade, de toute race et de toute fonction, je peux te dire ça : les emmerdes, ça arrive. Ce n'est pas une raison pour s'y vautrer.

Je ris.

— Les emmerdes, ça arrive ? Pas une raison pour s'y vautrer ? C'est ça qu'on vous apprend, dans vos formations de psy ?

— À vrai dire, c'est mon père qui me l'a appris quand j'étais gamine. En utilisant un vocabulaire plus approprié à mon âge.

— Vas-y, dis-moi.

Elle s'assit à côté de moi, posa une main sur ma joue et me chuchota doucement à l'oreille :

— Serre les dents, poulette.

Je l'attirai vers moi.

— Tu es une bonne psy, mais ma petite amie me manque vraiment…

— Dans ce cas, répondit-elle en s'allongeant et en m'amenant sur elle, la session est terminée.

57

Dès le dimanche matin, des hordes de fans et de paparazzi se pressaient à l'angle de la 95e Rue et de Riverside Drive dans l'espoir d'apercevoir la célébrité la plus googlisée, la plus médiatisée et la plus recherchée de la planète.

Le NYPD avait déployé un cordon de sécurité devant l'entrée de l'immeuble de Jamie et repoussé la foule derrière des barrières improvisées au niveau de Riverside Drive.

J'arrivai avec Kylie juste avant 11 heures. Outre le portier, deux membres de l'équipe de sécurité de Declan McMaster occupaient le hall. Ils nous reconnurent mais nous demandèrent tout de même nos insignes.

Nous montâmes par l'ascenseur. McMaster nous ouvrit.

— Vous avez vu le monde, dehors ? Avant cette histoire, ils l'adoraient, mais maintenant c'est complètement hors de contrôle…

— Elle a foutu une raclée à son kidnappeur, dit Kylie. C'est une héroïne. Ils vont lui vouer un culte…

— En attendant, la pauvre femme est terrifiée. Elle n'arrive pas à se débarrasser du fait qu'elle a éteint la vie d'un homme. Je préfère vous prévenir : elle n'est plus elle-même. Alors, quand vous l'interrogerez…

— Declan, le coupa Kylie, on interroge des victimes tous les jours. On ne s'attend pas à trouver *égale à elle-même* une femme qui a été kidnappée, violée et qui a vu la mort d'aussi près. On a juste besoin qu'elle nous donne quelques réponses simples et honnêtes.

— Du calme. Je voulais juste vous donner un conseil, pas vous expliquer votre boulot.

Il nous emmena dans le salon. Erin et Jamie étaient assis sur le canapé.

Elle portait un pantalon de survêtement gris et un T-shirt avec l'inscription I LOVE NY. Son avant-bras gauche était enveloppé dans un bandage.

— Rebonjour, nous dit-elle. Est-ce que Jamie peut rester pendant notre discussion ?

— J'ai bien peur que non, dis-je.

— Qu'est-ce que vous voulez savoir ? demanda-t-elle dès que McMaster et Jamie eurent quitté la pièce.

— Tout ce qui vous revient en mémoire. À commencer par l'enlèvement.

Elle secoua la tête.

— J'ai dormi pendant toute l'opération. Un instant je tournais une vidéo pour mes fans, l'instant d'après je me suis retrouvée dans cette maison que je n'avais jamais vue de ma vie et *il* était là…

— Vous le connaissiez, dit Kylie.

C'était une affirmation, pas une question.

— Il me harcelait depuis toujours. Mes gardes du corps avaient toujours sa photo sur eux. Trois juges différents ont signé des ordonnances de protection contre lui. Donc, ouais… je connaissais Bobby Dodd.

— Qu'est-ce qui s'est passé à votre réveil ?

— La première chose qui me revient, c'est que mon bras me faisait horriblement mal et qu'il était en sang. J'avais cette puce GPS implantée sous la peau ; il me l'a retirée après m'avoir droguée.

Elle retira le bandage sur son avant-bras gauche et nous montra la blessure.

— Il s'est excusé tout en m'expliquant qu'il avait été obligé de le faire pour qu'on reste introuvables. Je ne lui ai pas dit que la puce ne marchait plus depuis longtemps – de la vraie camelote... C'est une chose qu'Ari m'a apprise : ne jamais donner par soi-même des informations.

— Une fois dans la maison, vous passiez votre temps enfermée dans la chambre ?

— Non. Parfois, on mangeait ensemble dans la cuisine. Ari m'a appris à reconnaître les traces d'autres personnes : une autre tasse à café dans l'évier, un mégot de cigarette dans la poubelle... Mais je n'ai jamais remarqué d'autre présence. Il y avait juste Bobby. C'était logique : pourquoi il aurait eu besoin d'un complice ? Il était persuadé que je voulais vivre avec lui et que, si j'avais épousé Jamie, c'était uniquement pour lui prendre son argent avant de m'enfuir avec Dodd. Il m'a expliqué que, dès qu'il aurait l'argent, il m'emmènerait au Belize.

— Au Belize ? répétai-je.

Elle vit l'expression de mon visage.

— Je sais ce que vous pensez : comment il comptait s'y prendre pour me faire passer la sécurité à l'aéroport ? Il n'était pas idiot. Il avait prévu de faire le voyage en voiture. Il m'avait montré le trajet sur Google Maps. On était censés traverser la frontière à Brownsville, au Texas, puis repartir à l'est en direction du Mexique pour arriver au Belize au bout de deux jours. C'est de la folie mais il avait déjà tout planifié. Il me jurait qu'on serait heureux tous ensemble : moi, lui et le bébé.

Nous lui posâmes d'autres questions et elle n'hésita pas dans ses réponses. Elle n'occultait rien, jusqu'aux détails des sévices sexuels qu'elle avait constamment endurés. Elle se révélait peu à peu comme un témoin exemplaire, bien plus intelligente et forte que son image publique le laissait supposer.

Au bout de deux heures, elle nous demanda :

— Je peux vous poser une question ? Est-ce que je vais être accusée de meurtre ?

— Erin, notre boulot c'est de réunir des faits précis. Vous avez avoué le meurtre d'un homme, sa mort sera donc traitée comme un homicide. Mais si le procureur estime que votre acte était justifié, tout porte à croire qu'aucune charge ne sera retenue contre vous.

— Je n'avais pas prévu de le tuer.

— L'arme que vous avez fabriquée était bien destinée à tuer.

— C'était de la légitime défense.

— Vous vous défendiez au moment où vous l'avez tué ? demanda Kylie.

Elle secoua la tête.

— Il nous faut une réponse orale. Vous vous défendiez au moment où vous l'avez tué ?

— J'ai été formée par un commando israélien. Je sais décrypter les signes.

Elle avait haussé la voix, sur la défensive.

— Il était en train de partir en vrille… Je devais le tuer avant qu'il me tue.

— Comment ça, partir en vrille ?

— Après l'accord passé entre Bobby et ZTV, il a pété un plomb. Je crois que c'est pour ça qu'il a tué Veronica.

L'accord passé entre Bobby et ZTV ? On était en train de vivre un de ces rares moments dans la vie d'un flic, quand on sent qu'on vient de découvrir un filon de nouvelles informations et qu'on a envie de sauter de joie en criant « Eurêka ! ».

Mais on n'a pas sauté. Ni crié. Je crois même que ni Kylie ni moi n'avons cligné des paupières.

58

— Développez, dit Kylie comme si nous étions déjà au courant du deal entre Bobby et la chaîne et avions juste besoin de quelques détails supplémentaires.

— Prenez votre temps, Erin. Essayez de vous rappeler le maximum de détails.

— Je ne pense pas que Bobby voulait vraiment 25 millions. Il aurait été heureux avec beaucoup moins que ça. Mais il ne voulait pas que *je* pense valoir moins que ça. Alors, peu à peu, ce chiffre est apparu comme le chiffre magique. La première fois que Bobby a parlé à Jamie, ça s'est passé exactement comme il l'espérait. Il savait que Jamie demanderait une preuve de vie. Mais, après le deuxième coup de fil, Bobby était furieux. Il n'en revenait pas que la mère de Jamie ne réponde même pas aux appels de son fils… Il en voulait à Veronica. Il a commencé à être nerveux, à se dire qu'il risquait de ne jamais voir la couleur de cet argent. C'est là qu'il a eu l'idée de faire payer la rançon à la chaîne. Il m'a demandé qui contacter ; je lui ai dit que c'était Harris Brockway, mais que le meilleur moyen d'y parvenir était d'appeler sa femme Anna, mon agent.

— Alors il a téléphoné à Anna ?

— Il m'a obligée à l'appeler. Mon Dieu… elle était tellement heureuse de m'entendre… Ensuite elle a passé l'appareil à Brock et les négociations avec Bobby ont commencé.

— Vous avez entendu leur conversation ?

— Oui. Chaque mot. Bobby avait mis le haut-parleur. Il demandait 5 millions pour une autre vidéo, mais Brock lui a expliqué que, seul, il ne pouvait autoriser qu'un million. Pour toute somme supérieure, il aurait dû demander l'accord de ses supérieurs et il pensait qu'ils n'accepteraient jamais. Alors, Bobby a accepté l'offre.

— Et Brockway a payé 1 million ?

— Oh, oui. Sinon Bobby n'aurait jamais filmé la deuxième vidéo. Il avait ouvert un compte offshore au Belize et Brock avait transféré les fonds dessus. Après, ZTV a diffusé cette horrible émission, *Erin en exil*, avec ce connard de psy qui prétendait que j'avais volé Jamie à Veronica et que, maintenant qu'elle l'avait récupéré, elle n'avait pas besoin de moi et du bébé… On l'a regardée, avec Bobby, et je crois que c'est à ce moment-là qu'il a eu des remords : il pensait que la chaîne aurait dû le payer bien plus qu'un million, que Brock s'était foutu de lui… Il ne voulait plus que la rançon soit payée en plusieurs fois. Il m'a dit qu'il avait trouvé une solution pour régler le problème. Il m'a enfermée dans la chambre, il a quitté la maison… C'est à ce moment-là, je crois, qu'il a décidé d'éliminer Veronica.

— Il vous a dit qu'il allait la tuer ?

— Mon Dieu, non. J'aurais tout fait pour le dissuader. Je n'aimais pas Veronica mais Jamie adorait sa mère. C'est tellement triste. Il est persuadé qu'il est responsable de sa mort…

— Qu'est-ce qui s'est passé quand Bobby est rentré ?

— Il m'a dit que nos problèmes étaient réglés. Que Veronica était morte et que Jamie avait tout l'argent nécessaire pour payer la rançon. Mais je savais ce qu'il en était : des mois voire des années s'écouleraient avant que Jamie touche le moindre dollar de son héritage. Je savais aussi que quand Bobby s'en apercevrait, il deviendrait complètement fou. Je ne savais pas s'il déciderait de tuer Brock, ou Jamie, ou moi, ou nous trois… Alors j'ai pris ma lame et je suis allée dans la douche. Je jure sur la vie de mon enfant que je ne voulais pas le tuer mais je…

— Quoi ? dis-je.

Elle me regarda, hésitant à poursuivre.

— Erin, c'est très important. Ça peut aider à mieux comprendre votre état d'esprit.

Elle hocha la tête.

— Je ne voulais pas le tuer mais… j'avais perdu tout espoir que vous me retrouviez.

Elle ne voulait pas nous faire mal, mais cet aveu me transperça le cœur. Il nous rappelait notre échec. Mais, cette fois, je ne me réfugiai pas dans le doute et l'auto-apitoiement. Je me répétai les paroles pleines de sagesse de ma psy/petite amie : *Serre les dents, poulette.*

Je me levai. Kylie avait envie de partir autant que moi : elle se leva quelques secondes plus tard.

— Erin, je regrette qu'on n'ait pas pu vous aider davantage, dis-je, mais vous êtes une femme courageuse et pleine de ressources. Nous vous sommes très reconnaissants d'avoir accepté de revivre ces événements traumatisants pour nous. Je pense que nous avons tout ce qu'il nous faut, mais nous pouvons vous rappeler en cas de besoin ?

C'est notre formule de congé habituelle, mais les gens sont tellement soulagés de nous voir partir qu'ils disent tout le temps oui.

— Bien sûr. Quand vous voudrez.

Nous regagnâmes notre voiture sans dire un mot. Puis je téléphonai à Bill Harrison et mis le haut-parleur.

— Bill, ici Zach et Kylie, dis-je. Je sais qu'on est dimanche mais ça ne peut pas attendre.

— Allez-y.

— Harris Brockway nous a dit que le kidnappeur lui avait envoyé la seconde vidéo de preuve de vie avec un message l'obligeant à la diffuser, sinon il tuerait Erin.

— Exact.

— Nous venons d'obtenir une déclaration d'Erin selon qui Brockway a négocié un deal avec Dodd pour cette vidéo et qu'il lui a viré 1 million de dollars sur un compte offshore.

— Donc… vous me dites que vous pouvez prouver qu'un cadre de chaîne de télé est un menteur ?

— Je vous dis qu'il a coopéré avec le kidnappeur. Ça vous donne de quoi l'attaquer, non ?

— Pas vraiment. Il n'a pas coopéré, il a versé une partie de la rançon. Aucune loi ne l'interdit.

Kylie me prit le téléphone des mains.

— Mais il a menti à la police au cours de l'enquête. Puis il s'est planqué derrière le Premier Amendement.

— Et l'équipe d'avocats grassement rémunérés par la chaîne prétendra qu'il n'a pas menti. Il a omis de révéler certains faits par peur de mettre en péril la vie d'Erin s'il révélait à la police la nature de ses conversations privées avec le kidnappeur.

— Vous voulez dire qu'il peut faire des conneries pareilles et s'en tirer haut la main ?

— Pas vraiment *haut la main*, non. Si le procureur décide de s'en prendre à lui – ce qui, je peux vous l'assurer, n'arrivera jamais –, Brockway sera jugé pour un délit, écopera d'une petite amende, promettra au tribunal d'être un bon garçon et l'affaire sera réglée.

— Bill, vous avez déjà rencontré ce type ? C'est un enculé de première.

— Kylie, ne tirez pas sur le messager mais je me permets de vous rappeler qu'être un enculé de première n'est *pas* un crime. Dans la sphère professionnelle de Brockway, je suppose que c'est même considéré comme un atout.

— Merci beaucoup, dit-elle. Désolée d'avoir foutu en l'air votre dimanche.

— Aucun problème. J'étais juste en train de lire le *New York Times.* Mon dimanche va très bien.

— En tout cas, vous avez foutu en l'air le nôtre.

Elle raccrocha, me rendit le téléphone et cracha ces mots que je lui avais souvent entendu dire :

— Je déteste les avocats.

59

Matinée du lundi, lugubre et bruineuse. Une montagne de formulaires de dépositions liées à l'affaire Easton nous attendait sur nos bureaux, et pourtant j'étais presque heureux de reprendre le travail. J'avais calculé que si nous les avions tous pointés d'ici au milieu de la semaine, nous pourrions enfin clore notre enquête. Et vendredi, nous partions avec Cheryl à Montauk pour fêter notre premier anniversaire. J'avais hâte.

À 11 heures, Kylie et moi avions bouclé une conférence téléphonique avec la police de Warwick et terminé notre rapport pour le procureur du comté d'Orange. Nous ne pouvions rien promettre à Erin, mais j'avais bon espoir qu'il conclue en sa faveur.

— Il nous faut du café, décréta Kylie.

Je n'en avais pas envie, mais je la suivis tout de même dans la salle de repos.

— Devine où je pars ce week-end ? me demanda-t-elle.

Dans un endroit très spécial avec Shane, je parie.

— Aucune idée. Dis-moi ?

— À Orlando.

— Vraiment ? Tu vas…

— Jordan ! MacDonald !

C'était Cates.

— En piste ! Sutton Place, 58e Rue. Le retour des ambulanciers cambrioleurs. Sauf que cette fois, en plus d'un gouverneur furieux, on a une vieille dame morte.

Le café et les projets de week-end de Kylie attendraient.

Sutton Place est une petite parcelle immobilière chic et onéreuse, autour des 50es Rues, entre la 1re Avenue et l'East River. Même en respectant la limite de vitesse, nous arrivâmes en sept minutes seulement devant l'imposant édifice en briques rouges d'avant-guerre.

Les réponses du portier à nos questions rappelaient un scénario familier : une ambulance déboule, deux ambulanciers lui expliquent qu'ils ont reçu un appel d'urgence, une femme en difficulté, Edith Shotwell, appartement 7B. Le portier les laisse passer, quinze minutes plus tard ils redescendent, lui annoncent que la vieille dame se sent mieux, et s'évanouissent dans la nature.

Même mode opératoire, mêmes séquences – à une exception près : d'après les témoins des deux autres affaires, l'un des deux suspects était blanc et l'autre hispanique. Cette fois, le portier parlait d'un Blanc et d'un Afro-Américain.

— Peau claire ou peau foncée ? demandai-je.

— Entre les deux. À peu près comme la mienne.

— Désolé de vous poser cette question mais… vous êtes bien sûr d'être afro-américain ?

J'eus droit à un rire.

— Inspecteur, ils portaient une casquette baissée sur les yeux en arrivant et un masque d'hôpital en repartant mais, faites-moi confiance, il était noir. Je sais reconnaître un frère quand j'en croise un.

Un des premiers policiers arrivés sur place nous indiqua quant à lui :

— L'ambulance est arrivée à 8 h 08, le portier l'a noté dans son journal. Le nom sur la carrosserie était Transport médical Prestige. Il a aussi noté l'heure de sortie : 8 h 22. Deux heures plus tard, la fille de Mme Shotwell arrive, monte à l'étage et trouve sa mère et son infirmière à domicile ligotées et bâillonnées. Elle retire le ruban adhésif autour de la bouche de sa mère et découvre que la vieille dame est morte. L'infirmière est en vie mais secouée. Elle vous attend avec la fille Shotwell dans l'appartement de la voisine, le 7A. Les gars de la CSU viennent d'arriver. Ils sont sur place avec la victime.

En sortant de l'ascenseur au septième étage, nous trouvâmes le CSU déjà à l'œuvre. Mais nous n'avions pas besoin d'un expert pour connaître la cause du décès. Les yeux de Mme Shotwell étaient tachés de pétéchies hémorragiques, signes de la rupture de vaisseaux sanguins. Sa bouche portait des traces de colle laissées par le ruban adhésif. Elle était morte par suffocation.

L'appartement de la voisine était situé à l'extrémité du couloir. La fille de la victime se présenta à nous.

— Je suis Bethany Geller. Ces ordures ont assassiné ma mère.

— Toutes nos condoléances, dis-je. Je vous promets que nous ferons le maximum pour les retrouver.

— Merci.

Elle posa la main sur l'épaule d'une femme d'une soixantaine d'années restée assise sur le canapé.

— Et voici Paloma Hernandez. Elle est avec notre famille depuis trois ans.

Paloma osait à peine lever les yeux.

— Tout est de ma faute. Je n'aurais jamais dû les laisser entrer…

— Ne soyez pas trop dure avec vous, intervint Kylie. Ils ont trompé le portier et ils ont réussi à vous tromper. Vous les avez laissés entrer parce que vous pensiez que Mme Shotwell avait besoin d'aide.

— Je les ai suppliés de ne pas lui mettre du scotch sur la bouche. Je leur ai expliqué qu'elle avait des problèmes respiratoires dus à sa BPCO[1]. Mais le type, là, m'a

1. Bronchopneumopathie chronique obstructive.

répondu : « Elle n'a qu'à respirer par les narines. » Dix minutes après leur départ, Mme Edith a commencé à s'étrangler. Peut-être en avalant son propre vomi, je ne sais pas, je ne suis pas médecin… Mais si je n'avais pas été attachée, j'aurais pu l'aider…

— Vous pouvez me décrire les deux hommes qui sont entrés dans l'appartement ?

— Il y avait un Blanc… à peu près un mètre quatre-vingts. L'autre était noir, un peu plus petit. Ils avaient tous les deux des yeux marron mais leur visage était caché par un masque chirurgical.

Je ne pris pas la peine de demander si le suspect blanc n'était pas plutôt de type hispanique : Mme Hernandez connaissait forcément la différence.

Je me tournai vers la fille.

— Madame Geller, les tiroirs de la commode dans la chambre de votre mère étaient ouverts et vides. Ça nous serait utile que vous nous précisiez ce que les voleurs ont emporté.

— Des choses… Rien qui vaut la mort de ma mère.

— Je comprends bien, mais ils vont sans doute essayer de revendre ces choses. Plus vous pouvez nous les décrire de façon détaillée, plus nous avons de chances de mettre la main sur les assassins de votre mère et de les envoyer devant un juge.

— Les bijoux en jade, suggéra Paloma.

Geller confirma d'un signe de tête.

— Bien sûr. Depuis toute petite, ma mère a toujours aimé les bijoux en jade – vert noir, rouge, de toutes les couleurs…

— Vous pouvez nous décrire ce qu'ils ont pris et nous donner la valeur approximative de chaque bijou ?

— C'est moi qui paie l'assurance, donc je peux vous envoyer la liste. Elle avait une préférence pour un pendentif ovale en jade lavande serti de diamants. Estimé à 40 000 dollars. Toute sa collection devait valoir dans les 500 à 600 000 dollars.

— Ils ont aussi pris l'enveloppe avec l'argent, ajouta Paloma.
— Quel argent ?
— Je laisse toujours une enveloppe de liquide à Paloma, expliqua Geller. Pour les dépenses courantes ou quand elles partent faire leurs promenades.
— Quel genre de promenade ?
— Mme Edith, elle n'aimait pas rester enfermée dans son appartement, et elle adorait prendre le métro… Alors, quand le temps le permettait, on allait en métro au zoo du Bronx, au musée de Brooklyn ou alors – sa promenade préférée – à Coney Island. On y était encore dimanche dernier. Elle aimait tant s'asseoir sur un banc, sur la promenade, en mangeant un cornet de glace…
— Il y avait combien, dans cette enveloppe ?
— 642 dollars, répondit Paloma. Je compte toujours très précisément. Et puis aussi la MetroCard de Mme Edith, mais il n'y avait plus que 20 dollars dessus.
— Inspecteurs…
Je me retournai. C'était Benny Diaz, de la TARU. Après avoir remercié Geller et Hernandez et leur avoir promis que nous restions en contact, nous le rejoignîmes.
— Tu as quelque chose d'utile pour nous ? demandai-je.
— Si vous cherchez du flou et des pixels, vous allez vous régaler. Mais si vous espérez des visages bien nets, vous avez intérêt à demander à vos suspects de cibler des résidences avec de meilleures caméras de surveillance.
Il ouvrit son ordinateur, nous montra une demi-douzaine de captures d'écran. Si elles ne risquaient pas de nous aider à identifier les coupables, elles permettaient au moins une confirmation : l'un des faux ambulanciers était blanc, l'autre noir.
— Donc, ils sont au moins trois, déduisit Kylie. Et si le Blanc d'aujourd'hui n'est pas le même que celui des précédents vols, ça nous en fait quatre.
Notre entreprenant duo était en train de se transformer en gang.

60

— Ils peuvent bien dissimuler leur visage, ils ne peuvent pas cacher leur voiture, dit Kylie. Si tu conduisais une fausse ambulance pour répondre à un faux appel d'urgence, qu'est-ce que tu ferais pour être crédible ?

— J'actionnerais le gyrophare.

J'appelai le Service des transports de New York pour leur demander de vérifier les vidéos des caméras de surveillance de Lower Manhattan jusqu'à Harlem. Très vite, ils trouvèrent une caméra qui s'était déclenchée quand une ambulance avait grillé un feu rouge au carrefour de la 63e Rue et de la 1re Avenue.

— Vous pouvez me donner le numéro de la plaque ? demandai-je au technicien.

Même si elle avait été volée, la plaque avait pu être repérée par des radars, ce qui nous aurait laissé une chance de voir d'où l'ambulance était partie.

— Désolé, me répondit-il. C'est illisible : ils ont mis une pellicule réfléchissante par-dessus. C'est illégal mais tout le monde le fait.

— Noté, dis-je. Si on les arrête, on leur enverra une citation à comparaître.

— Donnez-moi votre e-mail, je vous envoie les photos. On ne voit pas le visage du conducteur, mais le logo sur le véhicule est parfaitement lisible.

Transport médical Prestige.

— Un nom bidon. Mais les photos peuvent nous aider à identifier le modèle de l'ambulance et l'année de fabrication.

Je le remerciai et raccrochai.

— Ces types ciblent précisément leurs victimes, dit Kylie. Ils savent dans quel appartement ils vont frapper avant même d'arriver, et pour l'instant ils ne choisissent que des immeubles où ils peuvent éviter de se faire filmer par les caméras de sécurité. Ils sont informés par une source déjà sur place…

La question était : quelle source ? Une fois entré dans le système, le nom de Paloma Hernandez se révéla vierge, comme celui des deux autres infirmières. Et les trois venaient toutes d'agences différentes. Il devait forcément y avoir un dénominateur commun. Mais impossible de trouver lequel.

Nous restâmes sur place pendant que la CSU analysait l'appartement, sans parvenir à relever des empreintes digitales ou ADN susceptibles de nous aider à identifier les deux intrus. Nous étions sur le point de partir, quand Kylie s'arrêta net.

— La MetroCard. Celle qu'ils ont volée chez Mme Shotwell.

— Oui. Eh bien ?

— Moss et Devereaux ont vérifié les boutiques de prêteurs sur gages et des dizaines de sites Internet où les suspects peuvent essayer de refourguer les bijoux. Mais ces mecs sont trop malins pour ça. Ils passent sûrement par un receleur qui les débarrasse de tout ce qui a de la valeur… Et là, bonne chance pour retrouver la collection de jades de Mme Shotwell. Mais il y a une chose dont un receleur se contrefout, et elle est traçable : sa MetroCard.

— C'est tiré par les cheveux mais… c'est une idée géniale.

Nous appelâmes Bethany Geller pour lui demander si elle savait combien sa mère avait de crédit sur sa MetroCard. Elle nous donna la réponse que nous espérions.

— Je l'ai achetée pour elle. Je l'ai associée à ma carte bancaire voilà un an, et le compte se recrédite automatiquement.

— Vous avez annulé cette option ?

— Je n'y pensais plus mais je ferais mieux, oui, sinon je vais continuer de payer les déplacements de ces salauds en métro.

— Ne le faites pas. S'il vous plaît. N'annulez *surtout pas* le crédit automatique de la MetroCard de votre mère.

— Mais pourquoi ?

Je lui expliquai la raison. Deux minutes plus tard, Kylie appelait l'unité d'investigation du NYPD spécialisée dans les transports en commun. Elle donna à l'inspecteur le numéro de la carte Visa de Geller, qu'il put en quelques secondes relier à l'une des millions de MetroCard utilisées à travers la ville.

— Vous pouvez nous dire quand elle a été utilisée pour la dernière fois ?

— Je peux vous dire quand et où, et si vous me laissez une minute pour vérifier les vidéos, je peux aussi vous donner une description de la personne qui s'en sert.

La réponse ne tarda pas.

— Carte utilisée il y a une semaine, dimanche à 11 h 53, dans la station de la 51e Rue par une vieille dame de type caucasien. Accompagnée d'une femme plus jeune de type hispanique, sans doute son aide-soignante. Elles utilisent une de ces bonbonnes d'oxygène sur roulettes. Ensuite, la carte a été utilisée de nouveau à 14 h 59 à la station de Stillwell Avenue, à Brooklyn.

— Coney Island, dit Kylie. C'est la description exacte de la dernière promenade que nous a donnée Paloma.

— Vous pouvez nous faire une faveur ? demandai-je au flic à l'autre bout du fil. Vous pouvez mettre une alerte sur cette carte, et m'appeler moi ou ma partenaire dès sa prochaine utilisation ?

— Tout ce que vous voulez.

— Ça reste tiré par les cheveux, dis-je à Kylie après avoir raccroché. Ces gars ont fait un sans-faute à chaque étape de leur plan. Tu les crois assez idiots pour se servir d'une MetroCard volée ?

— Eh, ils ont été assez idiots pour transformer un cambriolage en homicide à cause d'un vulgaire morceau de scotch… Et puis, quel New-Yorkais serait capable de résister à un trajet gratuit en métro ?

61

Le SMS apparut en même temps sur nos deux téléphones. Un bref message cryptique écrit dans le style inimitable de l'inspecteur Danny Corcoran.

VOTRE MACCHABÉE SIGNE ENCORE DES CHÈQUES.

C'était la nouvelle la plus prometteuse depuis plusieurs jours. On savait que Bobby Dodd avait passé six mois à travailler comme tailleur de pierre dans les Caraïbes et que, grâce à l'ouragan, il avait pu amasser jusqu'à un demi-million de dollars. Question : où était passé cet argent ? Réponse évidente : sur un compte offshore. Mais il ne pouvait pas avoir planqué toute la somme.

Un kidnapping coûte cher. Les propriétaires de la maison de Warwick nous apprirent qu'il avait payé en avance et en liquide 30 000 dollars équivalant à un an de loyer. Et il y avait la nourriture, les déplacements, les dépenses quotidiennes. Bobby avait besoin de cash, et dans un endroit plus accessible qu'une banque au Belize.

Les flics de la Brigade des crimes violents étaient partis sur la trace des moindres miettes financières laissées par Bobby, sans rien trouver. Et, dès lors qu'Erin était saine et sauve et Bobby mort, ils estimaient pouvoir passer à leur affaire prioritaire suivante. Ce qui réduisait notre équipe à un squelette dont la colonne vertébrale était Danny Corcoran.

Il nous attendait au commissariat, une pile de feuilles de calcul sur son bureau, un sourire sur les lèvres.

— Feu M. Dodd détient 68 000 dollars sur un compte courant à la Chase Bank.

— Comment tu l'as trouvé ?

— J'ai visionné les vidéos de surveillance de l'Hammerstein Ballroom. Deux jours avant la cérémonie, il se promenait dans l'immeuble, sans doute pour installer ses propres caméras. Il portait une chemise avec un sigle : BD LOCS. Et soudain, ça a fait tilt ! Je cherchais des comptes de particuliers mais Bobby était plus malin…

— L'argent passait par sa société, compléta Kylie.

— Tu dis dans ton SMS qu'il signe toujours des chèques.

— Pendant le week-end, le compte a enregistré une activité : un virement de 1 000 dollars, programmé automatiquement tous les 15 du mois depuis janvier. Le destinataire est un avocat de Pelham Bay.

— C'est là que Bobby vivait. Son nom ?

— Dominic Bruno. Un avocat à l'ancienne qui exerce dans le même quartier et qui n'a pas peur des nouvelles technologies : il a un site Internet. Son cabinet, sur Crosby Avenue, existe depuis cinquante ans. Bruno est italo-américain, bilingue et « un pilier de la communauté » – fin de citation.

— Oublie le baratin de sa page d'accueil. Quelle est sa réputation ?

— J'ai appelé le commissariat local. Selon le sergent des Affaires municipales, Bruno est cela et bien plus. Les gens du coin l'appellent « le maire de Crosby Avenue ». Chaque année, il organise les fêtes de la paroisse de St. Theresa, il préside aussi le conseil communautaire du 45e district, il finance les illuminations de Noël sur Tremont Avenue… la liste est longue. En résumé : un citoyen exemplaire, un paroissien exemplaire, un homme qui parle vrai et que tout le monde apprécie.

— Excellent travail, Danny.

Je me tournai vers Kylie.

— Et maintenant rendons une petite visite à M. Bruno et essayons de découvrir pourquoi Bobby l'appréciait tant.

62

— Eh ben, siffla Kylie tandis que nous passions devant les bâtiments en brique rouge abritant les boutiques le long de Crosby Avenue. Le quartier n'a pas beaucoup changé depuis notre visite la semaine dernière.

Je ris. Le quartier n'avait quasiment pas bougé depuis l'élection d'Eisenhower.

Le cabinet de Dominic F. Bruno, avocat à la cour, était situé au cœur du quartier des affaires, coincé entre une pizzeria et un salon Sourcil Beauty. Nous nous garâmes et entrâmes.

La femme à l'accueil avait une allure et un sourire impeccables, et dépassé l'âge de la retraite d'une bonne décennie.

— Je peux vous aider ? gazouilla-t-elle.

— Inspecteurs MacDonald et Jordan, NYPD, dit Kylie en montrant son insigne. Nous voudrions parler à M. Bruno.

— Je peux lui dire à quel sujet ?

— Une enquête de police.

Elle lui adressa un grand sourire.

— Oh, vous pouvez me le dire, ma jolie. Je ne suis pas simplement réceptionniste, je suis sa sœur, Rosemary Polito.

— Alors on lui en parle d'abord et il vous racontera tout ensuite.

Le sourire de Rosemary disparut d'un coup. Elle prit son téléphone.

— Deux inspecteurs du NYPD pour toi.

Quelques secondes plus tard, une porte au fond de la pièce s'ouvrit. Dominic Bruno devait être le septuagénaire le plus séduisant de Crosby Avenue : un mètre quatre-vingts, teint olivâtre, épaisse chevelure poivre et sel et le sourire éclatant d'un habitué des traitements blanchissants.

— Dom Bruno, annonça-t-il en avança à grands pas vers le bureau de l'accueil. Il m'attrapa la main et la serra fermement. Puis il se tourna vers Kylie et prit doucement la sienne entre ses mains.

— Que me vaut le plaisir de votre visite ?

— Pouvons-nous avoir une conversation en privé ?

— N'en dites pas plus…

Il nous escorta jusqu'à son bureau. Les murs étaient tapissés de diplômes, de prix et de photos – certaines remontant à plusieurs dizaines d'années : Bruno en compagnie de Mario Cuomo, Bruno en compagnie du maire Koch, Bruno en compagnie du cardinal O'Connor[1]…

— Rosemary va vous préparer une bonne tasse d'expresso, dit-il en nous invitant à nous asseoir autour d'une table de réunion.

— Ça ira, merci, dit Kylie. Nous voulons juste vous poser quelques questions à propos d'un de vos clients : BD LOCS.

— Je ne sais pas si je pourrais y répondre. Je ne les ai jamais rencontrés. Une brève conversation téléphonique il y a environ six mois et, depuis, tout est réglé par voie électronique.

— Vous recevez un virement chaque mois. Vous pouvez nous dire pour quels services ils vous payent ?

1. Mario Cuomo (1932-2015), gouverneur de l'État de New York de 1983 à 1994 ; Edward « Ed » Koch (1924-2013), maire de New York de 1978 à 1989 ; John Joseph O'Connor (1920-2000), archevêque de New York de 1984 à sa mort.

— Inspecteurs, j'adore le NYPD, dit-il en indiquant d'un geste de la main une photo le montrant au côté du chef du commissariat du 44e district, mais vous connaissez certainement la clause de confidentialité qui lie un avocat à ses clients.

— Votre client est mort. Est-ce que ça rend cette clause caduque ou dois-je en passer par une assignation ?

— Une assignation ? Je ne vois pas en quoi elle serait nécessaire. Comment savez-vous que mon client est mort ?

— C'est dans tous les journaux. BD LOCS appartenait à Bobby Dodd.

Il s'enfonça dans son fauteuil.

— Le kidnappeur ?

— Oui, monsieur. Vous pouvez me dire à qui l'argent est destiné ?

Il acquiesça.

— C'est une transaction très simple. BD m'envoie un chèque tous les mois que je suis chargé de déposer sur un compte d'épargne spécial destiné à financer les études de trois enfants.

— Les enfants de Dodd ?

— Non. Ce sont les petits-enfants d'une femme de ma paroisse.

— Vous pouvez nous donner son nom ? demandai-je.

Il porta ses doigts à sa tête et se massa les tempes.

— Cette femme est tout ce qu'il y a de vivante, inspecteur. Ce qui nous ramène, j'en ai peur, à cette fameuse clause de confidentialité.

— Maître, votre cliente est en relation avec un homme qui s'est rendu coupable de kidnapping, de viol et d'assassinat. Vous voulez vraiment…

— Attendez un peu ! Qu'est-ce que je vous raconte… Elle m'a demandé de jouer les intermédiaires à titre tout à fait gracieux. Elle ne me rémunère pas. Par conséquent, ce n'est pas une cliente…

Il baissa la voix.

— Elle s'appelle Lucille Speranza.

— La logeuse de Dodd ?

— Vous la connaissez, je suppose. Depuis que les médias ont annoncé qu'elle lui louait son rez-de-chaussée, on l'a vue sur toutes les chaînes et dans tous les journaux...

— On l'a rencontrée avant qu'elle devienne célèbre, précisa Kylie. Elle nous a dit que Dodd avait payé son loyer jusqu'à fin août. À quoi correspondent ces versements de 1 000 dollars ?

— Je vous l'ai dit. Pour payer les études de ses petits-enfants : Samantha, Nina et Ryan.

— Ce n'est pas ma question. Si le loyer était payé, qu'est-ce qu'elle fait d'autre pour Dodd qui lui rapporte 1 000 dollars chaque mois ?

— Ça, ce ne sont pas mes affaires. Il va falloir que vous posiez la question à Lucille. Vous voulez son adresse ?

— Non, monsieur Bruno, ce ne sera pas nécessaire. Merci de nous avoir reçus.

Nous nous levâmes, prêts à partir.

— Inspecteurs... Je vous ai donné ces informations sur Lucille parce que je ne considère pas que nous ayons une relation d'avocat à client. Mais il est possible qu'elle voie les choses différemment et, pour être honnête, elle peut parfois se montrer... difficile.

— C'est un euphémisme, monsieur, dit Kylie.

— Vous pouvez peut-être me faire une faveur. Même si elle est antidatée, vous pourriez m'adresser une assignation. Ainsi, je n'aurais pas d'autre choix que de vous dire ce que je vous ai dit.

— Compris. Avec plaisir, monsieur.

Un sourire triomphal éclaira son visage.

— Merci.

Le maire de Crosby Avenue était peut-être universellement aimé, il avait aussi la présence d'esprit de couvrir ses arrières.

63

La vie de Lucille Speranza avait pris une tournure radicalement différente depuis notre précédente visite. Sa photo était dans tous les journaux. Les chaînes de télévision diffusaient en boucle ses interviews. Les magazines voulaient connaître son histoire. Du jour au lendemain, elle était devenue pour Bobby Dodd ce que Kato Kaelin avait été pour O. J. Simpson[1].

Même cinq jours après que le monde entier l'avait découverte comme « la logeuse du kidnappeur », plusieurs fourgonnettes d'équipes de télé étaient garées devant chez elle.

— C'est devenu une vraie star, ironisa Kylie en montant le perron.

Elle sonna.

— Tu penses qu'elle se souvient encore de ses vieux amis Jordan et MacDonald ?

J'eus du mal à reconnaître la femme qui ouvrit. Sa tignasse orange avait cédé la place à une chevelure aux reflets chocolat et à une coupe élaborée. Fini l'ample robe rouge à motifs floraux : elle avait opté pour un modèle cintré bleu marine. Quelqu'un – sans doute un producteur de télé – avait pris la peine de l'arranger avant de la mettre

1. Acteur de seconde zone ayant connu un sursaut de notoriété comme témoin clé dans l'affaire du meurtre de l'ex-femme de la star de football américain O. J. Simpson.

devant la caméra. Cela dit, nulle maquilleuse au monde ne pouvait altérer le charme si particulier de Lucille.

— Putain mais qu'est-ce que vous foutez là, vous deux ? Je croyais cette affaire enterrée.

— *Fake news*, répondit Kylie. Éviter de le répéter la prochaine fois que vous passerez à la télé…

Ignorant la remarque de Kylie, elle s'en prit à moi :

— Comment vous faites pour la supporter ?

— C'est un goût acquis. Il faut qu'on parle. On peut entrer ?

— Non. Je vous ai dit tout ce que je savais. Je n'ai rien à ajouter.

— Il est possible que vous ayez omis certains détails. Par exemple, pourquoi l'homme que vous dites à peine connaître verse chaque mois 1 000 dollars pour financer les études de Samantha, Nina et Ryan.

Elle resta bouche bée.

— Votre silence en dit long, reprit Kylie. Et maintenant, vous nous laissez entrer ou vous préférez que les caméras de télévision nous filment en train de vous embarquer ?

Speranza ouvrit la porte et nous fit signe de la suivre dans le salon.

— Je ne sais pas pourquoi ces foutus flics me harcèlent avec cette histoire de Bobby Dodd…, commença-t-elle.

— Revenons plutôt à cette histoire d'argent. Celui que vous recevez tous les mois, insista Kylie.

— C'était mon locataire. Il payait son loyer.

— Vous nous avez dit qu'il l'avait payé d'avance jusqu'à fin août, intervins-je. Pourquoi s'est-il mis à envoyer plus d'argent en juin ?

— Une erreur, sûrement. Je vais rembourser la somme.

— Est-ce que vous aimez vos petits-enfants, madame Speranza ? demanda Kylie.

— Mes petits-enfants ? Bordel, pourquoi vous les mêlez à cette histoire, tout à coup ?

— Bordel, et pourquoi un tueur psychopathe se mettrait à financer leurs études ? Ce n'est pas nous qui les mêlons à cette histoire, c'est vous. Et si vous vous décidiez à nous donner des réponses au lieu de cracher votre venin, peut-être auront-ils la chance de ne pas voir leur nom dans le journal demain matin.

N'importe quelle autre grand-mère de soixante-dix-sept ans aurait sans doute commencé à coopérer, pour éviter que la honte s'abatte sur d'innocents membres de sa famille. Lucille Speranza, elle, était déterminée à descendre en flèche.

— Vous êtes tous les mêmes, vous les flics... Pourris jusqu'à la moelle mais toujours prêts à faire la morale aux gens... Vous pensez quoi ? Que je suis une criminelle simplement parce que je suis italienne, c'est ça ?

— Ce qu'on pense n'a aucune espèce d'importance. Mais vous devriez vous inquiéter de ce que penseront vos amis qui vont regarder le journal de 18 heures, répondit Kylie en sortant ses menottes.

— Allez, mains derrière le dos.

Speranza remua les mains en l'air et s'écarta de nous.

— Ça va, ça va... Bon, ce n'était pas le loyer. Il était déjà payé. Mais on avait un autre deal.

— Quel genre de deal ?

— Il me payait une rallonge pour du stockage.

— Comment ça, du stockage ?

— À votre avis ? Je gardais des trucs pour lui...

— À la cave ?

— Non. Ici, chez moi. Il payait un supplément parce qu'il savait que, chez moi, ses affaires seraient en sécurité.

— Quel genre d'affaires ?

Speranza inspira profondément et nous lança un regard empli de mépris. La femme qui nous avait traités de pourris détestait les flics. Depuis toujours sans doute, et certainement pour toujours.

— Il avait une boîte, finit-elle par lâcher.

64

La boîte en question était une cantine métallique couleur olive. Inscrits au pochoir sur le couvercle, le nom de Bobby Dodd et son numéro de matricule.

— Il ne m'a pas laissé de clé, annonça Speranza.

Kylie se pencha sur le cadenas, l'inspecta.

— Acier trempé. Il a l'air neuf, à part quelques éraflures.

Elle leva les yeux vers Speranza.

— J'espère que vous ne vous êtes pas cassé un ongle en essayant de l'ouvrir…

Pour toute réponse, la septuagénaire lui tendit le majeur.

Il était peu probable que Dodd ait piégé la boîte mais la procédure autant que le bon sens nous dictaient de faire évacuer la maison de Speranza ainsi que les deux maisons voisines, de boucler le quartier et de faire intervenir les démineurs.

Autant d'opérations difficiles à réaliser sans attirer l'attention. Le temps que les hommes en tenue d'astronautes traversent Zulette Avenue en direction de la maison, les rues de l'autre côté des cordons de sécurité avaient été submergées par une marée de véhicules des médias.

L'ensemble de l'opération prit moins de quarante-cinq minutes entre la découverte de la cantine et la fin de l'alerte, mais le cirque médiatique ne faisait que commencer. Mme Speranza en occupait la piste centrale. Son quart d'heure de célébrité allait jouer les prolongations.

Kylie et moi retournâmes à la maison. Les gars de l'ESU avaient brisé le cadenas pendant que les techniciens de la CSU filmaient l'intervention.

— Et maintenant, la partie marrante, déclara Kylie quand un technicien souleva le couvercle.

Le contenu de la cantine ressemblait à la liste de Noël d'un survivaliste. Tout ce dont un Marine avait besoin pour se camoufler et vivre sous les radars s'y trouvait : armes à feu, couteaux, munitions, gilet pare-balles, matériel de camping, faux papiers d'identité et même des cartes géographiques car les GPS sont prohibés quand des dizaines d'unités de police sont à vos trousses.

Les techniciens photographiaient les objets au fur à mesure qu'ils les sortaient, dressant un inventaire précis avant de les examiner plus en détail. Sous les armes, une épaisse enveloppe kraft contenait toute une documentation consacrée à Erin : couvertures de magazines, reportages, cassettes vidéo, CD y voisinaient avec des centaines de photos, certaines découpées dans des livres, et la plupart prises par Dodd pendant qu'il espionnait la jeune femme.

Mais la plus grande surprise vint des journaux intimes : des carnets manuscrits remontant jusqu'à quinze années en arrière. J'en pris un et l'ouvris au hasard.

12 octobre 2014

Erin et moi sommes partis dans les Berkshires pour le week-end, pour admirer les feuillages d'automne mais, surtout, pour nous trouver une maison. Certes, nous ne comptons pas nous installer dans le Massachusetts, elle préfère vivre là où il fait chaud toute l'année. Aucune importance, de toute façon : aucun des endroits que nous avons visités ne nous convenait. C'est dimanche et une rediffusion est au programme ce soir. Nous la regarderons, mais je n'arrête pas de lui dire que cette foutue chaîne devrait tourner de nouvelles émissions au lieu de se contenter de repasser les anciennes. Je leur ai écrit quatorze e-mails à ce sujet mais, pour le moment aucune réponse. De la part de ces idiots, je ne suis pas surpris...

Je lus une autre page, et une autre encore. Partout, la même chose : Bobby Dodd était amoureux d'une femme qui n'était pas là, et il avait noté tous les épisodes de leur vie commune comme s'ils en avaient vraiment eu une.

De son côté, Kylie parcourait un autre carnet. J'observai son visage, attendant que son expression glaciale laisse place à la compassion au fil de sa lecture. Ce qui n'arriva pas une fois.

— Eh ben, ça pue, conclut-elle en reposant le carnet.

— OK, ce n'est pas Shakespeare...

— Je ne parle pas du style. Je parle du fait que, tout ça, c'est inventé. Notre boulot consiste à lire tout ce que Bobby a écrit pour essayer de comprendre comment il a planifié ses crimes. Est-ce qu'il opérait en solo ? Est-ce qu'il avait des complices ? Maintenant, imagine qu'au bout d'une semaine de lecture, on tombe sur un passage où il dit qu'il était de mèche avec Mme Speranza ? Ou les Brockway ? Ou les Rolling Stones ? Comment distinguer la vérité de la fiction ? Comment savoir ce qu'il faut croire, quelles sont les vraies pistes à creuser ?

Autant de questions intelligentes. Auxquelles j'étais incapable de répondre.

— Zach, quand toi et moi on est assis face à un suspect, on peut analyser son choix de mots, étudier son langage corporel, ou se reposer sur notre détecteur de foutaises. Mais quand on patauge dans un millier de pages écrites par un homme en proie au délire, c'est difficile de trouver la vérité.

Soudain, une réponse me vint.

— Tu as raison. On va avoir besoin de l'aide d'un professionnel, et il se trouve que je connais une personne extrêmement douée pour décrypter le mode de pensée d'un homme délirant.

Kylie se frappa le front, geste classique quand quelqu'un d'autre que vous trouve une réponse évidente.

— Moi aussi, je connais le Dr Robinson, dit-elle. En fait, je la connais si bien que je la crois capable d'apprécier la lecture de ces conneries.

65

Dès mon retour au poste, je me rendis directement dans le bureau de Cheryl.

— Dis-moi que tu es libre ce soir.

— Je pourrais l'être, répondit-elle en me lançant un sourire enjôleur qui me fit regretter de ne pas avoir plus qu'un travail de policier à lui proposer.

— Qu'est-ce que tu as en tête?

— Un plan à quatre: toi, moi, Kylie et les divagations délirantes d'un psychopathe harceleur-violeur-kidnappeur-meurtrier-enfoiré. Bobby Dodd nous a laissé ses journaux intimes. Kylie et moi essayons de leur trouver un sens. On a pensé qu'une psychologue qualifiée pourrait rendre nos recherches plus fructueuses. Pour info, sache que tu étais notre premier choix.

— J'en suis flattée.

— Mais attends, il y a un bonus! Si vous acceptez dès maintenant, nous vous offrons un dîner à emporter chez le traiteur chinois de votre choix.

— Difficile de refuser une soirée de délires non-stop accompagnés du poulet frit du Général Tao. Je suis partante.

Vingt minutes plus tard, Kylie, Cheryl et moi étions assis dans une salle de réunion avec toute la collection des journaux intimes de Dodd.

— La logique voudrait que chacun de nous commence par le premier carnet, annonça Cheryl. Mais nous ne pourrons pas tout lire en une nuit, et il est préférable d'avoir au moins une paire d'yeux sur chaque page. Je propose donc qu'on divise notre lecture en trois : je prends le premier tiers, Kylie le suivant et Zach le dernier.

Le temps passa très vite tandis que je me laissais happer dans le monde étrange de Robert Allen Dodd. Kylie avait tort : ce n'était pas que de la fiction. Chaque carnet était rempli de fantasmes sur Erin, mais il y avait aussi des pages et des pages sur son père, et la voix déchirante qui s'y exprimait semblait authentique. Tel qu'il présentait son histoire, Bobby était un bon fils, qui était resté au chevet de son père vingt-quatre heures sur vingt-quatre quand ce dernier perdait son combat contre le cancer. Jusqu'à ce que je tombe sur un passage qui m'a frappé comme un uppercut.

— Hé, vous pouvez m'accorder cinq minutes ? J'ai besoin de vous lire un truc.

Kylie et Cheryl posèrent leur carnet, heureuses de pouvoir s'octroyer une pause. Je lus le passage mot pour mot, exactement comme Bobby l'avait écrit.

8 septembre 2014

Voilà deux jours que mon père, Jody Elias Dodd, est mort paisiblement dans son sommeil. Quand le directeur des pompes funèbres m'a apporté l'urne du crématorium, il tenait à la main une petite boîte que papa lui avait confiée pour moi.

Elle contenait le message suivant : « Mon cher Bobby, être ton père est la meilleure chose qui me soit arrivée. Je suis désolé de ne pas être là pour couvrir tes arrières, mais garde ça près de toi et je ne te quitterai jamais. Je t'aime, papa. »

À côté du message, une balle de .357 Magnum montée en pendentif sur une chaîne en or. L'intérieur de la balle était rempli des cendres de papa. Il y avait une phrase gravée sur l'étui : Réussir ou mourir. Semper Fi.

J'en avais le souffle coupé. Dès que le gars des pompes funèbres est parti, je me suis mis à chialer comme un gosse. Je t'aime, papa. Tu me manques. Et ne t'inquiète pas. Je ne vais pas échouer.

— Ce n'est pas un délire, dis-je. Ce n'est pas un fantasme. La date correspond à la date de la mort de son père dans le dossier de McMaster. Et cette balle… nous l'avons vue. Elle était autour de son cou quand il est mort.

Kylie et Cheryl avaient aussi identifié des parenthèses de vérité dans la prose de Bobby et les avaient identifiées à l'aide de Post-it. Nous décidâmes de retranscrire les passages importants sur un grand *paperboard*, répartis en deux colonnes : à gauche « Délire », à droite « Réalité ».

Quatre heures plus tard, nous avions parcouru moins de la moitié des carnets. Certaines entrées semblaient réelles, la plupart relevaient de l'imagination pure, mais aucune ne nous aidait à trouver les réponses dont Doyle avait besoin.

Cheryl partit vers 22 heures, car elle avait une réunion à la première heure le matin. Kylie et moi reprîmes le travail, bien décidés à continuer aussi longtemps que notre cerveau et notre corps nous le permettraient.

J'étais de retour dans l'univers de Bobby quand je reçus un appel de l'unité d'investigation spéciale « Transports en commun » du NYPD.

— Inspecteur Jordan, j'ai une alerte sur la MetroCard qui vous intéresse, annonça le flic à l'autre bout du fil. Elle a été badgée à 9 h 47 dans la station au coin la 65e Rue et de Woodside, dans le Queens. La vidéo montre une femme de type caucasien, cheveux blonds, la trentaine, vêtue d'une blouse d'hôpital de couleur mauve.

— Vous avez bien dit *9 h 47*? Bon sang, mec, il est 10 h 54 ! Je n'ai pas été assez clair quand je vous ai dit que c'était une *priorité*?

— Eh oh, calmez-vous. Vous savez, 90 % des demandes qu'on reçoit sont prioritaires.

— Et combien sont liées à un homicide ? Si la carte est de nouveau utilisée, j'ai besoin d'en être informé en temps réel. Et j'ai aussi besoin d'une capture d'écran de la blonde en blouse mauve.

— Vous l'aurez dans deux minutes.

Sitôt reçue, je passai la photo dans un logiciel de reconnaissance faciale. Aucun résultat. Par conséquent, la femme qui utilisait la MetroCard volée à Edith Shotwell n'avait jamais été arrêtée à New York.

Je me replongeai, comme Kylie, dans la lecture des journaux. Nous y étions encore à 3 heures, sans avoir rien trouvé de probant. L'un dans l'autre, la nuit ne nous avait pas porté conseil.

66

Je dormis au commissariat. Profondément, mais pas longtemps. La sonnerie impitoyable de mon téléphone me réveilla à 6 h 50. Je pris l'appel, marmonnai une suite de sons évoquant de loin mon nom.

C'était le flic de l'unité Transports en commun, celui que j'avais secoué la veille.

— Pardon de vous réveiller, inspecteur, dit-il sans paraître désolé le moins du monde, mais vous m'avez demandé de vous prévenir en temps réel.

— Pas de problème. Vous avez quelque chose ?

Kylie, qui dormait dans le lit voisin, vint s'asseoir à côté de moi. Je mis le haut-parleur.

— Une autre alerte sur votre MetroCard volée. Passée il y a trois minutes au tourniquet 482 de la station au coin de la 77e Rue et de Lexington Avenue, ligne 6, direction Downtown. Je viens de voir la vidéo : même femme qu'hier, même blouse médicale mauve.

— Envoyez-moi vos captures d'écran les plus nettes. Et merci.

— Aucun problème, inspecteur. Notre unité est toujours heureuse de donner un coup de main à l'élite du NYPD.

Sa voix avait l'intonation hautaine de quelqu'un qui vient de pisser plus loin que vous, mais je m'en foutais. L'étau se resserrait autour d'une suspecte.

Hier soir, tout ce qu'on savait de la femme utilisant la MetroCard était sa tenue : une blouse. La conclusion logique était qu'elle travaillait dans un hôpital mais, les trois vols ayant toujours un lien avec des infirmières à domicile, elle pouvait aussi bien être en chemin pour se rendre chez une patiente privée – ou revenir de chez elle.

Ce matin, elle portait la même tenue et venait de monter dans le métro à une dizaine de mètres de l'entrée d'un des principaux hôpitaux de New York.

— Elle prend le métro sur la 77e Rue et Lexington Avenue, répéta Kylie. Tu paries qu'elle bosse au Lenox Hill ? Sûrement une infirmière ou une aide-soignante qui sort d'une garde...

— Je connais le responsable de la sécurité, là-bas. Laisse-moi le temps de le recontacter, je te parie qu'il peut l'identifier sur la base de données du personnel.

— On s'en fout, du responsable de la sécurité et du nom de la fille. On sait à quoi elle ressemble et moi je te parie 20 dollars que je sais où elle va.

— La station à la 61e Rue de Woodside, dans le Queens.

— Exact. Donc, elle doit prendre le train 6 jusqu'à Grand Central, prendre la correspondance avec la Flushing Line et attraper le train 7 jusqu'au Queens. Soit au moins vingt-cinq minutes si le train arrive en même temps qu'elle sur le quai, plus si on a de la chance. Allez, on y va !

Elle fonça hors de la salle de repos, je la suivis. Pas parce que j'aurais géré la situation de la même façon qu'elle mais parce que ma partenaire est un missile à guidage thermique et quand elle a une idée en tête, je n'ai que deux possibilités : ou la soutenir à 100 %, ou dégager le terrain. Et je n'ai jamais rien fait d'autre que la soutenir.

— Combien de temps pour arriver à Woodside ? criai-je en dévalant l'escalier.

— Avec une mamie comme toi au volant ? Une heure et demie. Si je conduis, on peut s'arrêter prendre un café et avoir largement le temps de choper la blondasse...

67

— Merci, dit Kylie tandis que je bouclais ma ceinture et me préparais pour le trajet.

— Merci pour quoi ?

— Je sais ce que tu penses. Si ça ne tenait qu'à toi, tu aurais déjà décroché la radio pour demander des renforts.

— J'avoue, ça m'a traversé l'esprit.

— Et moi, tu veux savoir ce qui m'a traversé l'esprit ? Erin est venue toute seule à bout de Dodd, les flics de Brooklyn ont fêté la fin de l'affaire Veronica Gibbs autour d'un bon steak, alors pas question de laisser les collègues du Queens nous prendre de vitesse. J'ai dit !

Elle prit à droite sur la 2e Avenue, sur le point de basculer dans l'heure de pointe mais sans bouchon en vue. Aux alentours des numéros 60, chaque coin de rue était supervisé par un agent de la circulation. L'un après l'autre, ils nous identifièrent à notre gyrophare et nous laissèrent passer en direction de l'Ed Koch Bridge.

— On l'a quasiment en ligne de mire maintenant, déclara Kylie en parvenant à Queensboro Plaza, de l'autre côté de l'East River.

Elle exagérait. Nous roulions exactement sous la voie ferrée où circulait le train numéro 7 à destination de Flushing. Sauf qu'aucun train n'était visible.

Kylie se faufila dans la circulation le long de Queens Boulevard, puis suivit le trajet des rails bifurquant vers la gauche sur Roosevelt Avenue.

Au moment où nous dépassions la station de la 52e Rue, nous vîmes le train à environ quatre cents mètres de nous. Kylie enfonça la pédale d'accélérateur, grilla plusieurs feux pour piler juste au moment où le train en provenance de Manhattan arrivait à la station de Woodside.

Nous sautâmes de la voiture et grimpâmes quatre à quatre l'escalier menant au quai. Nos yeux furetaient en tous sens tandis que les banlieusards du matin se répandaient sur le quai et se dirigeaient vers les sorties.

Notre suspecte n'était pas là.

— Le NYPD est plus rapide que la MTA[1], dit Kylie en regardant sa montre. À tous les coups, elle est dans le prochain.

Sept minutes plus tard, un autre train arriva dans un grondement. Postés au milieu du quai, nous montrâmes nos insignes au conducteur.

— Vous pouvez ouvrir les wagons avant, mais laissez les wagons de derrière fermés, dis-je.

Les portes des cinq premiers wagons coulissèrent : une trentaine de voyageurs descendirent.

— Vous voyez votre homme ? demanda le conducteur tandis que nous scrutions la foule se dirigeant vers la sortie.

— Notre homme est une femme, dis-je. Ouvrez les autres portes, mais ne redémarrez pas tant que je ne vous donne pas mon feu vert.

Les wagons arrière s'ouvrirent et je repérai immédiatement la femme en mauve sortant sur le quai. Après avoir fait signe au conducteur de repartir, je la suivis jusqu'aux tourniquets, en compagnie de Kylie.

— Madame !

La femme se retourna.

— NYPD, dit Kylie en montrant sa carte. Nous aimerions vous poser quelques questions.

1. Pour Metropolitan Transportation Authority : organisme chargé des transports publics.

— À propos de quoi ?

— De la MetroCard dont vous vous servez. D'où provient-elle ?

Elle prit un air décontenancé.

— À votre avis ? Je l'ai achetée sur une machine.

— Madame, ce n'est pas ce que je demande. Je vous demande où vous avez obtenu la MetroCard que vous avez utilisée hier soir à cette station, puis ce matin à l'angle de la 77e Rue et de Lexington Avenue.

Je scrutai ses yeux. La panique y apparut au moment où la réponse lui venait. Elle savait exactement comment elle s'était procuré cette carte, et elle n'avait pas envie de nous le dire.

— Je ne me rappelle pas. C'est un crime ?

Le visage de Kylie était figé.

— Montrez-moi une pièce d'identité, s'il vous plaît.

Les mains tremblantes, la femme fouilla dans son sac et en sortit son permis de conduire. Son nom était Catherine Leicester.

— Cette photo a l'air de dater de pas mal d'années, Catherine, dit Kylie après avoir inspecté le permis. Celle que j'ai de vous est plus récente…

Kylie lui sortit une des captures d'écran envoyées par le flic des Transports et l'approcha du visage de la femme.

— Et maintenant, dites-nous : d'où vient votre MetroCard ?

Se faire accoster par deux flics qui vous collent sous les yeux votre portrait sous forme de capture d'écran horodatée peut être intimidant. Et pour tout citoyen respectueux des lois – comme Catherine Leicester se révélerait l'être –, cela a quelque chose de carrément terrifiant.

Elle finit par lâcher la vérité.

— Je n'ai rien fait de mal. C'est mon copain qui me l'a donnée.

— Comment il s'appelle ?

— Gary. Gary Banta. Il a fait des bêtises ?
— Où se trouve-t-il en ce moment ? insista Kylie.
À présent, Leicester était prise de tremblements.
— À son travail.
— Où ça ? Où est-ce qu'il travaille ?
— Au FDNY[1].
— Il est pompier, c'est ça ? Dans quelle compagnie ?
— Non, dit Leicester.
— Non quoi ?
— Gary n'est pas pompier. Il est secouriste.

1. Pour Fire Department of New York.

68

Après lui avoir pris son téléphone, nous conduisîmes Catherine Leicester au commissariat pour l'inculper de possession de bien volé. Une accusation foireuse : son seul crime était d'être la petite amie de Gary Banta, mais nous avions besoin d'un prétexte légal pour la garder en détention afin qu'elle ne le prévienne pas que nous étions à sa recherche.

Banta travaillant dans une brigade de pompiers, nous aurions dû en toute logique faire appel à eux pour qu'ils nous aident à le retrouver. Mais le FDNY est une organisation très soudée, et nous savions par expérience que si nous les contactions, ils feraient le maximum pour protéger un des leurs.

Le plus simple restait pour nous d'appeler le DOI[1]. Tous les gouvernements ont leur lot de truands et, à New York, la tâche d'éliminer les pommes pourries incombe à la Division des enquêtes. Un nom faussement inoffensif derrière lequel se cache une agence toute-puissante chargée d'enquêter sur n'importe quel service, élu ou employé de la ville.

Six inspecteurs du NYPD travaillaient au DOI. N'importe lequel d'entre eux aurait pu nous aider à retrouver Banta mais, pour enquêter sur un homme portant l'uniforme du FDNY, mieux valait choisir un

1. Pour Department of Investigation (Direction des enquêtes).

inspecteur posant très peu de questions. C'était le cas de Joe Donahue.

Cinq ans auparavant, il avait été blessé par balle pendant une intervention. Au moins une dizaine d'inspecteurs s'étaient lancés sur les traces du tireur, et c'est moi qui l'avais arrêté. Je me souviens du jour où j'avais annoncé la bonne nouvelle à Joe dans sa chambre d'hôpital. Il ne m'a jamais dit : « À charge de revanche. » Ce n'était pas nécessaire, tant la gratitude se lisait dans son regard. Un lien très fort s'était formé entre nous. Une fois Joe rétabli, le chef de la police lui avait proposé une promotion tranquille au DOI : il avait saisi l'occasion.

Je l'appelai sur sa ligne directe. Comme toujours, il était heureux d'avoir de mes nouvelles. Dix secondes après le rituel « ça fait un bail, qu'est-ce que tu deviens ? », je lui demandai s'il pouvait faire une recherche sur Gary Banta, secouriste du FDNY.

J'entendis ses doigts pianoter sur les touches du clavier.

— Le voilà… Division 2, dans le Bronx. Il est dans le métier depuis seize ans. Décoré deux fois, une fois pour avoir sauvé une femme et deux enfants pris au piège de leur véhicule pendant une crue soudaine…

— Tu as une photo et peut-être une adresse ?

C'était le maximum que je puisse demander avant que Donahue se braque.

— Zach, chaque fois que je presse une touche sur ce clavier, elle est enregistrée. La recherche d'un nom ne pose pas de problème mais si tu me demandes de creuser davantage, je vais devoir m'expliquer auprès de mon patron. Tu le cherches pourquoi ?

Je racontai à Joe les vols à domicile, l'homicide, la MetroCard volée qui nous avait permis de remonter jusqu'à Banta.

— Merde, mec, siffla Donahue. Ce type les accumule… Tu es sûr que c'est lui ?

— La seule chose dont je sois sûr, c'est que si la rumeur court que le NYPD cherche à interroger un membre des FDNY, décoré qui plus est, tout ça va se transformer en un vaste bordel interne. Écoute, Joe, je ne veux pas te mettre dans la merde avec tes chefs mais si on ne la joue pas serrée sur ce coup-là…

Je laissai ma phrase en suspens, lourde de menaces.

J'entendis à nouveau le cliquetis des touches du clavier.

— Aujourd'hui, il est en congé mais il est volontaire pour travailler au Yankee Stadium, annonça Donahue. Les Mets jouent les Red Sox. Comme c'est toujours un match à risques, beaucoup de flics sont réquisitionnés pour les bagarres d'ivrognes, et encore plus d'ambulances pour évacuer les blessés.

— Banta commence quand ?

— Quelques heures avant le match. Il devrait déjà être sur place… Mais attends, toutes ces unités ont un GPS !

Une brève pause, puis :

— J'ai trois ambulances garées à l'angle de la 161e Rue et de River Avenue. Ils doivent être en train de boire un café et de tuer le temps en attendant le début de l'entraînement des batteurs.

— Joe, on fonce dans le Bronx. Je sais que Banta porte son nom sur son uniforme, mais si tu as d'autres infos pour nous aider…

Encore une fois, je laissai ma requête en suspens.

— Il est dans le véhicule 3-14. Je t'envoie une copie de sa carte d'identité.

— Merci, dis-je. À charge de revanche.

Il riposta du tac au tac.

— À charge de rien du tout ! Allez, bonne chance. Et Zach, encore une chose : pour Banta, j'espère que tu te plantes.

— Je sais, Joe. Et pour toi, j'espère que j'ai raison.

69

— Pourquoi ? demanda Kylie alors que nous foncions sur FDR Drive en direction de Willis Avenue Bridge. Pourquoi un fonctionnaire avec une carrière exemplaire se mettrait-il brusquement à dévaliser des vieilles dames ? C'est un joueur et il a des dettes ? Une addiction à la drogue ? Des frais médicaux à payer pour sa famille ?

— Si Banta était seul dans le coup, je dirais : n'importe laquelle de ces raisons. Mais il n'est pas seul. On lui connaît au moins deux complices. Je n'imagine pas trois ambulanciers ayant des dettes de jeu jusqu'au cou ou des enfants en attente de greffe de rein. Sans doute qu'ils sont tous les trois dans une putain de merde financière, et qu'ils n'ont trouvé que ce moyen pour s'en sortir.

Une bifurcation sur la Deegan Expressway nous emmena vers le nord, en direction du Bronx.

— Il y a trois ambulances au stade, dit Kylie. Je te parie que Banta s'y trouve avec au moins un de ses complices. Le problème, c'est que le FDNY ne pourra pas savoir qui l'accompagnait car il a agi pendant ses jours de repos en utilisant une fausse ambulance.

— Ne t'occupe pas des complices, concentre-toi sur Banta. Quand on en aura besoin, le DOI sortira leurs numéros de téléphone et nous dira lequel a borné sur les antennes-relais voisines des lieux du crime. Il suffit qu'on attrape Banta, tous les autres suivront.

Après avoir quitté Deegan sur Jerome Avenue, nous tournâmes à droite sur la 161e Rue Est pour arriver à la Babe Ruth Plaza où étaient garées deux ambulances. Quatre secouristes étaient occupés à prendre un café. Aucun ne ressemblait à la photo de Banta envoyée par Donahue.

Nous étions dans une voiture banalisée, mais ces gars auraient pu repérer une Crown Vic Interceptor[1] dans un parking bondé. Pour un peu, on voyait leurs antennes se dresser.

— Tu penses qu'ils nous ont repérés ? demanda Kylie avec un grand sourire.

— Je ne sais pas. Sors et va leur proposer des cookies, ils n'y verront peut-être que du feu.

— Ils nous fixent, tous les quatre, et ils attendant qu'on fasse le premier geste, dit-elle. Si on sort tous les deux en même temps, ils comprendront qu'on vient pour eux, ils risquent de prendre peur et d'alerter Gary par radio. Un seul flic est nettement moins intimidant que deux.

— Après toi, suggérai-je.

— Je veux bien, mais Gary a déjà une petite amie. Et puis, tu es nettement moins intimidant que moi.

J'ouvris la portière mais ne sortis pas tout de suite.

— Marre-toi, dis-je. Marre-toi comme si je venais de te raconter la dernière de mon vieux pote Gary.

— Zach, on est en train de tendre un piège, pas d'organiser un numéro de music-hall. Vas-y simplement et essaie de ne pas tout faire foirer.

Sur ce, elle éclata de rire.

Je ris à mon tour, puis m'approchai des quatre secouristes.

— Quoi de neuf, inspecteur ? me demanda l'un d'eux.

Il était blanc. Sa chemise portait un badge : « Hunter ».

---

1. Modèle de Ford équipant la plupart des polices américaines.

— On est dans un secteur de stationnement interdit, c'est ça ?

Ses collègues se mirent à rire. Je les imitai puis, levant les deux mains.

— Faites-moi confiance, je viens en ami. J'ai vu vos deux ambulances et je me suis dit : tiens, et si un de mes potes travaillait sur le match aujourd'hui ? Mais je suppose que non.

— Il s'appelle comment ? demanda Hunter.

— Banta. Gary Banta.

— Gary est dans le coin, ouais.

— Je ne peux pas rester longtemps, ma partenaire a hâte de rentrer, mais je lui parlerais bien cinq minutes. Ça fait un moment que je l'ai pas vu. J'avais l'habitude de le croiser tout le temps quand j'étais au 5-2.

— Dans ce cas, vous savez bien qu'il ne boit jamais de café, répondit Hunter. Il est allé dans un bar à jus, là-bas, pour s'acheter un smoothie aux épinards ou je ne sais quelle merde bio…

— Sacré Gary ! Il nous enterrera tous.

— C'est quoi ton nom ? Je peux l'appeler par radio.

— Moi c'est Zach. Mais faites-moi plaisir, ne dites rien par radio, j'ai envie de lui faire la surprise. Vous savez dans quel bar à jus de fruits ?

— Celui sur Gerard Avenue, à côté du Foodtown. Il y a une grande ambulance rouge et blanc garée juste devant, avec FDNY écrit sur les portières. Vous allez y arriver, inspecteur ?

Les rires des trois autres redoublèrent.

— Vous êtes encore plus casse-couilles que Gary ! dis-je en riant avec eux.

Après les avoir remerciés, je retournai à la voiture.

— Gary est dans un bar à jus de fruits, annonçai-je en lançant Google Maps. Tout droit puis à gauche sur Gerard Avenue. Là-bas, au moins, on pourra l'arrêter sans se faire emmerder.

Trente secondes plus tard, Kylie tournait sur l'avenue et je repérai l'enseigne du Foodtown. Mais je ne vis ni bar à jus, ni ambulance du FDNY.

— Putain… Je me suis fait baiser.

J'étais sur le point d'appeler Donahue mais mon portable sonna. Il m'avait pris de vitesse.

— Zach, tu es dans le Bronx ?

— Ouais, mais les équipiers de Banta m'ont baladé. À tous les coups, ils l'ont contacté par radio pour le prévenir…

— Ça explique pourquoi il a quitté le stade et se dirige actuellement vers le nord sur la Deegan à cent trente kilomètres à l'heure.

70

Comme celui de soldat, le métier de policier peut se résumer à des heures d'ennui ponctuées de moments de terreur pure. Tout à coup, la monotonie du remplissage des formulaires et du visionnage des vidéos de surveillance était derrière nous, et si la perspective d'une poursuite en voiture à tombeau ouvert générait chez moi plus d'adrénaline que de peur, le fait que Kylie était au volant suscitait néanmoins une certaine appréhension.

— Attache ta ceinture ! lança-t-elle en activant les gyrophares et en montant sur le trottoir pour faire demi-tour.

À coups de sirène et de « Dégagez, bon sang ! » adressés à des piétons et des conducteurs qui n'avaient pas attendu qu'on le leur demande, elle prit la mauvaise direction et nous embarqua dans une rue bondée à sens unique.

Le temps que j'attrape la radio et que je me connecte à une fréquence municipale, nous traversions Jerome Avenue en direction de la Deegan.

Je pressai le bouton du micro.

— Central, ici Red 1. Nous poursuivons un suspect de meurtre conduisant une ambulance du FDNY. Il se dirige vers le nord sur la Deegan depuis le Yankee Stadium.

Certains messages, apparemment, doivent être répétés. Le Central me le prouva aussitôt.

— Central à Unité, vous m'informez que vous poursuivez une ambulance du FDNY et qu'elle est conduite par un suspect de meurtre.

— Affirmatif. Prévenez l'hélico. L'ambulance porte le numéro 3-1-4.

J'avais toujours Joe Donahue sur mon portable.

— Joe, les dernières infos ?

— Il vient de passer Van Cortlandt Avenue. Il roule vers Westchester.

Pour poursuivre un véhicule en dehors de sa juridiction, un flic doit respecter un principe déconcertant : techniquement parlant, il y est autorisé s'il a sa proie en vue. Nous n'étions pas suffisamment près pour apercevoir l'ambulance, mais je n'avais pas l'intention d'en informer le Central.

— Central, prévenez l'État, le comté et les autorités locales que nous arrivons dans Westchester.

— 10-4, Red 1[1]. Je les préviens tout de suite.

Dans le langage du régulateur, « tout de suite », ne veut pas dire « immédiatement ». Il faut un certain temps pour qu'il contacte son collègue, et un autre laps de temps pour que le second régulateur transmette le message à ses troupes.

En attendant, Kylie réduisait la distance entre nous et Banta. Il avait toujours quelques longueurs d'avance, mais les ambulances ne sont pas aussi rapides qu'on pourrait le croire. Si elles parviennent vite à destination, c'est qu'elles peuvent ignorer le code de la route et se frayer un chemin dans la circulation. Mais, sur une piste de dragster, une voiture de police aurait laissé le véhicule de Banta dans un nuage de poussière.

Dans le haut-parleur, une nouvelle voix. Profonde, masculine, avec un accent jamaïcain.

— Unité Délinquance auto du Bronx, Central. Donnez-moi la localisation de Red 1.

---

1. Code de communication radio signifiant « Bien compris ».

Kylie ne quittait pas des yeux la route mais je voyais son sourire gagner tout son visage. Un inspecteur qui s'emmerdait à sillonner les rues du Bronx dans une affaire de voitures volées venait de gagner le grand prix à la loterie : une course-poursuite.

— Red 1, Central. On est au nord de Van Cortlandt Park.

— Délinquance auto, Central. Faisons route vers l'objectif.

Quand quelque chose d'important se passe à l'échelle de la ville, n'importe quel flic qui en est averti contacte ses amis par radio pour leur dire de se brancher sur ce canal. En quelques minutes, la moitié des flics de la ville étaient branchés sur le feuilleton de la Deegan et espéraient que la poursuite passerait par chez eux.

La radio se mit à crépiter et, le temps de franchir la limite de New York pour pénétrer dans Yonkers, les stups du Bronx et la police de la Highway One nous avaient rejoints. Quand nous dépassâmes l'Empire Casino, trois autres voitures de patrouille et une camionnette de l'ESU étaient de la fête.

— On ne peut pas dire qu'on manque de volontaires, observai-je.

— Le NYPD à la poursuite du FDNY… qui ne voudrait pas en être ? Au mieux, ces flics pensent avoir une chance de passer au journal de 18 heures. Au pire, ça leur fera un souvenir de guerre à raconter au bar ce soir. Je parie que la plupart d'entre eux trouvent ça mieux que baiser !

Je fis le point avec le DOI.

— Hé, Joe, du nouveau ?

— Il sort de la Deegan, il va prendre la bretelle de sortie vers Sprain Road.

— Nous sommes à moins de deux kilomètres de Sprain Road, dis-je. On le rattrape.

— Attends, attends ! Il n'a pas pris la bretelle, il a tourné à droite sur Tuckahoe Road !

— Il avait la voie libre jusqu'à l'autoroute… Avec ou sans sirène, comment il peut penser qu'il nous distancera dans des petites rues ?

— Il se fout de l'autoroute, il vient de tourner sur East Grassy Sprain Road !

— Jamais entendu parler… Elle va où ?

— Elle longe la route nationale, traverse Yonkers, passe devant un tas d'entreprises, de résidences privées, un terrain de golf, une école… ça n'a aucun sens.

— On est sur East Grassy Sprain, je le vois ! annonçai-je.

J'indiquai notre position au Central qui recevait toujours des appels d'unités venues de partout. Quelle que soit la destination de Banta, il avait un paquet de flics au cul.

À moins de deux pâtés de maisons derrière lui, je vis un grand panneau vert et blanc : GOLF DE SPRAIN LAKE.

L'entrée principale était marquée par une maison de gardien en briques rouges et une barrière en bois d'apparence fragile. Banta aurait pu facilement passer à travers, mais un coup de sirène suffit pour que le gardien ouvre la barrière à son arrivée. Kylie lança un double avertissement sonore et l'homme la laissa sagement ouverte.

Si j'avais cru Gary Banta stupide, j'aurais été persuadé qu'il fonçait dans une impasse. Mais Gary avait toujours un plan : il savait où il allait et, de toute évidence, il avait déjà fait ce trajet.

Je balayai du regard le fairway. L'herbe était luxuriante – douce, verte et humide. Surtout humide. Les golfeurs devaient porter eux-mêmes leurs sacs ou les tirer sur deux roues. Le parcours était trop détrempé pour les voiturettes motorisées.

Ce qui n'empêcha pas Gary de faire une embardée pour propulser sa bête de cinq tonnes hors de la route, sur le tapis vert parfaitement tondu.

Ni Kylie de le suivre.

Des mottes de boue de la taille de ballons de basket se mirent à voler en tous sens, à percuter notre pare-brise.

Kylie actionna les lave-glaces et les essuie-glaces, mais c'était pire. Nous conduisions à l'aveugle.

Quand Kylie vit la le robinet d'arrosage dans l'herbe, c'était trop tard. Notre pneu avant gauche s'y empala, stoppant brutalement la voiture.

Je bondis sur le parcours. L'ambulance se trouvait à au moins deux terrains de foot de nous. Et soudain, je l'ai entendu.

Un hélicoptère.

Mais pas un des nôtres. Le ticket de sortie de Gary Banta.

71

— On peut le faire ! cria Kylie en sortant de la voiture et en piquant un sprint.

Puis ce fut un hurlement de sirènes.

Nous nous retournâmes. Une Chevrolet Impala couleur chocolat, gyrophares tournoyants reflétés dans le pare-brise, était en train de labourer le fairway, régurgitant des sillons verts boueux épais comme le porridge de la veille sur le sol déjà ravagé.

— La cavalerie, dit Kylie.

Les portières s'ouvrirent, la voiture ralentit et nous sautâmes à l'arrière.

Il y avait trois flics à l'intérieur : un Blanc, un Noir, un à la peau mate. Jeunes, sveltes et en civil. Leur bras portaient les incontournables tatouages et leur visage la barbe de sept jours réglementaire ; leur chemise et leur jean juste assez élimés exprimaient toute leur coolitude urbaine. L'ensemble évoquait davantage un boys band que la cavalerie.

Le type assis côté passager se tourna vers nous.

— Vous êtes de la Red ? C'est vous qui cherchez des renforts pour choper l'ambulance ? On ne vous a pas trop fait attendre, j'espère !

Ses collègues rirent bruyamment.

— Et vous, c'est la Délinquance auto ? demanda Kylie en imitant son accent jamaïcain. Je pensais qu'ils nous enverraient des vrais inspecteurs…

Nouveaux rires, encore plus bruyants. L'éternel ping-pong entre flics casse-couilles, même dans un moment pareil.

— Putain de merde ! s'exclama le conducteur alors que la voiture partait dans un dérapage à 90°. Cette caisse est faite pour les cités du Bronx, pas les parcours de golf…

Il rétrograda, les pneus retrouvèrent de la traction et la voiture repartit dans le bon sens.

— Qu'est-ce qu'ils ont foutu ? Buté un mec et volé l'ambulance ?

— Vols à domicile, répondit Kylie. Une vieille sur le carreau… Et ce sont de vrais ambulanciers.

Un détail frappant – tous unis dans la même merde. Les flics hochèrent la tête.

— Armés ? demanda le Jamaïcain.

— Possible, dis-je, le regard braqué sur l'hélicoptère qui venait tout juste de se poser sur le green.

L'ambulance essaya de traverser un bunker – grossière erreur. Ses roues tournèrent dans le vide, dans des gerbes de sable, avant de s'arrêter.

Les portières s'ouvrirent d'un coup. Le conducteur blanc et son complice noir s'extirpèrent du véhicule et coururent vers l'hélicoptère, à une bonne cinquantaine de mètres. Le Noir était vif et agile mais le conducteur, Banta – j'étais sûr que c'était lui –, avait du mal à s'arracher au sable humide.

Nous ne nous en sortions pas mieux, car notre voiture dérapait sans cesse sur le terrain détrempé – jusqu'à partir dans un 180°.

— On ira plus vite à pied, dit Kylie qui sortit à son tour et s'élança vers l'hélicoptère.

Je jaillis derrière elle.

C'était un petit hélico monomoteur, sans marques visibles à part le numéro de queue. La flotte du NYPD n'aurait aucun mal à l'intercepter – si seulement elle arrivait. Mais nos appareils étaient encore à plusieurs minutes et c'était suffisant pour que Banta s'envole vers le point cardinal de son choix, atterrisse dans un endroit discret et, de là, reparte en voiture vers une destination inconnue. C'était bien Gary : toujours un plan d'avance.

Le pilote devait être un de ses collègues secouristes car, moins de trente minutes après avoir été prévenu qu'on était à sa recherche, Banta avait réussi à préparer son exfiltration, sans avoir besoin de s'expliquer.

J'étais à une centaine de mètres quand le secouriste noir grimpa à bord. Kylie était plus près, mais pas de beaucoup.

Gary allait la distancer. Il le savait. Je le savais. Et Kylie le savait. Raison pour laquelle, sans doute, elle porta la main à son ceinturon.

— Ne tire pas ! hurlai-je, mais le vacarme des rotors couvrait ma voix.

Kylie a l'habitude d'enfreindre les règles et d'en contourner encore plus. Elle a une réputation de tête brûlée et elle en est fière. Mais il y a une règle qui lui coûterait son boulot si elle la violait : un flic n'a pas le droit – je répète : *pas le droit* – de tirer sur un véhicule en mouvement sauf si ce flic essuie lui-même des coups de feu.

Autrement dit, si une voiture me fonce dessus à cent dix kilomètres/heure, je n'ai que deux possibilités : me faire percuter ou foutre le camp. Tirer sur le conducteur n'est pas une option.

Il n'y a ni exceptions, ni prétextes. Et, dans ce cas, aucune justification pour tirer. La vie de Kylie n'était pas en danger – juste sa fierté. Elle était bien décidée à ne pas laisser Banta s'enfuir.

Il grimpa dans l'hélico, referma la portière derrière lui. Le moteur vrombit, les pales accélérèrent leur rotation, mais Kylie ne s'arrêta pas. Au moment précis où le pilote tirait sur son manche pour commencer son ascension, elle sauta sur le patin latéral, leva la main droite de son ceinturon, l'agita violemment et l'enfonça à travers l'étroit évent d'aération de la fenêtre.

Ce n'était pas un pistolet. On ne secoue pas un pistolet. On secoue la bombe lacrymo fournie par le NYPD. Pas plus grosse qu'un tube de rouge à lèvres, mais contenant largement assez de substance incapacitante pour neutraliser un cockpit rempli de truands.

L'hélico retomba d'un coup au sol et Kylie, telle une acrobate descendant de son trapèze pour saluer sur la piste, retira le bras de l'évent et, d'une pirouette, sauta du patin.

Les portières s'ouvrirent d'un coup et les occupants jaillirent du cockpit, toussant, crachant, avant de s'écrouler dans l'herbe.

Kylie se précipita vers le héros du jour, le menotta et le força à se relever.

Pistolets dégainés, le boys band vint m'aider à neutraliser les deux autres.

Les rotors s'arrêtèrent peu à peu, le dernier écho de la sirène se tut, et les civils qui avaient observé – et filmé – la scène se mirent brusquement à applaudir.

À l'exception d'un homme – un homme en colère, très en colère. Il se précipita vers nous en criant quelque chose, une histoire de salopards qui allaient devoir payer pour les dégâts…

Difficile de lui en vouloir. C'était le gardien.

72

Nous séparâmes Gary Banta de ses complices avant de le fourrer à l'arrière d'une voiture de patrouille. Pendant les quarante-cinq minutes du trajet retour vers Manhattan, il ne décrocha pas un mot. Ce n'était pas nécessaire : la culpabilité, la honte et le remords étaient gravés sur son visage.

À notre arrivée au poste, les équipes venaient de changer et l'endroit était vibrionnant de l'énergie propre au commissariat d'une grande métropole. Notre pantalon et nos chaussures encore couverts d'une boue craquelée, nous poussâmes la porte de la salle et tous les flics présents se figèrent. Mais ce n'était pas nous qu'ils regardaient.

Ils regardaient un des leurs, encore en uniforme, poignets entravés, yeux baissés, incapables de croiser leur regard. Je hochai la tête à l'intention du sergent de garde – la paperasse attendrait. Nous nous dépêchâmes de monter Banta à l'étage, avant qu'un petit malin lui lance une vanne susceptible de le faire dégoupiller.

— C'était chaud, dis-je après l'avoir installé sur une chaise en salle d'interrogatoire. Ça va, toi ?

Il me répondit d'un signe de tête stoïque. Mais je savais que cette façade impassible ne tiendrait pas longtemps. Tout le monde craque, tôt ou tard. Pour Gary Banta, il suffisait de sept mots pour que le barrage finisse par céder :

Tu as le droit de rester silencieux.

Traduction : *La vie que tu connaissais est terminée.*

Son corps oscilla, puis il s'effondra en avant sur sa chaise et se mit à sangloter.

Je posai une main sur son épaule.

— On va t'aider à traverser ce moment, mon frère.

Mon frère. Ce n'était pas un signe de respect. Juste une stratégie. Quand on veut faire parler quelqu'un, on le traite comme un précieux trésor.

On lui donna de l'eau, des mouchoirs. On lui laissa le temps de pleurer. Il déclina la proposition d'appeler un avocat. Il avait trop lourd sur le cœur.

— Gary, dis-je de ma meilleure voix de curé au confessionnal, tu as mené une carrière qui ferait la fierté de n'importe qui. Ce qui est arrivé, ça n'est pas toi.

Il leva sur moi des yeux pleins de gratitude, surpris que je sache quel homme il avait été.

— Dites aux familles…

Sa voix s'élevait à peine au-dessus du soupir.

— … dites-leur que je suis désolé. C'était censé être un coup sans victime. L'assurance allait les rembourser. Nous ne voulions la mort de personne.

— Nous ?

— Moi, Diggs et Ramos. Il n'y a que nous trois dans le coup.

— Et tes potes au Yankee Stadium ?

Il eut un demi-sourire.

— Eux ? Ils sont clean. La seule chose dont ils sont coupables, c'est qu'un flic leur avait menti en prétendant me connaître. Hunter vous a coincés quand il a dit que je ne buvais jamais de café. J'en bois des litres chaque jour…

Je lui rendis son sourire et haussai les épaules.

— FDNY : 1, NYPD : 0.

Je posai une fois encore la main sur son épaule.

— J'ai vu une photo de ton chef te décorant d'une médaille. Ça remonte à seulement deux ans. Qu'est-ce qui s'est passé pour que tu en arrives à aujourd'hui ?

Il ferma les yeux pendant trente secondes – le temps de rassembler les fragments d'une vie qui avait basculé.

— Je suis père célibataire, commença-t-il en ouvrant les paupières. Il y a deux ans, j'étais le roi du monde. Ma fille avait terminé la fac et venait de décrocher un super boulot. J'avais de l'argent de côté. Pareil pour les deux autres gars. Alors on a acheté une maison à Peekskill, on l'a retapée pendant nos jours de congé et on l'a revendue six mois plus tard. On s'est mis 57 000 dollars dans la poche – et on a chopé le virus. On a acheté une autre maison, plus grande, plus chère, mais on était complètement accros. On se voyait déjà faire fortune dans l'immobilier… Sauf qu'on s'est pris la loi de Murphy en pleine gueule. D'abord, notre installation électrique n'était pas aux normes, ensuite on a lâché 10 000 dollars pour consolider le sol du premier étage, et puis cerise sur le gâteau: les moisissures. Le chantier est devenu un vrai gouffre financier. On avait le couteau sous la gorge, on n'arrivait pas à s'en sortir… Et puis, un jour, Diggsy et moi on est appelés sur une urgence, un type renversé par une voiture sur Bainbridge Avenue. On va le récupérer et, une fois dans l'ambulance, on découpe sa chemise… Et là, on les voit: des sachets de coke scotchés sur son torse. Il y en avait cinq kilos, soit une valeur de 80 à 90 000 dollars. Le type nous dit: « Ne me balancez pas aux flics, mettez la coke de côté pour moi et vous vous ferez 15 000 dollars. » Diggs et moi, on est des types réglos mais cette maison nous pompe tout notre fric – on ne peut pas dire non à une somme pareille. Deux jours plus tard, ce mec – on l'appelait M. Bainbridge – nous appelle et nous demande de livrer la coke dans une station Sunoco sur East Tremont. On y va, et le type nous donne une enveloppe avec le fric promis.

Il leva les yeux vers nous.

— Vous devinez la suite?

— Bainbridge rappelle. Pour n'importe quel dealer, c'est le top de pouvoir faire bosser deux citoyens honnêtes avec un badge de secouriste.

— La livraison suivante, c'était à Jersey. Une semaine après, Norfolk, en Virginie. Un trajet plus long, du coup on appelle Ramos. Lui aussi était dans la merde à cause du chantier de la maison. Et en plus, il est pilote d'avion. Pourquoi s'emmerder à franchir cinq frontières d'État en voiture quand on peut voler ? En tout, on a fait sept livraisons, en voiture ou en avion. Ensuite, Bainbridge nous annonce qu'il doit livrer vingt kilos à Baltimore. La marchandise vaut un demi-million de dollars et il nous paie 50 000 dollars pour un trajet de trois cents kilomètres. Nous trois, on est excités comme des gosses parce que c'est exactement la somme qu'il nous faut pour nous tirer d'affaire. On décide d'y consacrer tout un week-end : livrer la coke, collecter le fric pour Bainbridge et fêter ça devant un plateau de fruits de mer et assez de bière pour un équipage de marins !

Je jetai un coup d'œil à Kylie. La fin de l'histoire, on la connaissait déjà.

— La livraison est prévue sur le parking d'un entrepôt rénové dans un quartier plutôt chic de la ville. Trois mecs se pointent dans une Cadillac Escalade. Le premier sort et nous montre les 500 000 dollars. On lui donne la marchandise, et deux autres descendent du SUV en nous braquant avec des AK-47. « Vous avez le choix de vivre ou de crever. De toute façon, nous on garde le fric. » On a choisi de vivre.

— Vous pensez que Bainbridge vous a piégés ?

— Peu importe. On ne peut pas aller voir les flics et on lui doit un demi-million. On reste à Baltimore pour le week-end, et c'est à ce moment-là qu'on a eu l'idée des vols à domicile.

— Vous n'avez pas ciblé vos victimes au hasard, dit Kylie. Comment vous les choisissiez ?

— Diggs a un petit frère, Tyreese. Il fait le ménage la nuit dans une société qui s'occupe de la compta de plusieurs agences d'infirmières privées. Ty est déficient mental mais avec les ordinateurs, c'est un putain de génie. On lui dit ce qu'il nous faut et, le lendemain, il se pointe avec un listing. Il n'a aucune idée de ce qu'il fout. Il veut juste faire plaisir à son grand frère.

— Et Bainbridge ?

Il se raidit.

— Quoi, Bainbridge ?

— C'est quoi, son vrai nom ? Si tu nous aides à faire tomber un dealer, je suis sûr que le procureur acceptera de réduire ta peine de quelques années…

— Inspecteur, vous n'avez pas besoin que je vous donne son nom. Il vous suffit de vérifier le journal de bord de l'ambulance et vous trouverez le nom de l'homme accidenté qu'on a récupéré sur Bainbridge Avenue. Mais ça ne vous servira à rien. Vous aurez besoin que je témoigne et si je le fais, le procureur peut bien me condamner à un jour et demi de prison : je n'en sortirai jamais vivant.

Il avait raison. Tout ce qu'on pouvait faire, c'était raconter son histoire aux Stups et les laisser se débrouiller avec Bainbridge. Kylie et moi avions de plus gros problèmes à régler – et tout en haut de la liste, le chef des inspecteurs Harlan Doyle.

73

Ce sont peut-être les gardénias qui nous ont fourni la clé pour décrypter les journaux de Bobby Dodd. Ou alors les boucles d'oreilles en forme de lune. Ou le cadeau d'anniversaire. Peu importe. Et c'est Cheryl qui a tout trouvé.

C'était un mercredi matin. Cheryl, Kylie et moi nous retrouvions dans notre salle de crise, pour essayer de déconstruire les monologues délirants de Dodd sur sa vie imaginaire avec Erin.

— Zach, Kylie, écoutez un peu… En date du 3 juin de cette année. « Rendez-vous avec Erin dans notre endroit secret. Elle avait relevé ses cheveux sous son chapeau et ses lunettes de soleil masquaient ses yeux mais elle était toujours très belle. Elle avait un parfum d'été, comme des gardénias… Elle m'a dit qu'elle était désolée de ne pas pouvoir être avec moi pour son anniversaire demain, mais elle avait prévu quelque chose avec Jamie. Je lui ai dit que je comprenais très bien et que j'étais déjà heureux de l'avoir rien que pour moi le jour précédent. Ses oreilles étaient ornées de petites boucles dorées en forme de croissant de lune. Je lui ai fait remarquer que les lunes à ses oreilles étaient assorties aux étoiles dans ses yeux. Elle a ri en disant qu'elle me trouvait mignon. Puis on a parlé de nos projets de vie ensemble. J'ai tellement hâte… Avant de partir, je lui ai offert son cadeau d'anniversaire. Un petit étui métallique qu'elle peut mettre dans son sac et où elle peut ranger ses cartes de crédit et, peut-être, une photo de moi (ah-ah). Le couvercle est décoré d'un motif d'éventail japonais noir et argenté, c'est très beau. J'y avais joint un message : Avec tout l'amour de ton plus grand fan. Elle m'a dit qu'elle l'adorait, tout simplement. Je lui ai dit que je l'adorais, tout simplement. Elle m'a demandé quand était mon anniversaire, je lui ai répondu le 13 mars, et elle m'a dit qu'elle était désolée de l'avoir manqué mais que, l'an prochain, elle comptait bien m'offrir quelque chose de spécial. Je lui ai dit de ne pas s'en faire, j'aurais mon vrai cadeau le 9 juin. » Vous en pensez quoi ?

— Il l'a kidnappée le 9 juin, analysa Kylie. Pas étonnant qu'il soit aussi obsédé par elle six jours avant.

— Non, je veux dire : vous en pensez quoi, des gardénias, des étoiles dans ses yeux et des lunes à ses oreilles ?

Kylie haussa les épaules.

— J'en pense que certaines déclarations d'amour devraient être accompagnées d'un sac à vomi.

— Zach, aide-moi, s'il te plaît.

— Cheryl, je ne vois pas trop où tu veux en venir. Manifestement, tu n'as pas relevé ce passage pour son romantisme échevelé... Alors, qu'est-ce que tu y vois qui nous échappe ?

— Les détails, inspecteurs, les détails. Cette entrée contient des faits très précis que l'on peut vérifier.

— Un rendez-vous dans un endroit secret ? répéta Kylie. En quoi c'est précis ?

— Ça n'a rien de précis, mais on peut tout à fait vérifier si, le 3 juin, Erin sentait le parfum des gardénias, portait des boucles en forme de lune dorée et a rapporté chez elle un porte-cartes décoré d'un motif d'éventail japonais.

— Et ça change quoi, que Dodd ait pu noter quelques détails réels ? demanda Kylie. Ça n'a rien de surprenant. Il l'épie depuis des années. Il a pu sentir son parfum ou voir ses boucles d'oreilles un jour où il la suivait...

— Et son cadeau ? Cet étui porte-cartes ?

— Elle peut très bien en avoir un. Ça ne veut pas dire qu'il vient de lui.

Cheryl se leva et s'approcha du *paperboard*.

— Si c'est le cas, on classera cette entrée ici…

Elle indiqua la colonne DÉLIRE.

— Mais si certains détails sont confirmés après vérification…

Elle tapota la colonne RÉALITÉ.

— Qu'est-ce que tu veux dire, au juste, quand tu parles de confirmation après vérification ?

— Le chef de la sécurité d'Erin vient du NYPD. Il sait ce qui est réel.

— Du calme, doc ! Si tu montres à McMaster une entrée du journal où il est question d'un rendez-vous secret entre Bobby et Erin et de leur projet de s'enfuir ensemble, il n'admettra jamais que ça puisse être réel. Il ne bosse plus pour les flics, il est entièrement dévoué à Erin.

— Bonne remarque, dit Cheryl. Par chance, je ne suis pas flic. Je suis psychologue, et l'une de mes missions principales est le bien-être de Cheryl.

— Conneries…

Cheryl sourit.

— Tu le sais. Je le sais. Mais pas McMaster. Demande-lui de passer, j'ai envie d'avoir son éclairage.

74

McMaster descendit en flammes les théories bancales de Cheryl.

— *Gorgeous Gardenia*, de Gucci, est un des parfums qu'elle met pour ses shows. Tous ses fans le savent. Les boucles d'oreilles, elle les portait en couverture de *People* il y a environ un an. Tout le monde ne s'en souvient pas mais un type comme Dodd, forcément… C'est dans le chapitre 1 du *Manuel du parfait harceleur*.

— Et le cadeau ? demanda Cheryl. Si elle a bien cet étui, on pourrait essayer d'y relever des empreintes et…

— Docteur Robinson, vous avez idée du nombre de cadeaux qu'Erin reçoit chaque semaine ? De la part d'hommes, de femmes, d'enfants… Elle a un dressing à part rien que pour les ranger. 99,99 % de ces cadeaux arrivent par la poste. Imaginons qu'en fouillant dans le dressing, je trouve l'étui avec l'éventail japonais et que vous releviez les empreintes de Dodd dessus, qu'est-ce que ça prouve ? Il l'a acheté, il l'a mis dans une enveloppe et l'a glissé dans une boîte à la poste.

Cheryl fronça les sourcils.

— Merci. Je suppose que c'est pour ça que je suis psy et pas flic…

— Pas de problème. Je comprends tout à fait que votre boulot vous amène à analyser toutes ces histoires à dormir debout…

Il se tourna vers moi et Kylie.

— Mais vous, vous êtes flics. Pourquoi perdre votre temps avec ces conneries ?

— Vous aussi, Declan, vous avez été flic, remarqua Kylie. Vous êtes bien placé pour savoir que classer une affaire prend plus longtemps que boucler une enquête. Et le chef des inspecteurs n'a pas le sentiment qu'on perd notre temps. Il veut savoir si l'homme qui a kidnappé Erin travaillait seul. C'est ce que Zach et moi on pense, mais le chef Doyle ne veut pas qu'on le *pense*. Il veut qu'on le *prouve*.

— Et ces contes de fées que nous lisons à la loupe, reprit Cheryl, nous permettent de plonger dans l'esprit tordu de Bobby Dodd. S'il avait un complice, je suppose que vous auriez envie de le savoir autant que nous.

McMaster soupira bruyamment.

— Vous avez raison. Mes priorités ont été un peu chamboulées, ces derniers temps. Il y a quelques jours, j'étais persuadé que ce kidnapping sonnait le glas de ma carrière. Mais Erin insiste pour que je reste auprès d'elle. J'ai tellement voulu laisser ce cauchemar derrière moi que j'ai cessé de penser comme un flic pour agir comme un type qui veut sauver son boulot et protéger sa réputation. Je suis vraiment désolé… Dites-moi ce que je peux faire pour vous aider.

— Pour commencer, vous pouvez retrouver où était Erin le 3 juin ? demanda Kylie.

— Je peux vous dire où elle se trouvait chaque jour depuis environ deux ans. Le 3 juin, c'est la veille de son anniversaire. Pourquoi ?

— Dodd prétend qu'il était avec elle à cette date. Autrement dit, où qu'elle soit, il devait être assez près pour pouvoir l'espionner. Si on sait où se trouvait Erin, alors on peut en déduire où était Dodd et, avec un peu de chance, découvrir s'il était seul ou avec quelqu'un d'autre.

— Attendez une seconde…

Il sortit un iPad de sa mallette et commença à pianoter. Son visage eut une expression contrariée.

— Merde. C'était une de ses journées de BMN…

— C'est-à-dire ?

— C'est-à-dire que, de temps à autre, elle enfile le déguisement classique de la star incognito – lunettes de soleil, casquette de base-ball, pantalon baggy – et sort se « Balader dans le Monde Normal ». BMN. Et je n'ai pas le droit de la suivre.

— Mais, vous connaissant, Declan, vous la suivez quand même.

Il sourit.

— Pas moi. Mais, ne le répétez pas, il y a quelques années, j'ai engagé quelqu'un qu'elle ne connaît pas pour la prendre en filature chaque fois qu'elle part en BMN. La première fois, elle a pris un taxi qui l'a déposée au musée de Fort Tryon Park. La fois d'après, c'était une virée aux jardins botaniques du Bronx. Et, vraiment, elle se baladait normalement… Je n'aime pas ça mais je peux le comprendre. La pauvre a passé le plus clair de sa vie dans un bocal. Parfois, elle a juste envie de s'échapper et de se retrouver seule avec elle-même. Bref : aucune idée de l'endroit où elle se trouvait le 3 juin.

— On pourrait lui poser la question. Elle s'en souviendra ?

Il secoua la tête.

— Après l'épreuve qu'elle a subie, j'en doute sérieusement.

— Et sa puce GPS ? suggérai-je. Celle que Bobby a retirée de son bras ? Celle qui était censée enregistrer tous ses déplacements ?

— La LyfeTracker de cette société coréenne, compléta McMaster. Bonne idée, Zach – si ça marchait. Mais, je vous l'ai dit, elle est tombée en rade il y a à peu près un mois. Mi-mai, à peu près. Ils essayent toujours de trouver comment réparer le bug.

— Je ne suis pas technicien, dis-je, mais une pile plus résistante devrait faire l'affaire.

— Ça ne fonctionne pas sur pile. La puce fonctionne à l'énergie cinétique, comme une montre automatique. Plus vous bougez, plus vous générez d'énergie. Quand elle est tombée en panne, j'ai pu interroger un des ingénieurs en Corée. Il m'a expliqué qu'Erin n'était peut-être pas assez active pour charger la puce. Conneries, je lui ai dit, cette femme est une dynamo humaine ! Une semaine après, il m'appelle pour me dire que j'avais raison, c'est un défaut de la puce. Erin génère toute l'énergie qu'il faut. Cette foutue puce n'en accumulait pas assez pour transmettre les données. Comme si vous aviez un GPS dans votre voiture mais qu'il ne vous disait pas où vous vous trouvez.

— Mais…

Kylie, exprimant sa pensée à mesure qu'elle lui venait.

— … ce n'est pas parce que votre voiture ne vous dit pas où vous êtes qu'elle ne sait pas où vous êtes allé.

— Euh… j'ai perdu le fil, admit McMaster.

— Un défaut technique empêchait la LyfeTracker d'être suffisamment alimentée pour que les données des déplacements d'Erin soient transmises, mais elle avait peut-être assez d'énergie pour *enregistrer et archiver* ces données ?

— Aucune idée. C'était encore un de ces sponsorings débiles d'Erin… Je n'ai pas posé trop de questions à l'ingénieur.

— Eh bien, moi j'ai des questions pour vous, dit Kylie.

— Je vous écoute.

— Quel est le numéro de téléphone de cet ingénieur et quelle heure est-il en Corée ?

75

McMaster regarda sa montre.

— À Séoul, il est 1 heure du matin. Personne ne décrochera le téléphone à Kinjo Technology pendant au moins six heures.

— Vous avez le numéro personnel de l'ingénieur ? demandai-je.

— Non, mais je parie que Peter Woon l'a. C'est le directeur de leur filiale new-yorkaise. En tout cas, c'était encore son poste quand il est venu me voir la semaine dernière.

— Il est venu vous voir ? Pour quelle raison ?

— Pour me présenter officiellement les excuses de la société Kinjo. Ils ont engagé comme égérie une des personnes les plus connues de la planète pour qu'elle soit l'image de leur nouveau produit. Elle a fait une pub dont le slogan est « Avec LyfeTracker, retrouvez-moi partout ». Et puis elle disparaît et elle reste introuvable… Zach, vous n'imaginez pas à quel point ce gars était gêné. Maintenant, il faut lui reconnaître d'avoir endossé toute la responsabilité pour l'échec de la puce.

— Vous pensez qu'il va servir de fusible ?

— Voyons les choses comme ça : Kinjo avait l'ambition de submerger le monde avec sa LyfeTracker. Maintenant, elle est bonne à jeter aux chiottes – et avec elle, quelques têtes pensantes. Peter m'a l'air bien placé. La culture d'entreprise est sans pitié.

Une demi-heure plus tard, nous nous retrouvions dans une salle de réunion du siège américain de Kinjo sur la 5e Avenue, assis autour d'une immense table en acajou avec six hommes en costume cravate. Sur le mur opposé, un écran de deux mètres cinquante de long renvoyait l'image de Kang Woo Ki installé devant son ordinateur, chez lui, à onze mille kilomètres et treize fuseaux horaires de là. Les yeux dans le vague, les cheveux coiffés avec un batteur électrique, il avait manifestement fait l'impasse sur le costume. Le cadrage en gros plan laissait supposer qu'il était en caleçon. Surtout, il avait l'air d'essayer de comprendre ce qui pouvait bien se passer.

Woon entama la réunion en échangeant quelques remarques avec M. Kang. Comme ils parlaient coréen, j'en étais réduit à en deviner la teneur. Woon lui expliquait peut-être pourquoi on l'avait tiré de son lit. Ou peut-être, Kang étant l'ingénieur le plus ancien de la société, projetaient-ils déjà de se bourrer la gueule après leur premier rendez-vous à l'agence pour l'emploi.

Après les présentations, Kang prit la parole dans un anglais irréprochable.

— Comment puis-je vous être utile, inspecteurs ?

— La puce implantée sur Mme Easton a cessé d'émettre ses données il y a un mois, commençai-je.

Il grimaça et inclina légèrement la tête.

— La question est : continuait-elle quand même à enregistrer ses déplacements ?

Il réfléchit brièvement.

— En théorie, oui. La connexion satellite était parfaite. Le problème venait des composants du système de transmission qui…

Je n'avais le temps ni pour un exposé scientifique, ni pour un *mea culpa*.

— Pardon de vous interrompre… Vous dites qu'en *théorie*, la puce continuait de récolter des données. Si c'est bien le cas, alors les déplacements de Mme Easton, même après la panne de l'émetteur, figurent toujours dans les circuits de la LyfeTracker.

— Laissez tomber la théorie, répondit-il d'une voix plus assurée comme s'il venait de faire la poussière dans son cerveau. C'est une certitude.

Paroles magiques. Kylie et McMaster se penchèrent en avant sur leur chaise.

— Comment on récupère ces données ?

— J'ai bien peur que ce soit impossible.

Kylie abattit le poing sur la table et exhala un soupir d'exaspération.

C'est alors que…

— Correction, rectifia Kang. Vous *pouvez* récupérer ces données, mais il vous faut l'autorisation de Mme Easton.

— Pourquoi ça ? demanda-t-elle à l'écran géant.

— La puce est implantée dans son corps, expliqua Kang. Vous ne pouvez pas la lui arracher, c'est une violation de…

— Elle a déjà été arrachée, répondit Kylie en se levant. Je l'ai ici, avec moi.

Elle brandit le sachet à indices que nous avions pris avant de partir du commissariat. Un « Oooh » sonore et prolongé jaillit des hommes assis autour de la table. Nous n'avions dit à personne, et surtout pas à eux, que Dodd avait prélevé la puce dans le bras d'Erin.

Le moment semblait bien choisi pour leur annoncer la nouvelle.

— Si la puce a été retirée, le fait que la police n'avait pas pu retrouver Mme Easton n'est donc pas imputable au dysfonctionnement de notre LyfeTracker, intervint Peter Woon dont le cerveau sorti majeur de la Wharton School[1] voyait déjà dans cette réécriture de l'histoire l'occasion de

1. Une des écoles de commerce les plus prestigieuses au monde, rattachée à l'université de Pennsylvanie.

sauver son cul cravaté. Inspecteurs, accepteriez-vous de faire une déclaration officielle à ce sujet ?

D'une façon ou d'une autre, nous sommes tous des putes. On partage le lit d'inconnus parce qu'on a quelque chose qu'ils veulent et qu'ils ont quelque chose dont on a besoin.

— Une fois cette affaire conclue, dis-je, notre équipe se fera un plaisir d'expliquer à la presse que le kidnappeur avait retiré votre puce du bras d'Erin car il craignait que la LyfeTracker nous permette de la localiser.

Et nous omettrons de préciser que Dodd s'était donné du mal pour rien car votre gadget était HS.

Aussitôt, la tablée s'anima de larges sourires et de joyeuses considérations en coréen. Les costumes cravates venaient de comprendre que la réputation de leur société pouvait être sauvée.

— Monsieur Kang, reprit Kylie dans le brouhaha général, puisque nous avons la puce, vous pouvez nous aider à retrouver sa localisation depuis que l'émetteur a cessé de fonctionner ? Et épargnez-nous vos « en théorie »...

— Oui, bien sûr. Il suffit d'avoir une alimentation.

Il aboya quelques ordres dans sa langue natale et deux des plus jeunes cravatés quittèrent précipitamment la salle.

Vingt minutes plus tard, la puce était reliée à un appareil connecté à l'ordinateur de M. Kang, à Séoul.

— Donnez-moi une date et une heure, dit-il.

— Dimanche 3 juin, 17 heures.

— La puce était située à New York, 34e Rue Ouest, numéro 311.

C'était l'adresse de l'Hammerstein Ballroom.

— Cette foutue puce continuait d'enregistrer..., lâcha McMaster.

— Hier soir, 20 heures, reprit Kylie.

— Toujours à New York, 67e Rue Est, numéro 153.

Et nous savions qu'elle se trouvait bien là – gardée bien au chaud dans la salle des indices du commissariat du 19e district.

Plus d'un mois après avoir cessé d'émettre et plus d'une semaine et demie après avoir été arrachée du bras d'Erin par Dodd, cette saloperie amassait *toujours* des données.

Dix personnes participaient à cette réunion – neuf à New York, une à Séoul –, et toutes avaient un point commun.

Le même large sourire autosatisfait.

76

Erin Easton avait un tout nouveau *stalker*, et elle ne se doutait pas qu'il la suivait dans tous ses déplacements.

C'était mon vieil ami Benny Diaz, de la TARU.

Nous lui avions remis la LyfeTracker, l'alimentation que Peter Woon nous avait gracieusement donnée pour nous aider à récupérer des preuves qui pourraient contribuer à laver sa réputation, ainsi que le journal dans lequel Declan McMaster consignait les allées et venues de sa patronne l'année précédente.

— Une question, dit Benny. Dans 90 à 95 % du temps, les gens qui assurent la sécurité d'Erin savent exactement où elle se trouve. Je ne ferais pas mieux de me concentrer sur les périodes où elle sortait toute seule ?

— Non, dis-je. Je sais que ça représente beaucoup plus de travail mais si Declan note qu'elle faisait du shopping à l'angle de la 59e Rue et de la 3e Avenue alors que la puce la localise à l'angle de la 58e Rue et de Park Avenue, alors aucune donnée ne sera valable et on se sera éjectés du bureau du procureur à coups de pompe dans le cul.

— Benny, dit Kylie, si on doit recourir à cette technologie pour prouver où se trouvait Erin quand McMaster ne la surveillait pas, elle a intérêt à être fiable à 100 % pour toutes les fois où il la surveillait.

— Compris ! Mais ça va me prendre quelques jours. Je croule sous le boulot, là.

— Prends tout le temps qu'il te faudra. On expliquera au chef que tu es occupé par d'autres trucs dont il n'a *rien à foutre.*

— Revenez demain à 8 heures, concéda-t-il. Et n'oubliez pas que je prends mon café noir et mes bagels beurrés.

Le lendemain à l'heure dite, nous étions de retour avec le café, les bagels et pas mal de grandes espérances.

— Je commence par la bonne nouvelle, annonça Benny. Je sais qu'ils ont eu des problèmes de transmission de données mais le GPS dans ce petit mouchard est aussi bon que tout ce qu'on trouve sur le marché. Peut-être même meilleur. D'une précision redoutable, du début à la fin. Par exemple, quand McMaster indique dans son journal qu'Erin participe un shooting photo à Central Park devant la statue d'Alice au Pays des merveilles, LyfeTracker la localise quasiment sur les genoux d'Alice. J'irai sans problème témoigner devant un juge que ce gadget suivait Erin littéralement pas à pas.

— Une bonne nouvelle est généralement suivie d'une mauvaise nouvelle, dis-je. Alors c'est quoi, le revers de la médaille ?

— Ô homme de peu de foi… Aujourd'hui, la bonne nouvelle annonçait une nouvelle encore meilleure. Écoutez bien : l'an dernier, Erin est sortie toute seule à onze dates distinctes. J'ai comparé les dates avec les entrées du journal de Bobby. Sur cinq de ces dates, il n'a rien écrit. Ce qui nous laisse six journées passées sous les radars, où Bobby écrit qu'ils étaient ensemble. J'en ai éliminé trois parce que ses descriptions ne correspondent pas du tout aux localisations enregistrées par le GPS – par exemple, une croisière romantique, le soir, vers la Statue de la Liberté, alors qu'Erin se trouvait dans un appartement près de Tompkins Square de 16 à 22 heures. Il y avait peut-être de la romance dans l'air, mais je doute qu'elle ait vu le soleil se coucher… Bref, trois dates où ils auraient pu être l'un avec l'autre : 19 mai, 27 mai et 3 juin. Selon McMaster, la puce a cessé d'émettre le 12 mai, donc Erin n'était pas localisable pendant ces trois jours. Mais une fois la puce réactivée, j'ai su exactement où elle était : les trois fois, à Pelham Park.

— Dodd habitait à Pelham Bay. Il mentionne le parc dans son journal ?

— Pas de façon aussi directe. Le 19 mai, il écrit : « Erin me retrouve pour notre rendez-vous secret au bord de l'eau. » D'après les données de la puce, elle a traversé le parc jusqu'à Long Island Sound.

— Combien de caméras dans le parc ? demandai-je.

— Aucune. Désolé. C'est Pelham Park, Zach, pas Central Park.

— Alors pourquoi tu nous donnes de faux espoirs ?

— Parce que le 27 mai, Bobby raconte avoir traversé le parc et senti l'odeur de chevaux.

— J'ai lu ça, oui, dit Kylie. J'ai pensé qu'il parlait des fiacres de Central Park.

— Pelham Bay Park abrite les écuries de l'unité D de la garde montée du NYPD, rectifia Diaz. C'est peut-être ces odeurs-là qu'il a senties.

— *Peut-être* risque de ne pas suffire devant le procureur, dit Kylie. Même si on parvient à localiser Dodd et Erin au même endroit, ça ne prouve rien. Il la suivait partout où elle allait. À moins d'avoir une preuve concrète de leur présence *ensemble* ; la seule information apportée par ces données, c'est qu'Erin Easton était suivie par un cinglé. Et sans caméras de surveillance dans le parc…

— C'est ce que je me suis dit, la coupa Diaz. Jusqu'à ce qu'un truc me revienne : ces écuries sont la propriété du NYPD, et comme toutes les propriétés du NYPD, elles sont surveillées vingt-quatre heures sur vingt-quatre et sept jours sur sept par des caméras. J'ai appelé le sergent de garde ce matin, il a pu le vérifier. J'ai envoyé un de mes gars là-bas pour récupérer une copie des vidéos du 27 mai. Il devrait être de retour d'ici une heure.

— Benny, dis-je, si tu trouves la preuve qu'Erin et Bobby étaient l'un avec l'autre, leur histoire vole en éclats et cette affaire prend une toute nouvelle tournure.

— Ça me semble jouable. Et si j'y arrive, ça va vous coûter plus qu'un bagel.

77

Nous avions dans nos archives la liste des appels téléphoniques d'Erin. Nous les récupérâmes pour chercher les jours et les heures sélectionnés par Benny.

Dans les trois cas, le portable d'Erin était coupé. Ça ne prouvait rien mais c'était une coïncidence remarquable qu'une femme quasiment incapable de se passer de son téléphone ait décidé de le rendre indétectable aux moments précis où nous la soupçonnions d'avoir rencontré Bobby.

Une heure passa. Puis une autre. Enfin, Benny téléphona et prononça les trois mots qui allaient changer pour toujours la vie d'Erin Easton.

— On la voit.

Quelques minutes plus tard, nous rejoignions Benny dans son bureau.

— La plupart des caméras sont orientées vers les écuries mais celle-là est fixée au-dessus des box et cadre assez large sur le parc. J'ai réglé la vidéo une minute avant qu'ils arrivent, pour que vous vous fassiez au décor…

Il lança le film. Le tout ressemblait à peine aux vidéos de surveillance habituelles. La journée était ensoleillée, le parc verdoyant et luxuriant – et la résolution d'excellente qualité.

Et puis, ils apparurent. Erin dans ce que McMaster avait qualifié par dérision de « déguisement classique de la star incognito ». À peu près aussi efficace que si George

Clooney arborait une fausse moustache à la Groucho Marx. Erin était parfaitement reconnaissable.

À côté d'elle, plus vrai que nature, son harceleur, l'homme à qui trois juges avaient ordonné de ne pas s'approcher de la star – Bobby Dodd. Non seulement Erin et lui étaient sur la même image, mais ils bavardaient, riaient, se tenaient la main.

Benny mit la vidéo sur pause. Je voyais déjà l'image reproduite à la une des journaux du monde entier.

— Elle le manipule ! cria Kylie à l'écran.

Diaz sourit, pas peu fier de sa contribution.

— Beau travail de flic, Benny, dis-je. Mais ça ne prouve rien.

Le sourire s'effaça rapidement.

— Comment ça ? La scène se déroule deux semaines avant le kidnapping et je vous montre une image où ils sont tous les deux ensemble.

— Et moi je peux te montrer une image de Trump avec Hillary.

— Peut-être pas se tenant par la main et batifolant dans un parc, observa Kylie.

Diaz éclata de rire.

— Donc, tu es d'accord avec moi ? lui dit-il.

— Non. Malheureusement. Je dois me ranger du côté de Zach. Ça ne fait aucun doute, on a bien *l'impression* qu'elle est en train de discuter avec lui, de parler des préparatifs du kidnapping et de tout ce qui a suivi, mais avec ce genre de pièce à conviction, n'importe quel étudiant en première année de droit est capable de semer un *doute raisonnable* auprès d'un jury.

Diaz examina l'image sur l'écran puis se retourna vers Kylie.

— Je ne sais pas. Moi je trouve ça plutôt accablant.

Kylie s'éclaircit la gorge.

— Mesdames et messieurs les jurés, commença-t-elle, plongeant les yeux dans ceux de Diaz. Erin Easton était une star internationale sur le point d'épouser un homme puissant, riche, à la carrière brillante. Pourquoi aurait-elle brusquement décidé de mettre tout cela en péril pour s'associer avec le raté qui la harcelait depuis plus d'une décennie ?

— L'argent de la rançon ? tenta Diaz d'une voix faible.

— Vingt-cinq millions ? De la petite monnaie. Jamie est l'héritier d'une fortune estimée à un demi-milliard de dollars.

Benny hocha la tête devant les arguments de Kylie.

— Je sens le doute raisonnable s'insinuer..., dit-elle.

— Bah, je suis un flic geek, moi. J'ai regardé la vidéo. Elle n'a pas été trafiquée, et mon impression est qu'Erin est en train d'engager Bobby pour qu'il la kidnappe. Mais tu es convaincante, dans le rôle de l'avocate. Je commence à penser que je peux me tromper...

— Tu te trompes à moitié. Elle n'était pas en train de l'*engager* mais de le séduire. De lui servir les histoires folles qu'il se racontait depuis des années. Je pense qu'à un moment donné, Erin a découvert que Jamie n'était *pas* aussi riche qu'elle l'espérait. C'était sa mère qui avait tout l'argent et seule sa mort aurait permis à Erin d'en voir la couleur. Erin savait que Jamie serait incapable de rassembler la rançon. Elle savait aussi que Veronica ne verserait pas le moindre *cent* pour elle. Tout s'est déroulé exactement comme elle l'avait prévu. Bobby était allé trop loin pour faire marche arrière ; il a compris que le seul moyen de récupérer assez d'argent pour garder la femme qu'il aimait était de liquider la femme qu'elle détestait. Dès qu'il est passé à l'acte, Erin l'a tué.

Benny l'avait écoutée, bouche ouverte. Il me regarda.

— Et toi, tu en penses quoi ?

— Elle a raison. Le chef Doyle a toujours soupçonné Bobby d'avoir un complice. On a fini par envisager que ça pouvait être Erin. Le problème, c'est qu'on n'a toujours rien pour le prouver.

— Alors comment faire pour l'empêcher de s'en tirer ?

— Attends une minute, dit Kylie. On vient de trouver la clé. Zach et moi avons juste besoin de mettre au point un plan.

— Quoi qu'on fasse, dis-je, on doit faire vite.

— Pourquoi ? demanda Benny.

— Parce que Jamie Gibbs vient d'hériter d'un demimilliard. Si quelque chose devait lui arriver, tout cet argent irait à Erin. Même si une partie doit revenir à son futur enfant, Erin sera seule à décider, pendant les dix-huit prochaines années, de la façon dont la fortune de Veronica peut être dépensée.

78

— Incroyable, dit la capitaine Cates une fois mise au courant. En moins d'une semaine, cette femme est passée du statut de victime à celui d'héroïne et, maintenant, de suspecte.

— C'est ça, le showbiz, répondit Kylie. Une minute vous surfez en haut de la vague, la minute suivante vous vous retrouvez sur la banquette arrière d'une voiture de patrouille en route pour le dépôt…

— C'est vous qui le dites, corrigea Cates, mais pour le moment vous n'avez rien de consistant pour l'accuser.

— Pour le moment. Mais elle vient à midi. Je lui passerai une pelle et j'espère qu'elle creusera sa propre tombe.

— Je ne quitterai pas des yeux le moniteur. Avec l'index prêt à composer le numéro direct du chef des inspecteurs.

Erin avait une conception très personnelle de midi. Elle arriva à 15 h 45.

— Vous êtes superbe ! s'exclama Kylie, prenant l'air extatique d'une fan et la serrant dans ses bras.

Puis vint l'avalanche d'amour et d'intérêt : *Comment vous vous sentez ? Et le bébé, il va bien ? Pas trop dures, les nuits, en ce moment ? Ça doit être tellement rassurant d'être épaulée par un homme aussi solide que Jamie. Et lui, comment il va ? La mort de sa mère a dû lui porter un coup terrible. C'est tellement important que vous soyez là l'un pour l'autre…*

Mes répliques, ensuite : *Désolés de vous convoquer après tout ce que vous avez traversé. Ce sera notre dernière entrevue, juste histoire de boucler proprement le dossier pour faire plaisir à notre boss. On a tous envie de mettre cette histoire derrière nous.*

Erin réagit comme si elle était invitée dans un talk-show de deuxième partie de soirée. Elle partit au quart de tour, ravie de nous informer des dernières nouvelles concernant son sujet favori : elle-même.

Kylie prit la parole en douceur :

— Bien… dites-nous d'abord quand vous avez vu Bobby Dodd pour la première fois.

Nous connaissions déjà tous les détails grâce à McMaster, mais nous écoutâmes avec attention le récit d'Erin – récit d'une époque où elle était réellement la victime.

— Et avant le jour de votre mariage, dis-je, à quand remonte la dernière fois que vous avez vu Dodd ou entendu parler de lui ?

— Oh, mon Dieu… Voyons, je dirais au moins un an, si ce n'est plus, mentit-elle. Je commençais à penser qu'il avait disparu pour de bon…

— Avant le 9 juin, il s'en était déjà pris à vous physiquement ?

— Non.

— Il vous avait déjà touchée ?

— Non. Il n'avait pas le droit de s'approcher de moi. Et puis, j'avais mes gardes du corps.

— Vous vous êtes déjà retrouvée *seule* avec lui ?

— Jamais.

— Il avait déjà réussi à déjouer la surveillance de vos gardes du corps pour vous parler directement ?

— Pas avant qu'il me kidnappe, non.

— On nous a dit qu'il était entré par effraction dans votre chalet à Aspen.

— Et dans mon appartement à New York. Et deux fois dans ma villa en Toscane. Quatre fois en tout, mais toujours en mon absence.

— Selon vous, pourquoi cela l'intéressait tant, de voir où vous vivez ?

— J'étais devenue son obsession. C'était un voyeur…

— Une autre raison ?

— Ce type était complètement cinglé, inspecteur. Je ne suis pas sûre de voir où vous voulez en venir…

— Vous allez trouver ça étrange mais… je dois vous poser la question. Est-ce que vous êtes déjà partie avec Bobby Dodd visiter des maisons dans les Berkshires ?

— Visiter des… Non ! Vous n'êtes pas bien, d'imaginer un truc aussi ridicule ?

— Erin, nous n'avons rien imaginé. Nous l'avons lu dans le journal de Bobby.

Ses yeux paniqués s'écarquillèrent, hurlant : *quel journal ?* Mais elle parvint à contrôler les intonations de sa voix.

— Désolée, je ne comprends pas. De quel journal vous parlez ?

— Je vais vous expliquer, enchaîna Kylie. Vous avez raison, Bobby était complètement obsédé par vous. À vrai dire, il était tellement obsédé qu'il tenait un journal intime où il détaillait tous les épisodes de votre vie commune.

— Inspectrice, il m'a kidnappée un dimanche et je me suis échappée un mercredi. En tout, soixante-douze heures. Je ne vois pas comment on peut appeler ça une *vie commune.*

— Je pensais plutôt aux quinze ans qui ont précédé le kidnapping, répondit Kylie.

Puis, se penchant par terre, elle remonta un grand carton et se mit à empiler sur la table les carnets de Bobby. Elle en tendit un à Erin et l'ouvrit à la page sur l'excursion dans les Berkshires.

— Lisez, vous comprendrez.

Elle se mit à lire pendant que nous l'observions. Au départ, elle eut une expression horrifiée. Puis elle éclata de rire.

— Eh bien ! Je ne vois qu'un truc de vrai : il traite les gens de la chaîne d'idiots ! Pour le reste… eh bien, c'est tout droit sorti de son imagination.

— Merci, dit Kylie. On avait besoin de votre réponse officielle. Pardon encore mais nous aimerions que vous confirmiez ou infirmiez d'autres passages…

Elle haussa les épaules. Elle considérait manifestement cela comme une perte de temps – le sien comme le nôtre. Puis, elle hocha la tête avec un petit sourire. *Noblesse oblige.* Les puissants acceptant généreusement d'accéder aux requêtes des sans-grades…

— Vous et Bobby êtes-vous partis skier dans le Vermont ? demandai-je.

— Seigneur, non. Tout le monde sait que je déteste le froid.

Nous énumérâmes différentes occurrences placées dans la colonne « Délire » de notre tableau. Elle répondit à chaque fois par la négative, balayant l'hypothèse d'un revers de la main et d'un petit commentaire narquois. Quand nous arrivâmes à la Tour de Londres, elle était parfaitement détendue. Désormais, les journaux ressemblaient davantage à un jeu de société qu'à une menace.

— Une autre rencontre à présent, qui s'est soi-disant déroulée près de chez vous, dit Kylie. Vous nous l'avez dit, vous ne l'aviez plus vu depuis au moins un an avant votre kidnapping, et pourtant il raconte s'être promené main dans la main avec vous dans Pelham Bay Park, quelques semaines avant votre mariage.

Crispation de mâchoires, mais Erin reprit sans trébucher le rythme de son mensonge.

— Non. Je ne sais même pas où ça se trouve, Pelham Bay Park…

— Dans le Bronx, intervins-je. Vous devriez aller y faire un tour, un jour. C'est le plus grand parc de New York. Trois fois la taille de Central Park.

— Et pourtant, bizarrement, avec une taille pareille, Pelham Bay Park est une zone quasiment sans caméras de surveillance.

À présent, je me tenais à gauche d'Erin et Kylie à droite. Nous échangions nos remarques en mode ping-pong, et Erin avait de plus en plus de mal à deviner ce que nous savions.

— C'est un endroit idéal pour se promener sans être filmé, dis-je, et je vis ses mâchoires se décrisper. Bien sûr, un type comme Bobby connaissait ce détail.

— En revanche, il ignorait une chose... Notre police montée a ses écuries dans ce parc.

— Et...

J'attendis qu'Erin tourne la tête vers moi.

— ... ces écuries sont équipées de caméras de surveillance dernier cri.

— Je suis certaine que ça fait plaisir aux chevaux, dit Erin, mais je ne vois vraiment pas quel rapport avec moi...

— À vous de nous l'expliquer, dis-je en glissant sur la table la capture d'écran la montrant main dans la main avec Bobby.

— Ce n'est pas moi, répliqua-t-elle en regardant à peine l'image. C'est un grossier photomontage.

— Non, Erin, insista Kylie. C'est une photo officielle du NYPD. Elle n'a pas été trafiquée. Ce que vous voyez, c'est exactement ce que la caméra a vu.

Erin prit la photo et l'examina intensément.

Puis elle la reposa, se cala contre le dossier de sa chaise, nous sourit à tous les deux et prononça la seule phrase que nous n'avions pas envie d'entendre.

79

— Est-ce que j'ai besoin d'un avocat ?

Le mot en A était lâché, ce mot capable à lui seul d'interrompre brutalement un interrogatoire. Ni Kylie ni moi n'avions accusé Erin de quoi que ce soit, aussi n'étions-nous pas obligés de lui lire ses droits. Mais droits ou non, dès qu'un suspect demande à voir son avocat, c'est terminé – plus de questions.

Certes, Erin n'avait pas *demandé* à en voir un. Sa phrase exacte était « Est-ce que j'ai besoin d'un avocat ? », et elle l'avait moins prononcée que chantonnée.

Dire que certains la surnommaient Erin-dans-le-crâne… Je commençais à mesurer combien elle était intelligente. Elle connaissait les règles du jeu. Elle savait qu'elle avait le pouvoir de mettre un terme à cet interrogatoire d'un claquement de doigts. Mais elle n'en faisait rien. Peut-être estimait-elle que demander un avocat lui aurait donné l'air d'une coupable ? Ou peut-être n'avait-elle pas envie d'être confrontée à TMZ et aux bandeaux criards en bas de l'écran : « ERIN : LES AVOCATS ENTRENT EN SCÈNE ». Et puis, je vis son petit sourire suffisant et je compris.

Elle nous menait en bateau.

Elle ne pensait pas un instant qu'elle pouvait perdre ce bras de fer.

— Je ne peux pas vous dire si vous avez besoin d'un avocat, lui répondis-je, mais vous avez parfaitement le droit d'en contacter un.

— Intéressant, je le note. Mais je peux très bien clarifier ce quiproquo pour vous permettre, comme vous le vouliez, de faire plaisir à votre boss en bouclant proprement le dossier.

Un autre sourire supérieur. La partie de ping-pong laissait maintenant la place au jeu du chat et de la souris. Erin était persuadée d'être le chat.

— Je vous en prie, dis-je. Clarifiez ça pour nous.

— Ce n'est pas moi avec Dodd sur cette photo. Je sais que cette personne me ressemble, mais beaucoup de femmes tentent de me ressembler. Et quelques-unes y parviennent si bien qu'elles gagnent des fortunes en se produisant en spectacle, ou en entreprise, ou dans des soirées privées… Trump a des sosies, Elvis a des sosies, et moi aussi j'ai des sosies.

En un clin d'œil, elle devenait aussi célèbre que le 45e président des États-Unis ou que le Roi du rock'n'roll. *Bien tenté. À part ce petit détail…*

— Autrement dit, ça pourrait être ou ne pas être vous, dis-je. L'existence même de vos sosies devrait suffire à faire germer un doute raisonnable dans mon esprit.

— Exactement, ronronna-t-elle.

— Une chance que vous ayez fait implanter cette puce dans votre bras, intervint Kylie. Ça devrait nous permettre de déterminer qui est qui.

— Corrigez-moi si je me trompe, inspectrice, mais j'ai cru vous entendre dire que cette photo date de quelques semaines avant mon mariage.

— Le 27 mai, pour être précise, dit Kylie.

— Malheureusement, la puce a cessé de fonctionner plusieurs semaines avant… Nous voilà donc revenus, j'en ai peur, au doute raisonnable.

— Peut-être pas, dis-je. En réalité, quelqu'un a fait une erreur. La puce n'a pas cessé de fonctionner ; seulement de transmettre ses données. Le GPS a continué d'enregistrer tous vos déplacements, jusqu'au jour où Bobby a prélevé la puce dans votre bras.

— Nous avons pris la liberté de télécharger votre itinéraire, ajouta Kylie en montrant le rapport du TARU. Si vous vous reportez à la date du 27 mai, vous verrez que la LyfeTracker vous a localisée à Pelham Bay Park au moment précis où les caméras du NYPD vous ont filmée en compagnie de Bobby Dodd, en train de préparer l'assassinant de votre belle-mère.

Erin se redressa d'un coup.

— Je n'ai rien à voir avec la mort de Veronica ! C'était l'idée de Bobby, seulement de Bobby !

— Conneries ! cria Kylie en frappant du poing sur la table. Vous pensez vraiment qu'on va gober que vous avez fait équipe avec un psychopathe juste pour toucher vingt-cinq misérables millions de rançon ? Je n'y crois pas une seconde, et mon partenaire non plus, et je peux vous garantir qu'un jury non plus. Depuis le début, c'est la fortune de Veronica que vous aviez en ligne de mire.

— Ce n'est pas vrai, dit Erin en s'avachissant sur sa chaise. Pas vrai…

— Alors pourquoi vous avez organisé votre propre kidnapping ?

— Vous ne pouvez pas comprendre. Cette histoire de flics de la Red, ça fait bien sur le papier – une unité d'élite spécialement dédiée aux VIP de ce monde… Mais ça ne tient pas la route parce que vous êtes tous des petits joueurs. Vous n'avez pas la moindre idée de ce que c'est, d'être moi.

— Expliquez-nous.

— Cela fait vingt putains d'années que je suis célèbre dans le monde entier, mais j'ai une pendule au fond de moi, et son tic-tac est de plus en plus bruyant. Et il me dit : *Erin, tes fans commencent à vieillir, les nouveaux se tournent vers des dizaines d'idoles plus jeunes, et ton émission de télé ne va pas tarder à couler…* Je ne suis ni actrice, ni artiste. Je suis une personnalité. Je suis une marque. Et ma marque tourne en rond. J'ai vu d'autres femmes connaître le même sort, et ce n'est pas joli. Un jour vous êtes une superstar et l'argent pleut sur vous ; le lendemain vous n'êtes plus qu'un visage dans la série « Que sont-ils devenus ? » de BuzzFeed. L'argent ne rentre plus mais il ne cesse jamais de sortir. Dans cinq ans, je me voyais présenter des jeux télé, animer à moitié à poil des conventions de compagnies d'assurances à Vegas et tourner des pubs pour cosmétiques à l'intention de femmes désespérées qui pensent que leur vie serait plus heureuse si elles me ressemblaient. Ma carrière était sous respiration artificielle. Et tout à coup, je suis tombée sur Jamie. Oh, ce n'est pas le plus bel homme que j'aie jamais rencontré, ni le meilleur coup au lit, ni le meilleur quoi que ce soit d'ailleurs, mais il avait de l'argent. En tout cas, c'est ce que je croyais. Alors je me suis dit : bah, pourquoi pas ? J'ai commencé à sortir avec lui. Rien qu'avec lui. Tous les soirs. Tous les week-ends. Les paparazzi nous poursuivaient dans tous nos déplacements, ça rendait Veronica complètement dingue. Elle savait très bien pourquoi je fréquentais son cher petit garçon, alors elle a commencé à me dézinguer, mais d'une force… Elle n'était plus seulement sa patronne au boulot, elle essayait aussi de diriger sa vie amoureuse. Alors, il a décidé de faire la seule chose possible pour montrer à maman qui a vraiment le pouvoir : *épouser la salope*. Les médias adoraient notre rivalité. C'est à ce moment-là que les Brockway sont venus nous voir avec cette idée foireuse : le Mariage du Siècle. Et tout à coup, je me suis retrouvée invitée dans des talk-shows, en couverture de magazines, dans des sujets de cinq minutes pour « Access Hollywood »… Je ne voulais pas que tout ça s'arrête le 9 juin. Alors, oui, c'est vrai, j'ai eu l'idée du kidnapping. Mais pas pour l'argent : pour que ma marque ne meure pas. Et je le jure devant Dieu, je n'ai jamais eu l'intention de tuer Veronica Gibbs.

— Juste Bobby Dodd, dit Kylie.

Erin se figea. Les médias l'avaient tellement glorifiée pour avoir triomphé de son bourreau qu'elle s'était convaincue elle-même d'être aussi héroïque qu'ils le disaient. En réalité, ce n'était qu'une tueuse de sang-froid formée par un commando.

— Je vais vous lire vos droits, annonça Kylie.

Mais elle marqua une pause.

Pas pour laisser à Erin le temps de comprendre ce qui lui arrivait, non. Connaissant Kylie, elle laissait à la capitaine Cates le temps de composer le numéro du chef des inspecteurs pour qu'il savoure l'arrestation en temps réel.

— Vous avez le droit de garder le silence…, commença Kylie.

Mon esprit ignora la suite et suivit le propre cours de ses pensées. Tout à coup, l'ironie de l'histoire m'apparut.

Après des années à jouir d'une célébrité qu'elle n'avait rien fait pour mériter, Erin Easton allait enfin être célèbre dans le monde entier pour un acte qu'elle avait réellement commis.

80

Si cette journée était certainement la pire de toute l'existence d'Erin Easton, elle prenait peu à peu la forme d'un triomphe pour le chef des inspecteurs Harlan Doyle.

L'homme et toute son équipe avaient été massacrés par les médias pour avoir échoué à sauver Erin. Mais Doyle venait de découvrir qu'elle n'avait eu aucune envie d'être sauvée, et il n'était pas question de laisser passer cet épisode dans les annales du NYPD sans le rectifier. Devant la perspective d'une rédemption, il fit donc ce que toute personne dans sa situation aurait fait : il sortit l'artillerie lourde.

Quelques minutes après la mise en accusation d'Erin, Doyle et son vieux pote Mason Bachner, commissaire adjoint à l'information publique, montèrent une opération pour s'assurer que la nouvelle de son arrestation crève l'écran.

Et, bon sang…

Tout a commencé par la marche de la honte.

La plupart des gens pensent que le bref trajet effectué par un suspect depuis le tréfonds d'un commissariat jusqu'à une voiture de patrouille et purement dicté par le hasard – une poignée de flics déplaçant leur prisonnier d'un endroit à un autre tels des bagagistes, pendant que des caméras filment la procédure pour la postérité.

Il n'en est rien. Si le suspect est suffisamment célèbre pour mettre les médias en ébullition, alors sa sortie est un moment de théâtre savamment chorégraphié.

Et personne ne sait mieux le mettre en scène que Matthew Diamond.

Le lieutenant Diamond était l'un des hommes incontournables de Doyle au service de Bachner. Cates nous prévint qu'il était en route et nous étions redescendus quand il se présenta à nous.

Il fonça droit sur l'accueil.

— Bien le bonjour, sergent McGrath. Comment se passe votre journée ?

— Très bien, monsieur.

— Eh bien grâce à moi, ça ne va pas durer.

Son ton badin avait disparu.

— Dans mois d'une heure, les caméras et les yeux du monde entier seront braqués sur votre commissariat. Mon boulot est de faire en sorte qu'ils voient exactement ce que le chef Doyle a envie qu'ils voient.

McGrath n'eut pas besoin de demander quel était son boulot à lui.

— Entendu, monsieur. Qu'est-ce que je peux faire pour vous aider ?

Diamond commença par le casting.

— Je veux vos trois meilleurs officiers à l'entrée du bâtiment, et une dizaine d'autres dans la rue. Mais attention, McGrath, on ne tourne pas une suite de *Super Vigile* : nos flics doivent crever l'écran, pas le pèse-personne !

La remarque arracha un rire à McGrath, un gaillard corpulent et fier de l'être.

— Compris, monsieur.

Une demi-heure plus tard, la scène était prête. La 67e Rue était verrouillée de la 3e Avenue à Lexington Avenue, seuls les véhicules de transport de prisonniers pouvaient y accéder. Les journalistes s'agglutinaient derrière des barrières gardées par tous les deux mètres par des flics baraqués et impassibles. Les hélicoptères du NYPD tournaient dans le ciel et une équipe lourdement armée du Strategic Response Group patrouillait dans le périmètre, prête à intercepter des terroristes internationaux ou quelques cinglés du quartier.

Spielberg aurait certainement pu monter une production plus élaborée, mais certainement pas en trente minutes.

À 17 h 45, juste avant le lancement en rafale des infos du soir, les portes du commissariat s'ouvrirent en grand et Erin Easton avança dans la lumière. Flanquée d'un côté par moi, de l'autre par Kylie. De la horde des médias monta un rugissement : tous criaient son nom.

Par réflexe, Erin voulut lever le bras droit pour saluer la foule mais ses poignets étaient menottés dans son dos. Elle s'arrêta, baissa les yeux tandis que les caméras tournaient, que les flashs crépitaient, et que les reporters la bombardaient de questions. La plupart inintelligibles, mais celles qu'elle parvenait à comprendre commençaient toutes par *pourquoi*.

Puis elle reprit sa marche, le regard bien droit, les lèvres serrées, la tête altière.

Le tout ne dura que dix-huit secondes mais ce fut une marche de la honte d'anthologie, de celles qui restent gravées non seulement dans la culture populaire mais aussi dans les hauts faits du NYPD. La Red exhibant devant un public mondial la criminelle la plus célèbre de la planète. Je voyais d'ici le chef Doyle devant la télé au 1PP en compagnie de Bachner, du chef de la police et du maire. Extérieurement, une expression impénétrable ; au fond de lui, à se taper le cul par terre.

Et ce n'était qu'un début.

J'avais fait le trajet du commissariat au Dépôt central des centaines de fois. Quand on emmène un seul prisonnier ; une seule voiture suffit. Mais dans le grand show de Doyle, il ne fallait pas moins de cinq Cadillac Escalade étincelantes réclamées par Diamond auxquelles huit flics à moto de la Highway Unit 1 ouvraient la route.

Les Harley démarrèrent et le reste du convoi les suivit une minute plus tard.

Des dizaines de fourgons de télévision – chaînes locales, nationales et internationales – filmèrent le convoi tout au long des dix kilomètres entre la 67e Rue et Centre Street en passant par la FDR Drive. La meilleure couverture télé d'une caravane de voitures de flics depuis la poursuite de la Ford Bronco d'O. J. Simpson par le LAPD sur l'Interstate 405.

Nous escortâmes Erin jusqu'au sous-sol du vaste complexe de détention et je la remis à une femme officier qui procéda à la fouille et lui fit remplir la paperasse.

Puis nous regardâmes Erin conduite vers une cellule contenant trente détenues. Mais le gardien se foutait d'elle : une porte s'ouvrit à côté et elle entra dans une cellule privée – murs gris, cuvette de toilette en acier et impossible d'échapper aux railleries des femmes juste en face. La dernière chose que j'entendis en partant fut : « Tu es comme nous maintenant, salope ! »

Fin de l'acte II.

Nous nous rendîmes à pied au One Police Plaza voisin, où le chef Doyle s'apprêtait à lever le rideau sur l'acte III : une conférence de presse orchestrée de main de maître.

— Félicitations, inspecteurs, commença-t-il en nous serrant la main. Vous avez tenu vos promesses, finalement.

Il s'installa devant le pupitre. Son patron, le chef de la police, se tenait en retrait derrière lui, à sa droite. Kylie et moi étions placés à gauche.

Doyle se pencha vers une marée de micros.

— Au cours de leur enquête sur le kidnapping d'Erin Easton et le meurtre de Veronica Gibbs, les deux inspecteurs en charge du NYPD Red – Zach Jordan et Kylie MacDonald – ont découvert que Mme Easton avait été complice dans son propre kidnapping. Il existe des preuves irréfutables de sa collusion avec le kidnappeur, Bobby

Dodd, l'homme qui a assassiné Mme Gibbs avant d'être à son tour assassiné par Mme Easton. Cette dernière a laissé une déposition avant d'être placée en détention provisoire. Elle verra un juge dès demain matin. C'est tout pour le moment, mais je répondrai volontiers à vos questions.

Et comment, qu'il répondrait aux journalistes. À commencer par celle qu'il avait installée au premier rang. Il pointa l'index vers la femme, qui se leva.

— Peg O'Ryan, *Eyewitness News*. Chef Doyle, maintenant que vous avez découvert que ce kidnapping était un complot et rien de ce qu'il paraissait être au premier abord, vous pouvez nous dire si d'autres personnes sont impliquées ?

— Bonne question, Peg.

Doyle hésita, comme s'il peinait à trouver une réponse. Connaissant le bonhomme, j'imaginai qu'il avait répété la séquence avec la journaliste une heure plus tôt.

— Comme vous le savez, l'enquête est toujours en cours, je suis donc limité dans ce que je peux vous dire.

Une autre pause.

— Mais je peux vous annoncer qu'une ou plusieurs personnes de ZTV, la chaîne pour laquelle travaillait Mme Easton, ont pu verser de l'argent – 1 million de dollars, pour être exact – au kidnappeur, Bobby Dodd, en échange d'une vidéo de Mme Easton en captivité.

— La chaîne savait qu'il s'agissait d'une mise en scène ?

— Je l'ignore, mais quand vous prenez des initiatives dans le dos du NYPD pendant une enquête criminelle en cours, peu importe que vous vous rendiez coupable de collusion, d'aide ou de complicité : vous enfreignez la loi. Et dans le cas d'une chaîne de télé, vous piétinez la confiance de votre public. Quelqu'un à ZTV va devoir sérieusement s'expliquer.

Nouvelle question d'O'Ryan :

— Ce quelqu'un, ce pourrait être Harris Brockway ?

— Peg, vous savez très bien que je ne peux pas vous le confirmer.

— Vous pouvez le démentir ?

Le chef secoua la tête, comme s'il se retrouvait dans une posture inconfortable. Mais trois personnes derrière lui savaient qu'il prenait son pied.

— Non, finit-il par dire. Je ne peux pas me tenir là, devant vous, et démentir sérieusement cette hypothèse.

La foule de journalistes entra en transe. Rien n'avait été dit mais la conclusion était évidente : Brockway avait payé 1 million de dollars à Dodd pour cette vidéo.

Le procureur adjoint, Bill Harrison, nous avait dit que Brockway n'irait sans doute pas en prison pour cela. Mais une chose était sûre : sa carrière à la télévision était bien terminée.

Je le savais, Kylie le savait, Harlan Doyle le savait. Et, à en juger par son sourire de chat du Cheshire, il tirait une fierté immense d'être à l'origine de sa chute.

Épilogue

Kylie et Shane, Zach et Cheryl

81

Vendredi 21 juin
Vol Delta Airlines 2786

— On est en classe affaires ? demanda Kylie en s'asseyant à la place 1A.

— C'est le problème, quand on décide de partir au dernier moment, dit Shane en s'asseyant à côté d'elle. Il n'y a plus un siège de libre en classe éco…

— Bien essayé, mais ce week-end à Orlando est prévu depuis un mois.

— OK, j'ai menti. Je suis grand. J'ai acheté ma place en février. J'ai pris la tienne il y a quelques jours, parce que c'est toujours délicat d'annoncer à la fille qui vous accompagne en voyage à la dernière minute qu'elle est assise en seconde. Maintenant, si tu as du mal à te faire à tout cet espace pour tes jambes et au champagne à discrétion, je peux demander à une hôtesse de trouver quelqu'un au fond de la cabine qui accepterait d'échanger avec toi.

— Je vais prendre sur moi. Mais tu vois ce qui se passe quand on ment à un officier du NYPD.

— En effet. Et je suis très impressionné par tes talents pour mener un interrogatoire. Maintenant, si tu dois procéder à une palpation et à une fouille au corps, on doit avoir le temps de se planquer aux toilettes avant le décollage.

Elle rit. *Beau gosse, une tuerie en cuisine et capable de me faire rire… Triple extase.*

Il posa une main sur la sienne, et elle respira profondément en sentant son corps réagir à son contact. Shane Talbot avait des mains magiques. Et pas seulement devant les fourneaux. Elle sourit en se rappelant la première fois qu'ils avaient fait l'amour. Et elle rectifia : *quadruple extase.*

— Au fait, dit-il, j'ai parlé à Cheryl cet après-midi. Tu ne devineras jamais ce qu'elle a dit avant de raccrocher.

— Sans doute quelque chose comme : *Ne va pas mentir à Kylie MacDonald. C'est une flic de choc, elle te grillera à chaque fois.*

— Non. *Amusez-vous bien à Disney World !* J'ai tout de suite corrigé en lui expliquant qu'on allait à ce grand salon culinaire, et elle m'a dit : *Pourtant, Kylie a raconté à Zach que vous alliez à Disney !*

— C'est faux. J'ai dit à Zach qu'on allait en week-end à *Orlando.* Je n'y peux rien s'il a immédiatement fait le rapprochement avec des souris qui parlent et des princesses de conte de fées. S'il voulait des détails, il aurait dû demander.

— Kylie, crois-moi, si tu annonces à ton ancien petit ami que tu pars à Orlando avec ton nouveau petit ami, il ne te demandera jamais de détails.

— À quel moment on a décrété que tu étais mon nouveau petit ami ?

— Ma cousine psy a raison : tu prends du plaisir à triturer le cerveau de Zach. Et je devrais me sentir flatté que tu commences à aimer triturer le mien…

Il se pencha vers elle et l'embrassa, s'attardant juste assez pour que Kylie regrette de n'avoir pas accepté sa proposition d'aller aux toilettes…

Shane Talbot dégageait quelque chose d'indescriptible. L'attirance physique était intense – mais c'était bien plus que ça.

C'était… non, ce n'était certainement pas l'amour. Trop tôt. On ne peut pas décider qu'on est amoureuse d'un homme simplement parce qu'il cuisine des plats étourdissants et qu'il est doué au lit. OK, mieux que doué… incroyable. Mais l'amour? Ça nécessite du temps…

Ou peut-être pas. Elle n'avait aimé que deux hommes dans sa vie et, chaque fois, l'amour lui était tombé dessus de façon fulgurante.

Avec Spence, ç'avait été: je t'aime, je te largue, je te reprends, je t'épouse, je te quitte onze ans plus tard, et maintenant…

Maintenant? Bonne question. Elle n'avait plus aucune nouvelle depuis janvier. C'était curieux, d'être toujours légalement mariée sans savoir si son époux était vivant ou mort. Mais elle était certaine d'une chose: elle n'était plus amoureuse de lui.

Avec Zach, c'était différent. Leur histoire avait duré en tout quatre semaines. Et s'était arrêtée pour une seule raison: laisser une dernière chance à Spence. Mais elle n'avait jamais cessé d'aimer Zach. Et elle ne cesserait jamais.

Et aujourd'hui, il y avait Shane Talbot, avec ses places en classe affaires, sa panna cotta et sa…

— Eh-oh! *Ici la Terre, vous me recevez?*

Elle leva les yeux vers lui. *Ce visage séduisant, cette épaisse chevelure rousse, ces mains incroyables…*

— J'ai l'impression d'entendre des rouages tourner à toute allure dans ta tête, dit-il. Qu'est-ce qui se passe là-dedans?

— Pas grand-chose. Je réfléchissais juste à ce concept de nouveau-petit-ami.

— Et alors, comment je me débrouille?

— Tu tiens la corde. Mais ne t'emballe pas, hein. Tu es seul en course.

Une hôtesse approcha.

— Excusez-moi, monsieur.

Shane leva la tête.

— Oui ?

— Vous allez devoir attacher votre ceinture.

Un large sourire illumina son visage. Il se pencha vers Kylie et lui murmura à l'oreille :

— C'est drôle. Cheryl m'a donné le même conseil quand je lui ai dit que je t'emmenais pour le week-end.

82

Dimanche 23 juin
Bentley's By The Sea, Montauk, New York

— Joyeux anniversaire, me chuchota Cheryl à l'oreille.

— On est en pleine nuit, marmonnai-je en pressant mon oreiller contre ma joue.

— Pas du tout. Il est 5 heures et je veux t'offrir ton cadeau avant qu'il soit trop tard.

Je roulai à moitié sur moi-même.

— Apporte-le ici.

— Impossible. Il est sur la plage. Allez, debout ! On n'a plus beaucoup de temps.

J'aurais préféré fêter notre anniversaire avec un brunch au lit mais quand on vit en couple, on apprend que certaines choses ne sont pas négociables.

Après avoir enfilé nos vêtements, pris deux couvertures et quitté la chaleur de notre coquet petit cottage, nous nous retrouvâmes à gravir les dunes. Nous posâmes une couverture sur le sable froid et humide et nous enveloppâmes dans l'autre.

— Je suis prêt, pour mon cadeau, annonçai-je.

Cheryl regarda sa montre.

— Encore trois minutes…

Je posai la tête sur ses épaules, fermai les paupières et rejoignis aussitôt le Pays des Songes. Quelques minutes plus tard, un coup de coude me ramenait à la réalité.

— Le voilà ! me dit Cheryl en tendant l'index vers l'horizon.

Le soleil commençait à percer le voile de la pénombre, projetant à la surface du ciel ses bleus pastel et ses roses vifs.

— Tu n'as même pas besoin de le déballer…

Elle tendit son appareil photo vers le soleil levant.

Tandis que le ciel se parait d'orange et que des rais d'or fendaient les flots de l'Atlantique, la brume se dissipa dans mon esprit et je finis par comprendre : c'était *ça*, mon cadeau.

— C'est l'aurore d'une nouvelle année pour nous, reprit-elle, et je voulais la partager avec toi.

Je n'avais pas de mots. Je la serrai contre moi et, assis sous cette couverture, m'imprégnant de ce moment majestueux partagé avec la femme que j'aimais, j'eus l'impression que les deux dernières semaines de ma vie étaient très loin de moi, comme irréelles. Ma place était ici.

Vingt minutes plus tard, nous retournâmes à notre Bed and Breakfast, retirâmes nos vêtements humides et une épaisse couette en duvet accueillit notre sommeil pendant quatre heures.

Nous fîmes l'amour avant de sortir du lit. Et une fois encore dans la douche, sous un jet intense qui nous criblait d'épaisses gouttes d'eau brûlantes et vaporeuses.

Nous venions de nous rhabiller quand le téléphone de Cheryl sonna. Elle vérifia le numéro.

— Zach, je dois prendre cet appel. Je te retrouve dans cinq minutes pour le petit-déj'…

La salle à manger était toute de bois et de pierre avec un mélange éclectique de tapis persans chatoyants et une grande baie vitrée donnant sur l'océan. Sur une large table, des bols de fruits rouges voisinaient avec des assortiments de pains, de jambons, de fromages et de plats de service réchauffés offrant de quoi faire grimper en flèche votre taux de cholestérol. Le café noir avait l'odeur torréfiée du paradis.

J'en remplis deux tasses et mis à griller deux tranches épaisses de pain de seigle pour me faire patienter en attendant Cheryl, et allai m'installer à une table à l'écart. Dix minutes plus tard, elle apparut, ses cheveux noir profond noués en queue-de-cheval, sa peau à reflets cuivrés mise en valeur par son débardeur jaune. Les têtes se tournèrent vers elle. Comme à chaque fois.

— Désolée. Il y a des coups de fil auxquels on est obligé de répondre.

— Un patient en souffrance ?

— Non. Tante Janet. Elle a parlé à Shane ce matin.

— Quel gentil garçon… Il appelle sa maman pour lui dire combien il s'amuse au Royaume Enchanté…

Elle me lança un regard mi-réprobateur, parce qu'elle n'aimait pas que je me moque de son cousin, mi-rieur parce que j'étais tellement adorable quand je le faisais.

— Tu sais, ils ne sont pas à Disney World, et Shane n'a pas à appeler tante Janet : elle lui téléphone tout le temps.

— Et comment va sa mère si dévouée en ce moment ?

— C'est l'extase ! Elle dit qu'elle ne l'avait jamais entendu parler d'une femme de cette façon. Elle pense qu'il est subjugué par Kylie.

J'acquiesçai. Kylie avait le don de subjuguer. J'étais bien placé pour le savoir.

— Tante Janet attend depuis longtemps que Shane trouve quelqu'un qui lui convienne. Elle a l'impression que Kylie pourrait être la bonne.

Comme je le pensais aussi.

— Elle a bon espoir…

— De quoi ?

— D'avoir des petits-enfants.

— Préviens peut-être tante Janet que Kylie n'a pas exactement la fibre maternelle. Et puis, techniquement, elle est toujours mariée à Spence. Ça risque de fracasser ses rêves de grand-mère.

— Elle est au courant, pour Spence. Mais Shane lui a expliqué que, pour Kylie, c'est de l'histoire ancienne. Peu importe s'il refait surface. C'est fini avec lui.

Exactement ce qu'elle m'avait dit au temps de l'Académie de police. « C'est fini, avec lui. » Vingt-huit jours plus tard, il était de retour et l'histoire ancienne, c'était moi.

Mais Spence n'est plus mon problème : c'est celui de Shane. Prendre part à la vie sentimentale de Kylie est la dernière chose dont j'ai besoin. Surtout maintenant, quand la mienne est tellement…

— Zach ? À quoi tu penses ?

— À rien. Enfin si : au week-end merveilleux qu'on est en train de vivre.

La serveuse arriva et desservit. Puis posa deux coupes de champagne sur la table.

— Félicitations pour votre anniversaire, lança-t-elle d'une voix aussi pétillante que le vin dans nos verres.

— Je me demande comment elle est au courant, dit Cheryl une fois la serveuse repartie.

Je haussai les épaules.

— Ça a dû m'échapper quand j'ai fait le check-in.

— Un toast ! dit-elle en levant sa coupe. L'année écoulée a été…

Elle me dévisagea. Elle cherchait le bon mot. Arrêta son choix sur :

— … *intéressante.*

J'aurais opté pour *tumultueuse.* Durant cette année, nous avions essayé de vivre ensemble, mais ça n'avait pas été concluant. Il y avait aussi eu cette fois où j'avais failli tout foutre en l'air en me comportant comme un con, parce qu'elle passait trop de temps avec son ex qui venait de perdre sa mère. De son côté, elle n'avait pas trop aimé me voir impliqué à ce point dans la vie privée de Kylie, surtout quand, après la disparition de Spence, elle m'avait surpris à enquêter sur le passé de son successeur, le joueur de poker.

— Tu as raison, dis-je en levant ma coupe. À notre santé !

Je bus une gorgée.

— Je n'ai pas terminé.

Je posai ma coupe.

Elle sourit.

— Je reprends. L'année écoulée a été *extrêmement* intéressante. Je bois à celle qui vient. En espérant qu'elle sera *beaucoup moins* intéressante.

J'éclatai de rire et faillis recracher mon champagne.

— Je sais, je sais, dit Cheryl en faisant tinter sa coupe contre la mienne. Mais on peut rêver, n'est-ce pas ?

Remerciements

Les auteurs souhaitent remercier les personnes suivantes pour avoir permis de rendre vraisemblable cet ouvrage de pure fiction : Danny Corcoran, inspecteur du NYPD, Jessica Gomperts, assistante du procureur du comté de Bergen, New Jersey, le Dr Jon Madek, Lily Karp, Matthew Diamond, Gabe Diamond, Dan Fennessy, Bill Harrison, David Hinds, Mel Berger et Bob Beatty.

DU MÊME AUTEUR
AUX ÉDITIONS DE L'ARCHIPEL

DIAMANTS DE SANG

Une star du 7e Art assassinée : le NYPD Red est sur les dents !

L'avant-première d'un fi lm à gros budget… Le tout-Manhattan attendu… Alors que la comédienne vedette s'apprête à fouler letapis rouge, exhibant une parure d'émeraudes et de diamants valant huit millions de dollars, une détonation retentit, suivie du crash d'une Cadillac.
Un crime vient d'être commis. Les bijoux ont disparu… et personne n'a rien vu ! Une enquête cousue main pour le NYPD Red, l'unité d'élite de la police new-yorkaise chargée de protéger les *rich and famous.*
Des penthouses aux bas-fonds de la ville où le crime ne s'arrête jamais, le détective Zach Jordan et sa partenaire Kylie MacDonald – son ex-petite amie – n'auront guère le temps de chômer. D'autant que le tueur a d'autres cibles en vue…

« Patterson et Karp ont su créer un duo d'enquêteurs
qu'on a hâte de retrouver au plus vite. »
BookReporter.com

ISBN 978-2-8098-4039-1 / 20 €

ALERTE ROUGE

À New York, le crime ne connaît pas de trêve.
Le NYPD Red non plus...

La haute société new-yorkaise est réunie au Pierre, l'un des plus prestigieux hôtels de la ville, pour un gala de charité. Soudain, une explosion souffle la salle. Plusieurs blessés, une victime. Acte terroriste ou vengeance personnelle ?
À quelques kilomètres de là, dans les entrailles d'un hôpital désaffecté de Roosevelt Island, est retrouvé le corps d'une célèbre réalisatrice de documentaires. Étranglée. Une séance SM qui aurait mal tourné ?
Deux enquêtes cousues main pour Zach Jordan et sa partenaire Kylie MacDonald, du NYPD Red, l'unité d'élite chargée de la protection des célébrités. D'autant que les meurtres s'enchaînent à une vitesse prodigieuse...

« Les thrillers de Patterson ?
Le même plaisir qu'un très bon suspense au cinéma ! »
The New York Times

ISBN 978-2-8098-2772-9 / 20 €

LETTRES DE SANG

Protéger les célébrités…

Hubert Hutchinson Alden Jr., homme d'affaires milliardaire, a tout pour lui : une femme superbe, un fils de huit ans qu'il adore, et une fortune qui ne cesse de croître.

Assurer le bien-être des plus riches…

Mais cette vie parfaite vole en éclats lors d'une nuit d'horreur, quand il découvre la tête décapitée de son chauffeur dans un sac sur lequel sont inscrites, en lettres de sang, les initiales de son fils. Peu après, ce dernier est enlevé…

Jusqu'au jour où frappe
un ennemi invisible !

À New York, seul un corps d'élite tel le NYPD Red, qui protège les *rich and famous*, est à même de « traiter » une telle affaire.

Mais Zach Jordan et sa partenaire Kylie MacDonald – son ex-petite amie –, deux enquêteurs aguerris, sont loin de se douter du piège que leur a tendu le criminel…

« Un livre que vous ne lâcherez pas ! »
goodreads.com

ISBN 978-2-8098-2355-4 / 22 €

Cet ouvrage a été composé
par Soft Office à Eybens (Isère)

Impression réalisée par

NORMANDIE ROTO IMPRESSION S.A.S.
à Lonrai (Orne)

en décembre 2021
pour le compte des Éditions de l'Archipel,
département éditorial
de la S.A.S. Écriture-Communication

Imprimé en France
N° d'impression : 2106475
Dépôt légal : janvier 2022